마운드 위의 절대자

디다트 현대 판타지 장편소설

WISHBOOKS MODERN FANTASY STORY

마운드 위의 절대자 2

디다트 현대 판타지 장편소설

초판 1쇄 찍은 날 | 2018년 10월 1일
초판 1쇄 펴낸 날 | 2018년 10월 10일

지은이 | 디다트
펴낸이 | 예경원

기획 | 위시북스
편집책임 | 이규재
편집 | 위시북스

펴낸곳 | 예원북스
등록번호 | 제396-2012-000132호
등록일자 | 2012. 7. 25
KFN | 제1-315호

주소 | 경기도 고양시 일산동구 호수로 646-24 위너스21II빌딩 206A호 (우)10401
전화 | 031-819-9431 팩스 | 031-817-9432
E-mail | yewonbooks@naver.com

ISBN 979-11-89450-79-3 04810
      979-11-89450-77-9 (set)

디다트 현대 판타지 장편소설

WISHBOOKS MODERN FANTASY STORY

마운드 위의

② 위의

절대자

Wish
Books

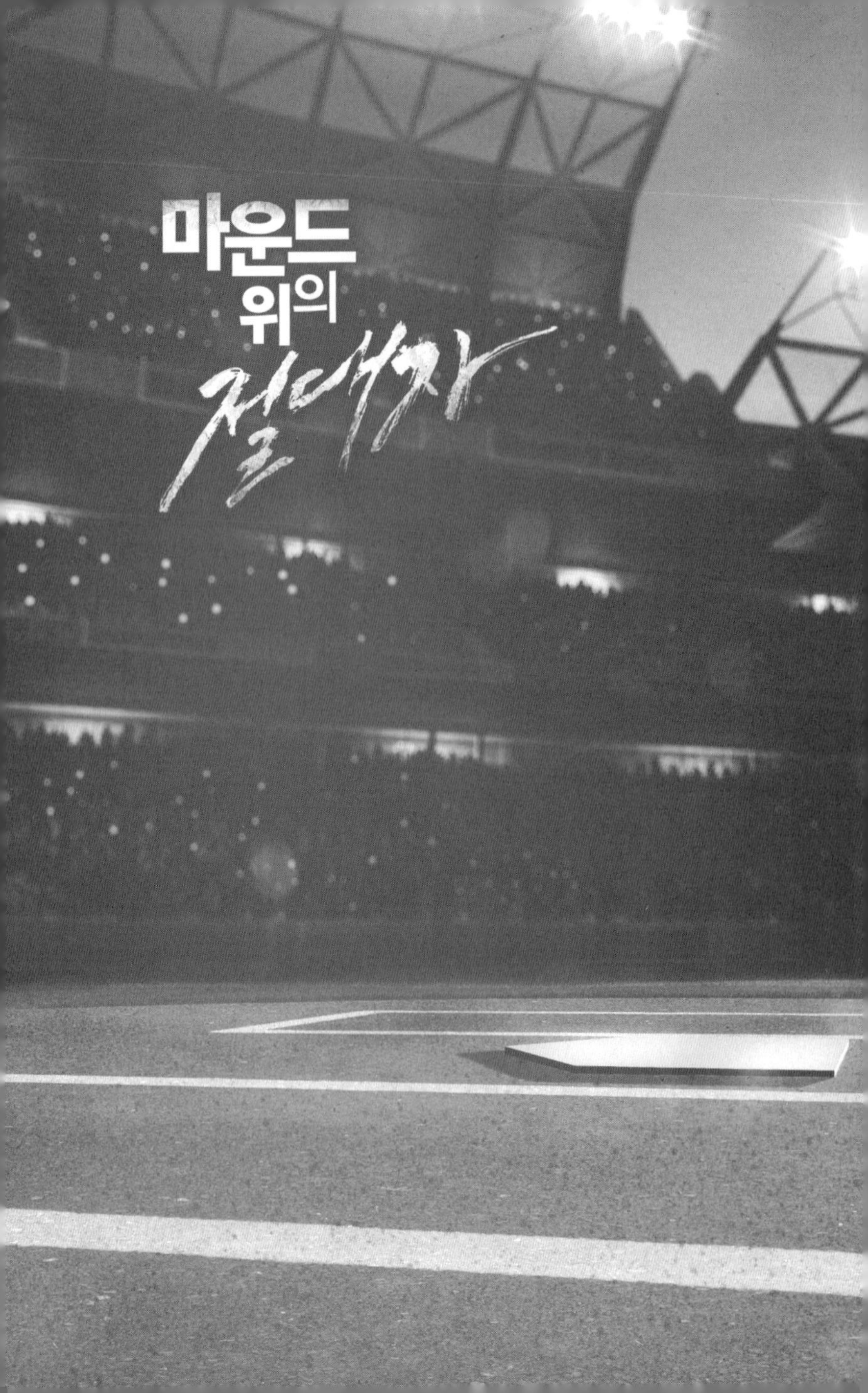
마운드
위의
절대자

CONTENTS

"왜 이렇게 사람이 많아?"

"사람이 많을 수밖에 없지. 시범 경기 앞두고 남는 게 시간뿐인데 여기 와야지."

"그건 아니지. 난 마음 같아서는 그냥 놀고 싶었어. 하지만 위에서 쪼잖아? 고양 스타즈가 느낌이 다르다고. 취재 가라고."

서울 엔젤스 2군 대 고양 스타즈의 교류 경기.

그 경기를 십여 분 앞둔 서울 엔젤스의 2군 구장인 이천 챔피언스 파크는 3월 11일이라는 날에 어울리지 않게 많은 이들로 가득 차 있었다.

기자들, 구단 관계자들, 선수 가족들 그리고 팬들이 모인 모습이 마치 이곳에서 시범 경기 첫 경기가 치러지는 것 같은 착각이 들 정도로, 그 정도로 열기가 대단했다.

더 나아가 이번 경기에는 중계도 있었다.

-안녕하십니까? 오늘 서울 엔젤스 2군 선수들의 인터넷 온라인 중계를 맡은 캐스터 정영순.
-해설자 임제성입니다.

물론 정식 중계는 아니었다.

-일단 중계에 앞서 이것은 어디까지나 서울 엔젤스 팬분들을 위한 방송입니다. 아주 노골적인 편파 중계와 약간의 비속어가 섞인다고 해도 양해 부탁드리겠습니다.

개인 방송 플랫폼을 이용한 온라인 중계.
서울 엔젤스가 팬 서비스를 위해 이번 시즌부터 도입한 2군 경기, 퓨처스리그 생중계 시스템이었다.
팬 서비스, 공정한 중계가 아닌 편파 중계였지만 어쨌거나 중계였다.
모두가 생방송으로 이 경기를 볼 수 있었고, 그 사실에 적지 않은 이들이 응답했다.

-그보다 벌써부터 시청자분들이 많군요. 이미 시청자 숫자가 3천 명을 넘겼습니다.

-그만큼 기대할 만한 경기라는 의미죠. 아시다시피 안찬섭 선수가 고양 스타즈 선수들에게 털리지 않았습니까?

-제대로 털렸죠.

시청자 3천 명.

절대 적은 숫자는 아니었고, 그것이 이번 경기에 대한 세간의 관심이 대단하다는 증거였다.

심지어 이 자리에는 높으신 분도 참석하고 있었다.

"박준형에 대한 스카우팅 리포트를 포함해 눈여겨볼 만한 선수들의 스카우팅 리포트입니다."

"수고하셨어요."

구은서 운영팀장.

사실상 서울 엔젤스의 단장보다 더 막강한 권력을 쥐고 있는 그녀가 그라운드를 본다는 사실은 그 무엇보다 떨리는 일임과 동시에 기회였다.

그녀의 눈에 들 수만 있다면 1군에 올라가는 건 숨 쉬는 것보다 쉬운 일이 될 테니까.

그것은 비단 서울 엔젤스 2군 선수들만의 이야기는 아니었다.

"이야기 들었어? 여기에 엔젤스 운영팀장이 있대."

"엔젤스 운영팀장?"

"현성그룹 회장 손녀 말이야."

"아!"

고양 스타즈 선수에게도 이번 무대는 기회였다. 구은서 눈앞에서 활약한다면 당장 엔젤스에 입단하는 건 일도 아닐 테니까.

여러모로 분위기가 고조될 수밖에 없는 상황.

-진용아.

"예."

-경기 내용 어떻게 예상해?

그 분위기와 먼 곳, 고양 스타즈의 벤치 구석에서 이진용과 김진호가 대화를 나누고 있었다.

"초반에는 일단 탐색전으로 가지 않을까요? 그다음에는…… 당연히 엔젤스가 유리하겠죠."

-5회가 끝나면 점수 몇 대 몇 정도 될 거 같아?

김진호의 질문에 이진용은 머리를 굴렸다.

'오늘 엔젤스의 선발은 백선우.'

오늘 서울 엔젤스 2군 팀의 선발로 나오는 투수 백선우는 이진용이 조사한 바에 의하면 3년 전 드래프트에서 엔젤스에서 두 번째로 지명한 고졸 투수였다.

계약금은 2억 원.

두 번째로 지명받았다는 것과 2억 원이란 계약금은 그 선수에 대한 세간의 평가가 대단하다는 증거였다.

'대단한 투수지.'

실제로 백선우는 고교 시절 전국구에서 손꼽히는 투수 중

한 명이었다.

2라운드에서 지명됐다는 게 신기할 정도의 선수.

엔젤스가 2라운드에서 백선우를 잡았던 것도 당시 엔젤스의 지명 순위가 낮았고, 2라운드부터는 처음 지명 순위의 역순으로 가는 탓에 2라운드에서는 세 번째 지명권을 가지고 있던 덕분이었다.

'패스트볼 구속은 140대 중반. 여기에 괜찮은 투심을 던질 줄 알며, 슬라이더도 쓸 줄 아는 우완 정통파 투수.'

여러모로 이진용이란 선수와는 비교가 불가능한, 프로가 되는 게 마땅한 선수였다.

'하지만 우리 쪽 투수도 괜찮단 말이야.'

그렇다고 해서 고양 스타즈의 선발투수가 밀리는 건 아니었다.

'김필중.'

김필중.

7년 전 드래프트에서 2라운드에서, 전체 15순위로 지명받은 그 역시 프로 출신의 실력자였다.

좋은 패스트볼을 던질 줄 알지만, 새가슴인 것이 문제가 되어 결국 구단에서 방출당했으나 꿈을 포기하지 않고 고양 스타즈에서 노력하고 있는 실력자.

더불어 김정호 투수코치의 조련 하에 작년에 프로 구단 2군을 상대로 괜찮은 성적을 거두었다.

나름 서로가 내세울 수 있는 최고의 투수를 카드로 내세웠다는 의미.

"투수전일 테니까, 적어도 5회까지 큰 점수는 안 나올 테고, 대충 3 대 1에서 4 대 2 정도 예상합니다."

때문에 이진용은 큰 점수가 나오지 않으리라 예상했다.

이 경기를 보는 대부분이 하는 예상이기도 했다.

"백선우 대 김필중, 선우야 잘 던지지만, 필중이도 공은 좋지."

"새가슴인 것만 빼면 말이야. 그래도 작년에는 나름 괜찮았단 말이야."

"김정호 투수코치가 실력이 좋으니까. 어쩌면 오늘 정말 달라진 모습을 보여줄지도 모르겠네."

"고양 스타즈가 괜히 엔젤스 2군 팀을 상대로 선발로 냈을 리는 없지."

이미 프로 구단 소속인 투수와 전직 프로 출신 투수의 매치업은 분명 어느 한쪽으로 무게추를 기울이기 힘든 일이었으니까.

-5회 끝났을 때 10점 차 이상 점수 차가 날 거다.

그러나 김진호의 예상은 달랐다.

"10점 차요?"

-오늘 엔젤스 벤치에서 눈을 떼지 마. 특히 감독과 코치들의 움직임 그리고 타석에 선 타자와 대기 타석에 선 타자들의 눈빛과 움직임을 머릿속에 새겨 넣어.

김진호는 오늘 엔젤스의 압도적인 승리를 예상했다.

-진짜 프로팀이 어떤 느낌인지 알 수 있을 테니까.

-아, 큽니다, 큽니다, 큽니다! 넘어갔습니다! 홈런! 이윤성이 오늘 고양 스타즈를 저 머나먼 별나라로 보내는 홈런을 쳐냅니다.

-대단하네요. 이윤성 선수, 아주 대단해요.

5회 말.

9회까지 있는 야구 경기에 있어서 전환점이라고 할 수 있는 그 5회 말의 마침표를 찍은 건 엔젤스 2군 팀의 3점 홈런이었다.

-11 대 1! 10점 차! 이거 참 미안할 정도로 압도적으로 이기는군요.

-안찬섭 선수가 이런 팀에게 패배했다니, 아마도 당분간 프로에 올 생각은 하지 말아야 할 것 같습니다.

-동감입니다.

오늘 경기에서 나온 세 번째 홈런이기도 했다.

"아."

"또 홈런……."

고양 스타즈, 그들에게 있어서는 세 번째 절망이기도 했다.

처음 시작은 비등했다.

1회 초에 서울 엔젤스는 고양 스타즈를 상대로 박준형에게만 볼넷을 내준 채 이닝을 마무리했고, 1회 말에 고양 스타즈는 서울 엔젤스를 상대로 삼자범퇴로 이닝을 마무리했다.

오히려 시작은 고양 스타즈가 좋았던 셈.

2회 말까지도 고양 스타즈는 분전했다. 선발로 나온 김필중이 연속 안타를 허용하면서 1점을 주긴 했지만 거기서 끝이었다. 그 실점만으로 이닝을 마무리했다.

1 대 0, 충분히 잡을 수 있는 상황에서 마주한 3회 말.

그 3회 말이 시작점이었다.

갑자기 180도 달라진 엔젤스 타자들이 고양 스타즈의 마운드를 폭격하기 시작한 것이다.

투수가 스트라이크손에 공을 넣으면 무조건 안타가 나왔다.

반대로 스트라이크존에 벗어난 공에는 엔젤스 타자들은 미동조차 하지 않았다.

투수가 공을 던질 때마다 루상이 계속 채워졌고, 결국 그 상황에서 싹쓸이 3루타를 맞으면서 점수가 크게 벌어졌다.

4회부터는 홈런이 나왔다.

4회 초 선두 타자로 나온 박준형이 솔로 홈런을 치자, 4회 말에 엔젤스는 2개의 홈런으로 단숨에 홈런을 갚아줬다.

그리고 지금 5회 말, 돌이킬 수 없는 상황이 왔다.

그 광경 앞에서 고양 스타즈의 선수들과 코칭스태프는 참담한 표정을 지었다.

'아, 이게 정말 프로의 벽인가?'

'안찬섭도 잡았는데, 왜?'

그들의 코앞에 있는 벽이 너무 크다는 사실에 대한 참담함이 엄습한 탓이었다.

반면 이진용은 그 벽을 인지할지언정 참담한 표정은 짓고 있지 않았다.

도리어 그는 이 점수 차이를 인정했고 동시에 이 상황을 이해했다.

'말도 안 될 정도로 조밀하게 움직이는구나.'

봤으니까.

오늘 서울 엔젤스가 점수를 내는 과정에서 벤치의 움직임이 얼마나 조밀했는지, 분주했는지.

-어때?

"시계 부품 같아요."

-이유는?

"모든 반응이 연결되어 있어요. 타석에서 타자가 서는 순간 벤치의 모든 이들이 타자와 호흡하고 있어요. 그 후 타자가 물러나면서 대기 타석에 있는 타자와 이야기를 하고, 곧바로 벤치에서 쉴 새 없이 이야기를 하면 다른 선수들이 그 이야기를 들어요. 그 와중에 코치가 달라붙어서 같이 이야기를 하고요. 절대 혼자 노는 선수가 없어요."

이진용의 말 그대로였다.

서울 엔젤스의 타자들은 말 그대로 타선이었다.

선처럼 연결 된 채, 하나의 반응이 다른 이들에게도 영향을 미치고 있었다.

-타선이 이래서 무서운 거지. 첫 번째의 파동이 작아도 그 파동이 선으로 연결되면서 점차 증폭되면 나중에는 걷잡을 수 없을 정도로 커지거든.

이진용은 입을 꾹 다물었다.

그가 경험해 보지 못한 진짜 타선의 위력을 분명하게 온몸으로 느낀 탓이었다.

"프로의 수준은 원래 이 정도입니까?"

-그렇진 않아. 이렇게 짜임새를 갖추려면 코칭스태프가 선수단을 완벽하게 통제해야 하거든. 그런데 보통은 메이저리그도 그렇고 한국프로야구 1군도 그렇고 그 정도 수준이 되면 코치보다 발언권이 높은 선수들이 있어서 말이야. 그들이 협조하면 상관없지만, 그들이 코치들하고 반목하면 이런 꼴은 보기 힘들지.

"그렇군요."

-그래서 말한 거야. 집중하라고. 이런 타선의 짜임새를 경험하기란 쉽지 않으니까.

말을 하던 김진호는 스윽, 이진용의 표정을 바라봤다.

-겁나냐?

굳은 이진용의 표정에 김진호가 질문을 던졌다.

"저 타선을 상대하는 게 쉽진 않겠죠."

이진용이 대답했다.

"하지만 겁나진 않아요."

표정은 굳었지만, 그뿐이었다. 이진용의 눈빛 어디에서도 긴장감은 있을지언정 공포는 없었다.

김진호는 그 사실에 미소를 지었다.

-새끼, 이럴 때 보면 나랑 똑같단 말이야.

"예?"

이진용의 반문에 김진호가 말을 돌렸다.

-아니, 별말 안 했어. 대비하라고.

"대비요?"

-점수 차는 10점 차. 이미 선발투수는 4회를 끝으로 내려갔고 5회에 올라온 투수는 1이닝만 투구수가 30개. 6회까지가 한계일 테고, 7회부터는 새로운 투수를 올려야겠지만 누가 보더라도 이 참담한 무대에서 올라가고 싶진 않겠지. 그래도 게임은 해야 하고. 부전승 따윈 없으니까. 콜드 게임도 없고. 그럼 누굴 제물로 바쳐야 할까?

"제일 허접한 놈을 제물로 바쳐야죠."

그 대답과 함께 이진용이 투수코치를 향해 고개를 돌렸다.

그러자 마치 기다렸다는 듯이 김정호 투수코치가 이진용에게 다가와 말했다.

"불펜에서 대기하도록."

이진용의 눈빛이 빛났다.

펑!

미트를 두드리는 소리가 한참인 고양 스타즈의 불펜 분위기는 안 좋은 의미로 적막했다.

'다들 사형수들 같군.'

불펜 포수, 말 그대로 불펜에서만 공을 잡는 것이 전부인 포수 이두형은 이런 분위기가 무슨 분위기인지 잘 알고 있었다.

'오늘 절대 못 이겨.'

전형적으로 패배하는 때의 분위기, 그것도 보통 패배가 아니라 처참한 패배를 앞둔 분위기라는 것을.

미트에 꽂히는 투수의 공, 그 공을 통해서 전해지는 투수들의 감정도 비슷했다.

펑!

'던지기 싫다.'

펑!

'마운드에 올라가기 싫다.'

펑!

'그냥 대충 던져서 컨디션 안 좋은 것처럼 연기하자.'

그런 종류의 감정이 포수 미트를 향해 아주 제대로, 진하게, 노골적으로 전해졌다.

이두형 포수는 그런 투수들의 감정이 솔직히 불쾌했다.

'이런 경기를 앞두고 포기하는 주제에 프로는 무슨 프로야?'

이두형 포수는 고양 스타즈 소속이었지만, 사실상 프로와는 거리가 먼 사내였다.

불펜 포수는 애초에 선수라기보다는 코치에 가까운 일이었으니까. 실제로 그는 적게나마 고양 스타즈로부터 월급을 받고 있었다.

'어떻게든 작은 기회라도 잡아야지. 누군 그 기회를 잡을 기회조차 없는데.'

그건 그다지 기쁜 일이 아니었다.

고양 스타즈에서 돈을 내는 건 꿈을 꾸는 것에 대한 비용 지불이었으니까.

즉, 돈을 받는다는 건, 달리 말하면 꿈을 꿀 수조차 없다는 의미였다.

그럼에도 불구하고 이제까지 야구를 위해 살아가는 이두형 포수 입장에서는 그 꿈을 꿀 수 있는 주제에 무대를 가리는 지금 불펜투수들의 모습이 같잖았다.

"안녕하십니까!"

그런 불펜의 적막감을 깬 건 다름 아니라 고양 스타즈에서 가장 단신인 투수였다.

힘찬 인사 소리와 함께 등장한 그의 목소리에 불펜의 피칭이 잠시 멈추었다.

"이진용입니다! 잘 부탁드립니다!"

재차 이어진 그의 우렁찬 소리는 오늘 불펜에서 나온 모든 소리 중에 가장 컸다.

귀가 얼얼해질 지경이었다.

그런 이진용의 등장에 이두형 포수가 곧바로 크게 팔을 흔든 후에 자리에서 일어났다.

그러고는 포수 마스크를 벗고는 이진용을 향해 다가갔다.

"불펜 포수 이두형이다. 내가 나이는 훨씬 많으니까 말은 놓도록 하지."

"예!"

"일단 던지고 싶은 게 있나?"

"패스트볼 위주로 던지고 싶습니다. 일단 5구 정도 던지면서 영점을 잡아보겠습니다."

"오케이. 그 외에 추가 사항은?"

"일단 패스트볼만 던진 후에 다시 의논해 보겠습니다."

이두형 포수는 고개를 끄덕였다.

"아, 그런데 만약 제가 검지를 어깨에 올리면 좀 다른 패스트볼을 던질 겁니다."

그러나 이어진 이 말에 이두형 포수는 고개를 갸웃했다.

하지만 의문을 품진 않았다.

'좀 다른? 투심이나 커터를 던질 생각인가?'

패스트볼에는 아주 다양한 종류가 있다.

심지어 똑같은 포심 패스트볼이라고 해도, 능숙한 투수라면 상황에 따라 몇 가지 다른 레퍼토리를 가진다.

투구폼을 좀 다르게 해서 던지는 경우도 있고, 그럼이나, 팔꿈치 각도를 다르게 하는 경우도 있다. 그것을 잘 활용만 할 수 있다면 타자의 타이밍을 앗아갈 수 있는 아주 좋은 무기가 되어주니까.

물론 이두형 포수는 속으로 가소로움을 머금었다.

'120짜리 직구로 뭘 해보겠다고.'

패스트볼을 주무기로 쓰는 건 패스트볼이 어느 정도 구속이 나올 때의 이야기다. 구속이 느린 패스트볼은 이 세상에서 가장 치기 좋은 배팅볼일 뿐이니까. 그런 의미에서 이진용은 절대 패스트볼을 주무기로 쓸 수 있는 투수가 아니었다.

이두형 포수는 그런 가소로움을 머금은 채 포수 마스크를 쓰고 곧바로 이진용을 향해 신호를 줬다.

그리고 공을 받았다.

펑!

'예상한 수준이군.'

생각보다 스트라이크존에서 크게 벗어나는 이진용의 공은 120짜리 공다웠다.

특별한 건 없었다.

'가벼워.'

오히려 가벼운 느낌도 들었다.

펑!

두 번째 공도, 세 번째 공도, 네 번째 공도 다를 건 없었다.

'별거 없네.'

대신 이두형 포수는 이진용의 피칭에서 칭찬할 점을 찾았다.

'그래도 영점은 빨리 찾는군.'

이진용이 다른 건 몰라도 영점, 스트라이크존에 공을 넣기 위한 조준을 하는 데에 아주 능숙하다는 것을.

동시에 이두형 포수는 인정했다.

'그리고 가식도 없어.'

펑!

자신의 미트를 두드리는 이진용의 피칭에는 절대 겁에 질린 기색, 마운드에 나가기 싫어하는 기색 따위는 조금도 없다는 사실을.

펑!

'아니, 힘이 넘치는군.'

오히려 이진용은 당장에라도 마운드에 나가고 싶다고 불펜 코치에게 시위를 하는 듯했다.

이두형 포수는 그런 이진용을 더 이상 가소롭게 여기지 않았다.

'그래, 최소한 저 정도 도전 정신으로 무장해야지. 패배한 개

가 될지언정 패배가 두려워 꼬리만 개는 되지 말아야지.'

물론 이진용이 정말 승리한 개가 되리라는 생각은 하지 않았다. 그러기엔 오늘 그라운드에서 프로의 2군이 보여준 벽은 너무나도 높고 거대했으니까.

분명 그랬다.

'응?'

이진용이 자신의 오른손 검지를 자신의 왼팔에 대는 신호를 보낸 후에.

그런 후에 이진용이 공을 던지기 전까지.

퍼엉!

'뭐, 뭐야?'

그 공을 받기 전까지는 그랬다.

'공이 떴어?'

그러나 그 공을 받는 순간 이두형 포수는 이진용에게 분명 다른 무언가가 있음을 깨달았다.

"오케이."

-오케이.

그리고 이진용, 그 역시 오늘 자신이 무엇을 해야 할지 깨달았다.

-공이 높게 떴습니다.

-아쉽군요. 좀만 더 갔으면 홈런인데요.

-뭐, 이 이상 홈런이 나오면 양심에 찔리기도 하지 않습니까?

6회 말, 고양 스타즈의 중견수인 이지홍은 6회 말의 마지막 아웃카운트가 될 플라이볼을 기다리고 있었다.

"후우, 후우!"

그런 그의 눈에 비친 떨어지는 하얀 야구공은 마치 추락하는 투포환처럼 보였다.

툭!

'아.'

그리고 그가 공을 잡는 순간 공을 잡은 이지홍을 비롯해 그 광경을 보고 있던 고양 스타즈의 선수들은 투포환 하나가 자신들의 가슴을 두드리는 듯한 느낌을 받았다.

그 순간 선수들이 머릿속에 떠오른 생각은 하나였다.

'아직 3이닝이나 더 치러야 한다니.'

경기가 끝날 때까지 3이닝이란 시간이 남았다는 것.

'이 경기 끝나긴 할까?'

그리고 한 이닝이 마치 하루처럼 느껴진다는 것.

그런 분위기에 빠진 고양 스타즈 선수들에게 7회 초의 기적 같은 건 존재하지 않았다.

"스트라이크, 아웃!"

"스윙, 아웃!"

"아웃!"

루킹 삼진, 헛스윙 삼진 그리고 유격수 앞 땅볼.

7회 초를 그 누구도 기억하지 못할 만큼 짧은 순간으로 만든 고양 스타즈 타자들은 긴 한숨을 내뱉었다.

'이제 또 수비구나.'

'이번에는 몇 점이나 내줄까?'

다시 지옥과도 같은 시간에 대한 한숨이었다.

"후우!"

그 한숨 속에서 오로지 단 한 명의 선수만이 한숨 대신 결의로 가득 찬 숨소리를 내뱉었다.

-고양 스타즈가 투수를 바꿉니다. 이진용 선수가 7회 말 마운드에 올라옵니다. 이진용 선수, 들어본 이름 같은데요?

-이 선수가 저번 블루 드래곤즈에서 안찬섭을 상대로 승리투수가 된 투수예요.

-아 그렇습니까? 그런데 왜 지금 올라오는 거죠?

-저번에 승리투수가 지금 패전 처리조로 올라온다는 건 간단하죠. 이 선수에게는 기대할 게 이거밖에 없다. 그리고……

-그리고?

-저번 5이닝 무실점 경기는 뽀록이었다.

-아 뽀록!

-그것도 그냥 뽀록이 아니라 개뽀록이었다.

그 선수를 향해 인터넷 중계를 하던 캐스터와 해설자는 기꺼이 비웃음을 머금었다.
그 사실에 시청자들도 웃음으로 채팅창을 도배했다.

-뽀록 투수 등장!
-스타즈 경기 포기했네.
-양심적으로 엔젤스 타자들은 돈 넣고 치자.

어차피 엔젤스 팬들을 위한 중계였기에 그 사실을 문제 삼는 이는 없었다.
무엇보다 그 둘이 틀린 말을 한 것도 아니었다.

-저 선수 직구 구속이 120쯤 나온다고 합니다.
-120킬로미터요?
-사회인 야구 수준에서나 운이 따를 수준이죠. 이미 타격감이 최고조에 이른 엔젤스 타자들에게는 그야말로 배팅볼이나 마찬가지일 겁니다. 너무 멀리 나가서 아마 오늘 공 대여섯 개정도는 실종될지도 모릅니다. 오늘 홈런볼을 잡으실 분은 경기장 밖에서 대기해 주십시오.

결코 크다고 볼 수 없는 체격, 느린 구속, 그 외에 딱히 눈여겨볼 것 하나 없는 투수에 대해 좋은 평가를 해준다면 그것이 오히려 입에 발린 소리일 테니까.

"후우!"

마운드 위에 올라선 이진용은 그런 시선 속에서 하늘을 바라보며 마지막으로 숨을 골랐다.

그러고는 곧바로 고개를 내렸다.

7회 말이 그렇게 시작됐다.

"플레이볼!"

주심의 선언과 동시에 타석에 선 엔젤스의 7번 타자 오진성은 마치 활을 쏘듯 배트를 곧게 든 후에 마운드를 바라봤다.

스즈키 이치로의 독특한 타격 전 자세, 그 자세와 흡사한 자세를 취했다.

그러나 그것은 결코 멋을 위한 행동이 아니었다.

'어디 보자……'

오진성에게 그 작업은 스케치를 앞둔 미술사가 연필로 스케치 대상을 가늠하는 것과 같은 작업이었다.

그 짧은 순간 오진성은 마운드 위에 있는 투수를 가늠했다.

'패스트볼 구속은 120대 초반. 슬라이더와 체인지업이 괜찮

다고 했지?'

경기 시작 전, 엔젤스 타격코치는 선수들에게 이진용 투수에 대한 이야기를 해줬다.

해준 말이 많지는 않았다.

올해 독립 구단 트라이아웃으로 합격한 이진용이란 비슷한 이름조차 들어본 적 없는 선수에 대한 자료 따위가 있을 리 없었으니까.

하지만 그 단편적인 정보 속에서 엔젤스 타격코치는 분명하게 말했다.

"슬라이더와 체인지업이 좋다. 그러면 분명 그 두 개를 결정구로 쓸 거다. 그러니까 패스트볼을 노려라."

패스트볼이 무기력한 투수의 패스트볼을 노리라고.

"패스트볼 외의 공은 일단 넘겨라. 존에 들어오더라도 참아. 상대는 수 싸움을 잘한다. 어설프게 다른 공을 노리다가는 수 싸움에 휘말린다. 패스트볼이 주력이 될 수 없는 투수를 상대로 어렵게 수 싸움을 할 필요는 없다. 언제나 말했듯 투수의 실투를 노리는 게 타자의 미덕이다."

수 싸움을 잘할뿐더러, 정보도 많지 않은 투수를 상대로 괜히 승부를 어렵게 가지 말라고.

코칭을 받은 선수들 입장에서는 감히 단 한 마디의 반박도 할 수 없는 정답이었다.

애초에 기초적인 능력에서 투수에 비해 부족할 게 없는 타자들이 굳이 어려운 수 싸움을 해줄 필요는 없으니까.

가장 치기 쉬운 공을 기다리고, 그 공이 왔을 때 전력을 다해 배팅을 하면 될 뿐!

'패스트볼이다.'

더욱이 오진성은 굳이 오늘 자신이 여기서 홈런을 쳐내거나, 출루를 해서 영웅이 될 생각도 하지 않았다.

'패스트볼을 노린다.'

그는 그저 출루를 해내겠다는 의지만을 품었다.

스윽!

'움직인다.'

그런 그의 눈에 투수가 발을 뒤로 빼는 것이 보였다.

이제 타자와 투수가 서로를 향해 방아쇠를 당기기 직전의 순간, 오진성은 당연히 긴장했다.

그런 오진성의 눈에 오른 다리를 들어 올리며 자신의 몸을 꽈배기처럼 꼬는 이진용의 모습이 보였다.

독특한 투구폼.

그 투구폼 끝에서 공이 나오는 순간, 그 공이 궤적을 그리는 순간, 그 찰나의 순간 오진성의 머릿속은 결론을 내렸다.

'패스트볼이다!'

어쩌면 체인지업일 수도 있는 공.

그러나 오진성은 굳이 거기까지 고민하지 않았다.

패스트볼이라고 믿었고, 그 믿음은 곧바로 오진성의 육체를 방아쇠를 당긴 총처럼 만들었다.

오진성의 배트가 움직였다.

그 배트가 움직이는 순간 오진성이 바라는 건 오직 하나였다.

'떨어지지만 마라.'

이 공이 체인지업이라면 어느 순간을 기점으로 감속과 함께 공이 떨어질 터.

반대로 그렇지만 않는다면 그 공은 패스트볼일 게 분명했다.

떨어지지만 마라!

그러한 기도는 그런 의미였고, 그런 오진성의 기도는 통했다.

그 공은 정말 조금도 떨어지지 않은 채 스트라이크존 높은 곳을 향해 들어왔다.

이윽고 오진성의 배트가 공을 쳤다.

딱!

그와 동시에 오진성은 들을 수 있었다.

"마이 볼!"

투수의 목소리를.

타자의 타격 메커니즘은 오랜 훈련의 결과다.

그들은 투수가 던지는 공에 자동으로 반사할 수 있도록 하루에 수백, 수천 번씩 배트를 휘두른다.

핵심은 그들이 배트를 휘두를 때마다 염두에 두는 투수의 공이다.

대부분의 타자들은 자신이 속한 리그의 평균 수준의 공에 자신의 타격 타이밍을 맞춘다.

즉, 160킬로미터짜리 패스트볼이나 120킬로미터짜리 패스트볼에 타이밍을 맞추고 연습을 하는 선수는 없다.

당연히 라이징 패스트볼, 일반적인 패스트볼보다 회전 수가 높아 덜 가라앉는 공에 타이밍을 맞추고 스윙을 연습하는 타자 역시 존재하지 않는다.

하물며 125킬로미터짜리의 공이 그런 식으로 날아왔을 때를 염두에 두고 스윙 연습을 하는 타자가 이 세상에 존재할 리만무.

그렇기에 그건 결코 이상한 일이 아니었다.

"마이 볼! 마이 볼!"

7회 말 마운드에 올라온 이진용이 두 명의 타자를 전부 뜬공으로 잡는 일은.

"호우!"

그리고 마지막 타자마저 내야 뜬공으로 잡은 후에 기쁨의 환호성을 내지르는 일은.

적어도 이진용에게 그건 전혀 이상한 일이 아니었다.

하지만 그 경기를 보고 있던 이들에게 그것은 감히 상상조차 할 수 없는 일이었다.

-어, 저 공 뭐죠?

-자세히 봐야겠습니다만, 뭐라고 해야 할까? 공이 마치 떠오르는 느낌이 드네요?

-설마 라이징 패스트볼을 말씀하시는 겁니까?

-잘 모르겠네요. 패스트볼 구속이 125에 불과한데 라이징 패스트볼이라고 하기에는…….

이진용을 껌처럼 씹던 해설자와 캐스터들은 당연히 혼란에 빠졌다.

엔젤스 2군의 더그아웃도 마찬가지였다.

"패스트볼인데, 일반적인 패스트볼보다 덜 가라앉습니다."

"구속이 느린데 회전 수가 좋다? 그게 말이 돼?"

"어쨌거나 눈에 보이는 건 그렇습니다. 앞선 타자들 전부 패스트볼이 예상보다 덜 가라앉았다고 말했습니다."

"마운드 위에서 귀신이 곡하는 것도 아니고 그게 무슨……."

심지어 고양 스타즈 더그아웃도 마찬가지였다.

정범석 감독과 김정호 투수코치는 말문이 막힌 듯한 표정으로 서로를 마주 본 채 눈빛으로만 대화했다.

'이진용이 저런 공을 던질 줄 알았나? 아니면 자네가 가르친 건가?'

'이런 걸 가르칠 줄 알면 여기 안 있죠. 그보다 감독님이 뽑으셨잖습니까? 설마 알고 뽑으신 겁니까?'

'그걸 알면 내가 여기 안 있지.'

마지막으로 놀라는 이는 하나 더 있었다.

"미친!"

변형채 스카우트.

'저 새끼 뭐하는 놈이야?'

의도치 않게 이진용의 트라이아웃 때부터 블루 드래곤즈전, 그리고 지금 경기까지를 전부 보게 된 그는 이진용의 이 변화를 누구보다 분명하게 가늠할 수 있었다.

'트라이아웃 때 저런 걸 안 보여주고 뭐 한 거야? 그때 보여줬으면……'

분명 트라이아웃 때 이진용은 그저 체인지업이 인상적인 강심장 투수에 불과했다.

블루 드래곤즈전에서도 이진용은 슬라이더가 인상적일지언정 패스트볼은 보잘것없었다.

그런데 지금 엔젤스전에서 이진용은 누가 보더라도 놀랄 만한 패스트볼을 던졌다.

심지어 그 패스트볼을 이용해서 세 타자 연속 뜬공이라는 결과를 만들었다.

'아.'

그 순간 변형채는 깨달았다.

이제까지 자신이 본 이진용이 단 한 번도 타자를 출루시킨 적이 없다는 사실을.

그 사실을 깨닫는 순간 변형채는 목덜미가 싸늘해지는 듯한 느낌을 받았다.

"저 투수 뭐죠?"

그런 변형채를 향해 구은서가 질문을 던졌다.

그 질문에 변형채는 자신의 안경을 고쳐 썼다.

"이름은……."

"이진용. 한 번 들은 이름을 기억 못 할 정도로 기억력이 나쁘진 않아요. 저 선수 공 특이한데, 저게 무슨 공이죠?"

구은서의 말에 변형채는 머릿속을 정리했다.

혼란한 머릿속으로 높으신 분을 만족시킬 만큼 쉬운 설명을 어떻게든 강구했다.

"후우."

이윽고 그 한숨과 함께 입을 열었다.

"조금 전 이진용 선수가 던진 공은 보시다시피 덜 가라앉았습니다. 소위 라이징 패스트볼이라고 하는 공이죠."

"공이 뜨나요?"

"물론 정말 공이 떠오르는 건 아닙니다. 패스트볼의 회전 수가 높아지면 공은 상대적으로 덜 가라앉습니다. 그리고 아시다시피 타자와 투수 사이에는 마운드 높이만큼의 높이 차이가 있고, 대개 카메라는 마운드를 기준으로 찍죠. 때문에 덜 가라앉을 경우 뒤에서 보면 마치 공이 떠오르는 듯한 착시 현상에 빠지게 됩니다."

기나긴 설명을 쉼 없이 내뱉은 변형채는 그 말을 뱉는 순간 잠시 멈칫했다.

"변 스카우트?"

"자, 잠시만요. 머릿속 좀 잠깐 정리하겠습니다."

그리고 그는 누구보다 먼저 깨달았다.

'설마 지금 패스트볼 회전 수를 임의로 조절한 건가?'

자신이 본 것이, 이진용이란 투수가 보여준 것이 얼마나 말도 안 되는 것인지.

***

-어때?

김진호의 질문에 이진용은 대답에 앞서 조금 전 자신이 공을 던진 느낌을 생각했다.

메마른 손끝, 그 끝의 느낌을 가늠했다.

그리고 말했다.

"아무래도 엄청난 걸 손에 넣은 것 같습니다."

그 말에 김진호가 미소를 지었다.

-아무렴, 이제부터 넌 체력 3포인트를 지불하는 대가로 나조차도 하지 못했던 걸 할 수 있는 괴물이 됐는데.

김진호의 미소에 이진용이 미소로 대답했다.

그렇게 미소를 지은 그 둘이 엔젤스 2군의 더그아웃을 바라봤다.

그런 그 둘의 눈에 타자들의 머리 위에서 맛있게 빛나고 있는 포인트가 들어왔다.

8회 초는 없었다.

"스트라이크, 아웃!"

고양 스타즈의 타자들이 타석에 섰지만, 그들은 그 어떤 존재감도 드러내지 못한 채 아웃카운트를 적립했다.

마치 경기가 빨리 끝나기를 고양 스타즈의 타자들이 바라는 것처럼 보일 정도였다.

무기력한 모습.

아이러니한 건 그런 타자들의 무기력한 모습이 도리어 이진용에게 기회가 됐다는 점이었다.

"뭐야, 벌써 공수교대야?"

"미치겠네, 머릿속을 정리할 틈이 없어."

엔젤스의 타자들에게 7회 말 이진용의 공에 대해 심사숙고할 시간조차 없었으니까.

코칭스태프들 역시 마찬가지였다.

'저 이진용이란 투수를 어떻게 공략해야 하지?'

'특이한 공이다. 그냥 일반적인 경우를 생각해서는 안 돼.'

코칭스태프 역시 이진용의 공에 대해 이렇다 할 답을 내리지 못한 상황이었다.

그런 상황에서 너무나도 이르게 8회 말, 이진용을 상대하게 됐을 때 그들이 내릴 수 있는 결론은 정해져 있었다.

"제성아, 보는 거다. 그냥 지켜봐."

공을 지켜보는 것.

그 주문을 받은 1번 타자 김제성은 반문했다.

"패스트볼도요?"

"그래."

처음 이진용에 대한 대처법으로 코칭스태프는 패스트볼을 공략하라고 말했다.

그런데 고작 1이닝 만에 그와는 정반대로 패스트볼을 지켜보라는 주문이 나온 상황.

1번 타자로 출전하게 된 김제성은 그 사실에 당연히 혼란을 느꼈다.

'젠장, 뭐 좀 하려니까 이 지랄이야?'

김제성.

이미 점수 차가 크게 난 6회 말 1번 타자의 대타로 오늘 경기를 시작한 그는 현재까지 출루가 없었다.

득점 쇼가 펼쳐지는 상황에서 아무런 공적이 없다는 건 결코 기분 좋은 일이 아니었고 동시에 좋은 일도 아니었다.

굳이 말하면 위험한 일.

자신의 가치에 대한 의심을 받을 만한 일이었다.

'빌어먹을.'

당연히 그는 어느 때보다 출루를 하고 싶었다.

특히 직구 구속이 120킬로미터에 불과한 투수를 상대로 펜스에 맞는 3루타 하나를 나름 기대하고 있었다.

'오늘 중계도 하는데……'

자신의 빠른 발을 통한 주루 능력을 높으신 분들 그리고 팬들에게 보여주고 싶었다.

그런 상황에서 패스트볼을 그냥 보라는 말이 좋게 들린다면 그게 이상한 일.

"알겠습니다."

하지만 그렇다고 해서 그가 반발하는 일은 없었다.

그의 신분은 어디까지나 2군.

그것도 2군에서 주전으로 나오기보다는 대타로 나오는 일이 더 많은 상황이다.

그런 그가 코칭스태프의 작전을 무시하고 제멋대로 무언가를 한다는 건 위험함을 넘어 멍청한 짓이었으니까.

그는 그렇게 벤치의 사인을 되새김질하며 타석에 섰다.

"플레이볼!"

그리고 주심의 선언과 함께 그는 다시금 스스로에게 분명하게 강조했다.

'그냥 본다. 패스트볼이 오면 참는다. 존에 들어와도 무조건 참는다. 초구는 무조건 본다.'

그런 그의 눈앞에서 이진용이 피칭을 준비했다.

이진용이 자신의 몸을 꽈배기처럼 만들었다. 그러고는 곧바로 몸을 풀어내며 공을 던지는 그 모습은 토네이도처럼 역동적이었다.

그러나 그런 그의 역동적인 투구폼에서 나온 공은 느린 패스트볼이었다.

스트라이크존을 향해 무척 정직하게 그리고 정말 너무나도 느리게 날아오는 공. 도리어 너무 치기 좋은 공이라서 김제성의 몸이 저도 모르게 움찔하게 만들 정도의 공.

팡!

마지막으로 귀여운 소리를 내며 포수 미트로 파고든 그 공에 주심은 분명하게 소리쳤다.

"스뚜라이꾸!"

그 소리를 듣는 순간 김제성은 가장 먼저 전광판을 향해 자신의 눈을 집중했다.

그리고 봤다.

'110?'

110킬로미터.

요즘은 충남 계룡에 있는 여고생도 던진다는 그 구속의 패스트볼 앞에서 김제성은 얼빠진 표정으로 벤치를 바라봤다.

　김제성이 언제든 볼 수 있는 곳에 서 있던 타격코치도 얼빠진 표정을 짓고 있었다.

　그렇게 얼빠진 표정을 짓고 있던 둘은 잠시 동안 마음의 대화를 나누었다.

　'진짜 이걸 치지 말고 봐야 합니까? 이 말도 안 되는 공을?'

　'참아. 일단 참아. 아까 그 덜 가라앉는 공이 올지도 모르니까 참아.'

　그 대화를 끝으로 타격코치가 재차 패스트볼을 건드리지 말고 보라는 신호를 줬다.

　"후우, 후우."

　그 신호에 김제성이 폭발하려는 자신의 심정을 심호흡으로 진정시켰다.

　그렇게 심호흡으로 스스로를 다스린 김제성이 다시금 스스로에게 주문을 걸었다.

　'참자. 패스트볼이라도 참는 거다.'

　벤치 사인이 왔으니 벤치 사인을 따르자!

　누누이 듣던 그 조언을 김제성은 다시금 되새김질했다.

　그리고 다시 그가 마운드 위의 투수를 바라봤다.

　마운드 위에 있는 이진용은 그런 김제성을 부릅뜬 눈으로 바라보는 수준을 넘어 노려보고 있었다.

그 순간 김제성은 느꼈다.

'그래, 승부수를 던지겠다, 이거지?'

저 눈빛!

저 각오!

결사의 의지를 품은 그 눈빛에 김제성은 이진용이 결코 자신을 놀릴 생각이 없음을, 자신을 상대로 전력으로 피칭을 할 생각이라는 것을, 앞서 타자들을 상대로 뜬공을 잡아냈던 그 신비하면서도 기괴한 결정구를 던지리란 것을 알 수 있었다.

'그래, 그 이상한 패스트볼을 던져봐. 어떻게든 파악해서, 어떻게든 때려주마.'

당연히 이 순간 김제성은 다시 한번 배트를 꽉 쥐었다.

혹여 저도 모르게 배트가 움직이는 일이 없도록, 감히 조금 전처럼 움찔하는 일이 없도록.

그런 김제성을 향해 이진용이 2구째를 던졌다.

팡!

조금 전과 비슷한 코스 그리고 비슷한 구속의 공.

그냥 아주 느린 패스트볼이었다.

"헉!"

그 공 앞에서 김제성은 숨넘어가는 소리를 내뱉음과 동시에 잽싸게 배터 박스에서 물러난 후에 벤치를 봤다.

그리고 타격코치를 바라봤다.

'코치님!'

애처로운 눈빛으로.

그런 김제성의 눈빛을 바라본 타격코치는 이 순간 이진용의 그 이상한 패스트볼 대신 다른 것을 확인할 수 있었다.

'벤치 사인, 그리고 제성이 심리를 완벽하게 읽고 일부러 평범한 패스트볼을 던지고 있어.'

이진용이 지금 모든 것을 꿰뚫어 보고 있다는 것.

이대로 그냥 지켜만 보다가는 루킹 삼진을 당할지도 모른다는 것.

'타격이다. 적극적으로.'

투 스트라이크 상황, 여기서 루킹 삼진을 당할 순 없는 노릇.

그 상황에서 나온 타격코치의 사인에 김제성은 이를 꽉 물었다.

그리고 각오를 다졌다.

'오냐, 뭐든 와라.'

당연히 김제성은 더 이상 참을 생각이 없었다. 패스트볼이든 뭐든 간에 존에 들어오는 공이라면 무슨 공이든 때릴 생각이었다.

'아주 박살을 내주마.'

그런 그를 향해 이진용이 세 번째 공을 던졌다.

'직구! 넌 뒈졌어!'

김제성의 몸쪽을 향해 날아오는 느린 공, 김제성은 그 공이 패스트볼이라고 확신했고 당연히 그의 몸은 반응했다.

후웅!

그의 배트가 공을 쪼갤 기세로 움직였다.

그뿐이었다.

펑!

갑작스러운 감속과 함께 자신의 모습을 단숨에 바꾼 그 공은 김제성의 배트 아래를 유유히 지나가며 포수의 미트에 들어갔다.

멋진 체인지업이었다.

"스윙 스트라이크 아아아웃!"

"씨이발!"

이진용, 그가 8회 말을 삼진으로 시작했다.

8회 말, 공이 높게 뜨는 순간 투수는 하늘 높이 손을 들며 전력을 다해 소리쳤다.

"마이 볼!"

그 외침에 내야수들은 그대로 정지했다.

조각처럼.

오로지 한 명의 주인공만을 위한 엑스트라들처럼 멈춰 있는 그들 사이에서 이진용만이 하이라이트 아래에서 움직였다.

픽!

이윽고 그가 공을 잡는 순간 멈춰 있던 좌중의 시간이 흘러갔다.

[69포인트를 획득하셨습니다.]
[삼자범퇴에 성공하셨습니다. 보너스 포인트가 지급됩니다.]

베이스볼 매니저의 알림을 시작으로 여러 종류의 소리들이 이진용의 귓가를 맴돌기 시작했다.

"오케이!"

"나이스 플레이!"

고양 스타즈 선수의 것이 분명한 목소리와 박수 소리.

"젠장!"

"또 잡혔군."

"결국, 여기까지인가?"

엔젤스 선수의 것이 분명한 목소리와 한숨 소리.

-나이스 플레이. 이제 9회 초에 스타즈 타자들이 10점 이상만 내면 승리투수가 될 수 있겠네!

그리고 마지막으로 김진호의 목소리까지.

그 소리를 들은 후에야 이진용은 자신이 8회 말을 말끔하게 그리고 완벽하게 마무리했음을 직감할 수 있었다.

그 직감 속에서 이진용이 고개를 들었다.

이 순간 그는 분명하게 느낄 수 있었다.

'기분 좆 같네.'

자신이 지금 정말 이루 말할 수 없을 정도로 짜증을 내고 있다는 사실을.

이진용은 절로 찌푸려지는 표정을 감추려는 듯 어깨로 얼굴을 문지르기 시작했다.

그런 이진용의 모습에 김진호가 옅게 웃었다.

-야, 인마! 표정이 왜 그래?

"아무것도 아닙니다."

-좋은 날이잖아? 라이징 패스트볼 스킬이 최소한 프로 2군 레벨에는 먹힌다는 걸 확인했잖아?

김진호의 말대로 오늘은 좋은 날이었다.

오늘 이진용이 거둔 수익은 그저 포인트라는 숫자 하나로 치부할 수 있는 것이 아니었으니까.

엔젤스 2군 선수들, 그것도 단련되고 연마된 그들을 상대로 2이닝 무실점 피칭을 했다.

그 과정에서 라이징 패스트볼 스킬의 위력이 얼마나 대단한지, 고작 120대 중반에 불과한 패스트볼을 가진 이진용이 프로 2군과 싸울 수 있다는 것을 확인했다.

비단 그만이 확인한 것이 아니었다.

모두가, 이곳에 있는 모든 이들 앞에서 이진용은 자신이 그저 도망치는 사냥감이 아니라 역으로 당신들도 잡을 수 있는 사냥꾼임을 명명백백하게 증명했다.

훗날 이진용이 프로에 입단하는 기회를 얻는다면 오늘 이 경기가 중요한 역할을 할 터.

이루 말할 수 없는 소득이었고, 그토록 이진용이 바라던 결과물이었다.

'젠장.'

그러나 이진용의 기분은 그 어느 때보다 참담했다.

-그런데 왜 그렇게 인상이야? 응? 뭐 마음에 안 드는 거라도 있어? 설마 똥 마렵냐? 급해?

"아닙니다."

김진호의 말에 이진용은 억지로 표정을 풀었다.

'내가 정신이 나간 모양이야.'

이 순간 이진용은 틀린 건 그 누구도 아닌 자기 자신이라고 생각했다.

'이런 말도 안 되는 생각을 하다니. 그저 경기에 나온 것에 감사해야 하는데.'

이 좋은 결과 앞에서 인상을 찌푸리는 건, 기분이 더러운 건 세상이 아닌 이진용에게 문제가 있다고 볼 수밖에 없는 일이니까.

-네가 맞다.

그런 이진용에게 김진호는 평소와는 보기 힘든 표정으로, 마치 대견하다는 표정으로 말했다.

"예?"

-설마 네가 이 상황에서 그런 기분을 느낄 줄은 몰랐지만, 그게 맞다. 네가 느끼는 감정이 정답이다.

"정답이라고요?"

이진용은 저도 모르게 반문을 내뱉은 후에 곧바로 글러브로 입을 가렸다.

김진호는 그런 이진용을 대신해 그라운드를 그리고 조금 전 이진용이 주인이었던 마운드를 바라보며 말했다.

-점수 차는 10점 차. 누가 보더라도 지는 경기. 투수가 무슨 수를 써서라도 승리를 쟁취할 수 없는 상황. 그런 상황 속에서 마운드에 올라와 공을 던진다는 것.

마운드를 바라보는 김진호의 얼굴에는 비릿하면서도 씁쓸한 미소가 걸려 있었다.

-투수가 마주할 수 있는 가장 비참한 상황. 그런 상황에서 기분이 좋다면 절대 프로의 무대에서 살아남을 수 없지.

세상에 좋은 것만 있으면 더할 나위 없겠지만, 세상은 그러하지 않다.

야구도 마찬가지이다.

똑같은 마운드를 쓰더라도 투수의 처지는 명백하게 다르다.

누구는 모든 이들의 관심과 주목 그리고 대접을 받으며 마운드를 밟는 에이스 투수이지만, 누구는 감독과 선수단이 포기한 경기를 마무리 짓기 위해 이미 더러워진 마운드를 밟는 패전 처리 투수 역할을 해야 한다.

물론 분명 누군가는 해야 하는 일이다.

타임아웃이 없는 시합의 재미, 야구 만화 H2에 나왔던 그 말 그대로 시간을 끈다고 해서 야구는 끝나는 스포츠가 아니니까.

-이제 왜 내가 그 누구도 밟지 않은 마운드를 밟고자 하는지 알겠지?

그러나 이진용은 자신이 그 누군가가 될 생각은 없었다.

그러나 지금 이진용은 그 누군가가 되었다.

그것이 기분이 더러운 이유였고, 표정을 찌푸리는 이유였다.

동시에 이진용이 결코 패배에 순응하며 현실과 타협하는 자가 아니라는 증거였다.

"예."

때문에 이 순간 이진용은 명심했다.

'다시는 이런 식으로 마운드에 오르지 않겠어.'

그렇게 이진용이 마운드를 내려간 후 시작된 9회 초, 기적 같은 건 없었다.

고양 스타즈 타자들은 무기력하게 삼자범퇴로 물러났고, 거기서 게임은 끝이 났다.

9회 말을 치르는 대신 선수단이 그라운드로 모여 인사를 나누었다.

그 속에서 이진용은 여전히 쓴웃음을 머금고 있었다.

그리고 한 사내와 한 여인이 이진용의 그 쓴웃음을 보고 있었다.

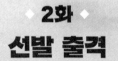

◆ 2화 ◆
선발 출격

[엔젤스 2군, 독립 구단 고양 스타즈를 상대로 대승!]
[고양 스타즈, 결국 독립 구단의 한계에 갇히나?]
[고양 스타즈와의 교류 경기, 이대로 괜찮은가?]

"후우……."

스마트폰으로 기사 타이틀을 확인하던 정범석 감독은 긴 한숨과 함께 스마트폰을 끄지 않은 채, 던지듯 자신의 테이블 위에 올려놓았다.

그리고 곧바로 고뇌를 시작했다.

'가차 없군.'

엔젤스와의 경기가 끝나자마자 언론은 승자인 엔젤스가 아닌 패자인 고양 스타즈를 물어뜯기 시작했다.

처음 있는 일은 아니었다.

오히려 반대, 정범석이 고양 스타즈의 감독이 된 이후 교류 전을 치를 때마다 있던 일이었다.

충분히 각오했던 일이기도 했다.

야구 관련 기사를 쓰는 주요 언론들은 당연한 말이지만 프로야구 구단 편이다.

그리고 프로야구 구단들은 고양 스타즈를 비롯해 독립 구단과의 교류 경기에 큰 부담을 느끼고 있다.

그런 상황에서 프로야구 구단들의 편인 언론들이 고양 스타즈를 물어뜯는 건 너무나도 당연한 일.

그럼에도 불구하고 정범석 감독은 이번 패배가 유독 뼈아프게 느껴졌다.

이유는 간단했다.

'투수가 없다.'

현재 고양 스타즈에 확실하게 1승을 가늠할 수 있는 투수가 없다는 것.

즉, 지금보다 앞으로가 문제였다.

'예상은 했지만, 이 정도일 줄이야.'

물론 어쩔 수 없는 일이긴 했다.

야구는 투수놀음이란 말이 있듯이, 쓸 만한 투수에 대한 프로야구 구단들의 관심은 지대하다.

그런 상황에서 프로야구 선수가 되는 것이 제1 목표인 독립 구단에 쓸모 있는 투수가 등장한다면?

선수의 기량이 프로 레벨에 비해 조금 부족해도, 프로 구단들은 일단 그 선수를 데려간다.

좀 더 노골적으로 말하면 정말 프로 구단에서 관심을 가질 만한 기량을 가진 투수들은 절대 독립 구단까지 오지 않는다.

하물며 한국프로야구에는 육성선수 제도가 있다.

예전에는 신고선수라고 불렸던 이 제도를 이용하면 구단은 정식으로 보유할 수 있는 65명의 선수 외의 선수를 얼마든지 고용할 수 있으니, 필요한 선수는 고용하지 않을 이유도, 제약도 없다.

더불어 선수 입장에서도 독립 구단보다 육성선수로 프로 구단과 계약하는 게 낫다.

어쨌거나 육성선수도 그 프로 구단의 2군 설비와 코칭스태프의 도움을 받을 수 있고, 결정적으로 육성선수에게도 프로 구단은 계약금 없이 2,700만 원이라는 최저 연봉을 지급한다.

월 70만 원을 내는 독립 구단에서 뛰는 것과 그래도 연봉으로 2,700만 원을 받고 육성선수로 뛰는 것.

무엇이 더 나은지는 고민하는 것이 우스운 일일 터.

'정말 한국프로야구의 토양이 최악이라는 게 실감이 나는군. 독립 구단을 몇 해 운영하니 아마추어에 그나마 남은 자질 있는 투수가 사라졌으니……'

어쨌거나 이런 상황 속에서 정범석 감독은 어떻게든 투수를 키우고자 했다.

김정호 투수코치 역시 마찬가지였다.

불철주야, 정말 밤낮으로 투수들의 기량을 보다 향상시키기 위한 노력과 연구를 거듭했다.

엔젤스와의 경기는 그런 노력의 결과를 가늠하기 위한 가장 분명한 경기였다.

내보낼 수 있는 최고의 카드들만을 골랐다.

'겨울 동안 준비한 게 전부 쓸모없게 된 느낌이군.'

그러나 결과는 참담, 그 자체.

'기량도 기량이지만, 가장 큰 문제점은 승리에 굶주린 선수가 없다는 거겠지.'

특히 정범석 감독을 머리 아프게 하는 건 선수들 대부분이 패배 의식으로 가득하다는 점이었다.

'야구는 약팀도 이길 수 있는 스포츠다.'

야구는 제아무리 강한 팀도 6할 승률을 유지하기가 쉽지 않다.

반대로 말하면 제아무리 약한 팀도 2할 밑으로 승률이 떨어지기가 쉽지 않다.

즉, 고양 스타즈가 프로야구 구단 2군을 상대로 10경기를 하면 한두 경기는 충분히 이길 수 있다는 의미.

그러나 지금 고양 스타즈에 뿌리내린 패배 의식은 그 승리를 할 수 있는 경기마저 패전으로 만들고 있었다.

'어쩔 수 없는 일이지만…….'

문제는 이것이 너무나도 당연한 일이라는 점이었다.

고양 스타즈의 선수들은 야구를 시작하고 승자였던 때보다 패자였던 나날이 더 많은 선수들이다.

갈 곳 없이 정말 마지막 기회를 잡아보려는 선수들.

그런 그들에게 승자의 긍지와 야망을 요구한다면 그것을 요구하는 자가 이상한 일일 터.

'그래도 반전이 필요해. 분위기 반전이.'

이 순간 정범석 감독의 머릿속에는 한 사내가 떠올랐다.

'이진용.'

이진용.

정범석 감독이 오로지 자의적인 판단과 결정으로 뽑은 선수.

그야말로 보잘것없는 것뿐인 투수.

고양 스타즈에 있는 모든 투수 중에서 기량 면에서나 피지컬 면에서나 가장 허접한 선수.

'그 선수만 이기려고 했어.'

하지만 승리에 대한 열정으로 마운드에 서는 투수는 그가 유일했다.

단순히 성적이 좋아서 그런 게 아니었다.

벤치, 그곳에서 승리를 향한 파이팅을 외친 최초의 선수라는 것이 근거였다.

'분명 내가 생각한 것 이상으로, 보이는 것 이상으로 많은 것을 가진 선수다.'

이진용은 구속을 비롯해 모든 것은 보잘것없지만, 승리에 대한 열정만은 누구보다 큰 선수였다.

그 선수를 떠올리던 정범석 감독이 다시금 스마트폰을 꺼냈다.

그런 정범석 감독의 눈에 일정표의 한 문장이 보였다.

[3월 18일 인천 샤크스 2군과 강화 원정경기, 선발 미정.]

김정호 투수코치의 하루 일정은 대개 투수들의 컨디션을 체크하는 것으로 시작된다.

"그래서 몸은?"

"괜찮습니다."

그렇게 컨디션 체크를 마친 이후 김정호 투수코치는 선수에 맞게 훈련 매뉴얼을 짜줬다.

"무리하지 말고, 일단 몸부터 제대로 푼 다음에 피칭을 한다. 명심해. 공은 제한된 숫자만큼 던져. 그 이상 던져선 안 돼."

"예."

그런 김정호 투수코치의 투구 지론은 다름 아니라 투수의 어깨는 소모품이라는 것이었다.

당장 김정호 투수코치부터가 그랬다.

오래전에 야구를 시작한 그는 그가 야구생활을 하면서 만난 모든 지도자로부터 투수는 많은 공을 던져야 한다고 지도받았었고, 그렇기에 그는 그 누구보다 많은 공을 던지는 자신의 노력에 만족했었다.

그러나 그 결과가 그의 선수 생명을 단축하는 식으로 나왔을 때, 그는 깨달았다.

많이 던지면 분명 도움은 되지만, 결과적으로 어깨는 망가진다는 것을.

그때부터 그는 최대한 공을 적게 던지면서 최대한 높은 효율을 꾀할 수 있는 방법을 연구했다.

"그리고 유연성 스트레칭은 빼놓지 말고."

그 연구 끝에 나온 것이 바로 몸의 유연성을 높이기 위한 여러 종류의 훈련들이었다.

벌크업을 통해 근육량을 늘리면 구속이 증가하지만, 반대로 부상 위험도 늘어나는 만큼 유연성을 확보하는 것이 훨씬 더 중요하다고 생각한 것이다.

그런 그의 훈련 방식은 분명 일반적인 지도자들이 하는 훈련 방식과 달랐다.

여전히 한국프로야구 무대의 지도자들은 투수의 어깨는 쓸수록 단련된다는 지론으로 무장된 경우가 많았고, 그 지도를 받은 선수들 대부분은 공을 많이 던지는 것이 당연한 답이라고 생각했으니까.

"그렇게 말고! 너무 힘을 주면 안 돼! 근육이 찢어진다고! 천천히 호흡에 맞춰서 몸을 늘려!"

때문에 고양 스타즈의 투수들에게 김정호 투수코치의 훈련은 어색한 것이었고, 김정호 투수코치는 그런 투수들의 훈련에 개입하느라 언제나 그라운드를 분주하게 움직였다.

그런 김정호 투수코치에게서 자유로운 선수는 딱 한 명이었다.

"코치님."

"응?"

"전 뭘 할까요?"

"어……."

이진용.

이제는 김정호 투수코치가 키워야 할 투수.

"평소 하던 대로 몸을 풀도록."

그러나 이제까지 김정호 투수코치는 이진용에게 무언가 훈련을 지도한 적이 없었다.

무관심 때문은 결코 아니었다.

"예! 열심히 할 테니 언제든 불러주십시오!"

오히려 반대.

'대체 어디서 저런 훈련법을 배운 거지?'

이진용의 몸 관리 방법은 김정호 투수코치의 터치가 필요 없을 정도로 완벽하다는 것이 그에게 어떤 가르침도 주지 못한 이유였다.

그 정도였다.

이진용의 몸 관리를 위한 훈련 방식은 김정호 투수코치가 보기에 오히려 배워야 할 정도로 완벽했다.

당장 러닝만 해도 이진용은 그저 무식하게 정해진 거리만 달리는 것이 아니었다.

이진용은 일단 러닝을 하기 전에 자신의 러닝 코스를 도보로 한 번 확인했다.

러닝 도중에 코스의 문제로 인해 부상이 생기는 경우는 생각보다 잦고, 그런 식으로 발목, 무릎, 햄스트링 등에 문제가 생기고 그것이 나중에 큰 문제가 되는 것을 피하기 위한 조치였다.

훈련의 목적이 기량 향상이지, 혹사가 아니라는 것을 누구보다 잘 알고 있었다.

'프로들도 저러기는 어려운데.'

프로 선수들조차 보여주지 않는 진정한 프로다운 모습이었다.

물론 그런 김정호 투수코치의 심중을 이진용이 파악할 수 있을 리는 만무.

"아무래도 저 버림받은 거 같죠?"

-뭔 소리야?

"김정호 투수코치님이 제 훈련 한 번을 제대로 봐주지 않잖아요? 역시 날 탐탁지 않아 하시는 게 분명해."

고양 스타즈 입단 이후 김정호 투수코치로부터 제대로 된 코칭을 받지 않았다는 사실이 이진용에게 있어서는 탐탁지 않은 사실이었다.

그런 이진용의 모습에 김진호가 피식 웃었다.

-다른 누구도 아니고 이 김진호에게 모든 트레이닝을 배웠으니까 터치할 게 없는 거야. 장담하는데 넌 이대로 하면 메이저리그 가서도 코치 도움 필요 없어.

김진호는 지금 자신의 트레이닝 방법에 굳이 교정할 것이 없다는 걸 알았으니까.

"에이, 설마."

-뭐? 에이 설마? 내가 언제 너한테 구라친 적 있냐? 응?

"구라 쳤잖아요?"

-내가 언제?

"저번에 러닝할 때는 빨간 삼각팬티를 입어야 도움이 된다고 했잖아요? 젠장, 그때 내가 유니폼이 하얀색인 걸 잠시 잊는 바람에 빨간 팬티 입고 뛰다가……."

-인마, 그건 장난이었지!

"네, 그래서 제가 끈팬티가 경기력 향상에 도움이 된다는 소리를 믿지 않았죠."

-어? 그건 진짜야. 너 모르는구나? 메이저리그 애들 중에 끈 팬티 입는 애들이 얼마나 많은데? 심지어 노팬티도 있어! 아니, 못 믿겠으면 한번 해보라니까? 다음 경기에서 빤스 벗고 해봐! 아마 네 구속이 5킬로미터는 더 나올걸? 그 해방감이 투수의 리미트를 해제한다니까? 야, 나 김진호야. 메이저리그의 지배자! 내 말 믿고 한번 해봐.

"퍽."

-뭐? 퍽?

"이나. 퍽이나 그러겠네요."

-지금 욕했지?

"퍽이나. 한국어 몰라요?"

-퍽퍽퍽퍽퍽퍽!

결국, 말문이 막힌 김진호가 유치하기 그지없는 발악을 하는 것으로 대화는 멈췄고, 이진용은 자신을 향해 쉴 새 없이 욕 같지도 않은 욕을 내뱉는 김진호의 목소리를 배경음 삼은 채 러닝 코스를 파악했다.

'응?'

그런 이진용의 눈에 들어온 건 다름 아니라 배팅 훈련을 갑작스럽게 멈추는 박준형의 모습이었다.

훈련을 멈춘 박준형을 향해 타격코치와 함께 처음 보는 중년 사내가, 덩치가 큰 것이 젊은 시절 운동을 제대로 했을 것이 분명한 사내가 다가오는 것이 보였다.

'누구지?'

그리고 몇 마디 대화를 하자마자 곧바로 박준형이 허리를 깊게 숙인 후에 악수를 나눴다.

그 이후 그 셋이 선수들의 시선이 미치지 않는 구석으로 이동하기 시작했다.

-뭔가 냄새가 나는군.

훈련 중에 보기 힘든 그 모습에 이진용은 물론 김진호도 관심을 가졌다.

-가서 보자. 러닝하는 척하면서 슬쩍 근처로 지나가 봐.

이진용이 고개를 끄덕이며 곧바로 러닝을 시작했다.

"생각해 보겠습니다."

박준형의 말에 그의 앞에 있던 중년 사내의 표정이 인정사정없이 구겨졌다.

"이봐, 이건 좋은 기회야."

중년 사내는 그렇게 얼굴을 통해 자신의 심정을 표정으로 노골적으로 드러내며 말을 이어갔다.

"시즌 마치고 연봉 200퍼센트 인상에 2군 주전 엔트리 보장, 8월 이후 확장 로스터 때 엔트리를 보장해 준다니까?"

말을 하면서 중년 사내는 눈을 부릅떴다.

그것은 분명한 신호였다.

이 정도까지 내가 제안해 주는데 감히 네놈이 이 제안을 거절하면 끝이 좋지 않을 것이야!

그야말로 협박에 가까운 눈빛이었다.

그런 중년 사내의 눈빛 앞에서 박준형은 고개를 한 번 더 숙였다.

"좋은 제안 감사합니다."

그뿐이었다.

확답은 없었고, 그 사실에 인천 샤크스 소속 스카우트인 백대동은 크게 혀를 찼다.

"쯧!"

그 혀를 차는 모습과 함께 박준형을 노려봤다.

고작 네놈 따위가 내 제안을 거절해?

그의 눈빛에는 그런 심정이, 불쾌함을 넘어 박준형을 향한 적의가 아주 제대로 빛나고 있었다.

"후회하지 말게."

그 말을 끝으로 백대동이 등을 돌린 후에 그대로 자리를 벗어났다.

"백 스카우트님!"

타격코치가 그런 백대동의 모습에 기겁하며 그에게 달라붙었다.

어떻게든 프로 구단에 선수를 보내야 하는 고양 스타즈의 입장에서 스카우트는 그야말로 신의 대리인과 같은 존재.

때문에 타격코치 입장에서는 백대동 스카우트를 어떻게든 달래야 할 의무가 있는 탓이었다.

그 모습에 박준형은 이를 꽉 물었다. 그 역시 이런 상황에 유쾌할 리는 만무.

그렇게 이를 문 박준형은 곧바로 훈련을 마저 하기 위해 몸을 돌렸다.

그런 박준형의 눈에 한 사내가 들어왔다.

'응?'

누구와도 구분할 수 있는 작은 체격. 그럼에도 불구하고 이제까지 그 누구도 자신 앞에서 출루하는 걸 허락하지 않은 투수.

'이진용?'

이진용, 그가 박준형이 있는 곳을 바라보고 있었다.

그는 등장하자마자 어색한 미소를 지으며 말했다.

"아, 죄송합니다. 본의 아니게 이야기를 듣게 됐습니다."

이진용의 말에 박준형이 제스처 없이 입만 움직였다.

"아닙니다."

솔직히 말해서 박준형은 지금 상황이 그리 탐탁지 않았다.

좀 더 정확히 말하면 면목이 없었다.

프로에 입단하는 것에 모든 운명을 건 고양 스타즈 선수들에게 프로 입단 제안을 거절하는 박준형의 모습은 기만자의 모습으로 보여도 이상할 게 없었으니까.

"저기 그런데 왜 프로 입단 제안을 거절하신 겁니까?"

이진용의 이 질문처럼.

때문에 그 질문에 박준형은 당황하지도 않았고, 기분 나빠하지도 않았다.

"더 좋은 대우가 오기 전까지 기다리는 겁니다. 어차피 육성 선수로 들어가면 1군에서 뛸 수 있는 건 5월 1일 이후가 되니까, 그 전까지는 서두를 필요가 없으니까요."

"저기 그럼 정말 구단한테 입단할 때 조건을, 그러니까 옵션을 요구할 수 있습니까?"

그러나 이어진 이 질문은 박준형도 예상치 못한 것이었다.

"혹시 한 시즌만 뛰고 메이저리그에 갈 수 있게 방출해 달라, 이런 조건도 걸 수 있나요?"

심지어 덧붙여진 이 질문 앞에서 박준형은 감히 그 어떤 대답도 할 수 없었다.

그런 박준형의 모습에 이진용이 어색한 웃음을 지으며 말했다.

"괜한 소리를 했네요. 여하튼 파이팅입니다."

그 답변을 뱉은 이진용이 도리어 박준형을 향해 격려 인사를 건넨 후에 자리를 벗어났다.

박준형을 등진 채 러닝을 시작한 이진용이 자신의 옆에 있는 김진호를 향해 나지막한 목소리로 말했다.

"김진호 선수, 제발 제가 남하고 대화할 때는 가만히 경청하는 자세를 가집시다."

목소리는 나지막했지만, 그것은 마치 짐승의 으르렁거림처럼 살기가 깃들어 있었다.

-내가 뭘? 조용히 했잖아?

그 모습에 김진호가 이진용의 시선을 외면한 채 대답했다.

"사람 몸뚱이를 지나갈 수 있는 그 투명한 팔을 내 똥구멍에 집어넣고 가랑이로 나오게 한 후에 흔드는 짓을 하지 말라는 겁니다."

-누가 들으면 오해하겠네. 난 그냥 거기서 기지개를 켰을 뿐이야. 단지 네 엉덩이 근처에서 기지개를 켜는 바람에 그런 상황이 생긴 거지.

그 말에 이진용이 고개를 절레절레 흔들었다.

그런 이진용의 모습에 김진호가 옅게 웃었다.

-그보다 대단하네.

대단하네, 그 말에 이진용이 고개를 끄덕였다.

"예, 대단하죠. 스카우트가 주전 보장까지 해주겠다고 하는데 그 제안을 칼같이 거절하다니…… 누군 프로 입단하는 게 꿈인데."

조금 전 박준형과 샤크스 스카우트 사이에서의 대화는 모든 선수가 들었으면 놀랄 만한 내용이었다.

연봉 인상 보장, 2군 주전 보장 그리고 조건부이긴 하지만 8월 이후 1군 출전 기회 보장!

거액의 계약금을 받고 드래프트로 입단한 유망주도 받기 힘든 제안이었다.

"진짜 저런 선수가 왜 드래프트에서 안 뽑혔는지 모르겠네요. 솔직히 포인트만 해도 그렇죠. 이제까지 만난 선수 중에 100포인트 넘기는 타자를 본 적이 없으니까요. 아 부럽다. 진짜 내가 키만 박준형 선수 정도 됐으면······."

박준형, 그에 대한 프로 구단들의 관심 그리고 그를 보는 시선이 얼마나 대단한지 알 수 있는 대목이었다.

-아니, 그거 말고.

하지만 김진호가 대단하다고 말한 건 그게 아니었다.

-네가 메이저리그를 언급한 거. 난 그걸 말한 거야.

그 대화 도중에 이진용의 입에서 메이저리그란 단어가 나온 것이 김진호를 놀라게 했다.

그런 김진호의 말에 이진용이 고개를 갸웃했다.

"그게 뭐가 대단한 겁니까?"

-그야······.

"목표 정도는 크게 잡아도 되잖아요? 더욱이나 말은 아무나 할 수 있는 거잖아요?"

그런 이진용의 대답에 김진호는 뱉으려던 말을 멈추고는 고개를 끄덕였다.

그렇게 고개를 끄덕인 그의 입가에는 미소가 걸려 있었다.

-그래, 주둥이로는 뭘 못 하겠나? 기왕 내뱉는 거 김진호 선수 같은 위대한 기록을 남기는 게 목표라고 하지?

이진용도 입가에 미소를 지었다.

"예, 나중에 누가 질문하면 메이저리그에 가서 개뽀록이나 다름없는 김진호 선수의 기록을 죄다 갈아치우는 게 일생일대의 목표입니다! 라고 대답하죠."

-뽀록? 지금 뽀록이라고 했냐?

"응? 제가 언제 그런 표현을 썼습니까?"

-내 기록이 뽀록이라고 했잖아!

"언제요?"

-지금!

"에이, 제가 언제 뽀록이라고 했어요. 개뽀록이라고 했지."

-와! 이래서 귀신이 악령이 되는 거구나. 너 기다려. 네가 조만간 주온 한 편 찍게 해준다.

"조만간 고스트 버스터즈 한 편 찍어야겠네."

그렇게 시작된 그 둘의 말도 안 되는 대화를 멈추게 한 건 다름 아니라 김정호 투수코치였다.

이진용을 부른 그가 말했다.

"감독님께서 부르신다. 감독실로 가도록."

그 말에 김진호가 말했다.

-신이시여, 부디 이 싸가지 없고, 은혜도 모르는 놈에게 고난과 고행을 주시옵소서!

"예, 수고하십시오. 감사합니다."

그 말을 끝으로 정범석 감독의 사무실에서 나온 이진용의 시간이 그대로 정지했다.

말 그대로.

세상이 멈춘 듯이 이진용은 문 앞에 굳은 채 서 있었다.

-응?

김진호가 그런 이진용의 눈앞으로 자신의 반투명한 손을 휙휙 흔들었다.

-야, 정신 차려.

거듭된 김진호의 손짓에도 이진용의 눈빛에는 초점이 제대로 돌아오지 않았다.

그 순간 김진호가 고개를 휙 돌리더니 기겁하며 소리쳤다.

-우와! 저기 쟤네 요즘 제일 잘나가는 데이지스 아니야? 저번에 네가 좋아하는 그룹이라고 했던 애들!

한국에서 제일 잘 나가는 여자 아이돌 그룹이자 이진용이 가장 좋아하는 아이돌 그룹 언급에 이진용이 놀라며 고개를 돌렸다.

"데이지스요? 진짜요? 어디? 어딨죠?"

-짜식, 이런 건 또 귀신같이 반응하네.

"예?"

-데이지스 같은 소리 하네. 걔네들이 뭐 하러 독립 구단이 있는 곳에 와? 여하튼 이런 것 하나에는 귀신보다 더 귀신같 다니까. 좀 작작 밝혀라.

그제야 김진호가 자신을 속였다는 사실을 파악한 이진용이 제 손으로 얼굴을 가렸다.

"아."

하지만 화를 내는 일은 없었다.

-그래서 정신은 들었냐?

"솔직히 아직도 좀 나간 거 같아요."

김진호의 말 그대로 그가 그런 짓을 한 게 이진용을 놀리기 위함이 아니라 그의 정신을 차리게 해주기 위함이었음을, 그랬음을 알고 있었으니까.

"어휴."

그런 김진호의 도움 덕분에 어느 정도 정신을 차린 이진용이 김진호에게 질문했다.

"인천 샤크스와의 경기 선발에 저를 올리겠다는 말, 정말 제가 들은 게 맞습니까?"

-어. 너 선발이래.

정범석 감독, 갑작스럽게 이진용을 호출한 그는 뜸 들이는 것 없이 곧바로 통보했다.

조만간 있을 인천 샤크스의 2군 팀과의 경기, 그 시합의 선발로 출전하라고.

그건 앞서 말했듯이 통보였다.

부탁이나, 제안이 아닌 통보.

이진용이 싫어도 그가 고양 스타즈의 선수인 이상 그날에 맞춰 몸을 만들어 마운드에 올라야 하는 일.

물론 이진용은 그게 결코 싫지 않았다.

"이게 말이 되는 겁니까?"

-뭐가?

"아니, 전 아직 이 팀에 온 지 한 달도 안 됐잖아요? 그런데 제가 선발이라니요? 그것도 인천 샤크스 2군 팀 상대로."

-그래서 싫어?

"그럴 리가요."

오히려 이진용은 이 사실이 좋았다. 지금 그에게 올 수 있는 기회 중 이보다 더 좋은 기회는 없었으니까.

"하지만 너무 갑작스럽잖아요?"

그러나 너무 갑작스러웠다.

실제로 이런 기회는 쉽게 오는 기회가 아니었다.

이진용의 말대로 그가 고양 스타즈에 트라이아웃을 통해 입단한 게 고작 한 달도 채 되기 전의 일이다.

그동안 이진용은 블루 드래곤즈와의 경기에 선발로 나왔

고, 다음 서울 엔젤스 2군과의 경기에 패전투수로 나왔다.

여기까지는 그러려니 할 수 있다.

적어도 고양 스타즈에 새로 입단한 투수에게 충분히 줄 수 있는 기회였으니까.

하지만 인천 샤크스와의 경기에 선발로 나온다?

독립 구단에 있어 인천 샤크스와의 교류 경기가 가지는 가치는 이루 말할 수 없다.

하물며 이번은 서울 엔젤스에 이어 두 번째로 치러지는 교류 경기.

아직 이진용에게 순번이 돌아올 차례가 아니었다.

-갑작스러운 건 말이야 그런 게 아니야.

그러나 김진호의 생각은 달랐다.

-갑작스러운 일이란 건, 세 시간 전에 더블A팀을 상대로 5이닝 무실점 피칭을 마친 후에 엄마랑 통화를 하면서, 엄마한테 밥은 잘 먹고 다니니? 라는 말에 억지웃음을 지으면서 예, 잘 먹고 있으니까 걱정하지 마세요. 조만간 제가 호강시켜 드릴게요, 하고 통화를 마친 후에 한숨을 내뱉는 상황에서 감독이 부르더니 내일 아침 비행기로 양키스타디움으로 가라는 통보를 받는 일을 말하는 거야.

그에게 있어 지금 이진용에게 일어난 일은 갑작스러움을 논할 일이 아니었다.

-무엇보다 이 상황에서 넋 놓고 있어 봤자 남는 건 기회를

잃는 것밖에 없지.

더 나아가 지금 중요한 건 그게 아니었다.

-감독은 너한테 선발로 나오라고 통보했고, 이제부터 네가 해야 할 건 선발로 등판해서 팀의 승리를 위해 상대 팀의 타자들을 전부 병신으로 만드는 거니까.

이 기회를 잡는 것만으로 만족하면 안 된다.

이 기회를 기회 이상으로 만들어서, 그를 통해서 더 큰 가치를 이룩해야 한다.

"예."

그제야 이진용이 정신을 차렸다.

그런 이진용의 모습에 김진호는 미소를 지었다.

-그래도 일단 축하한다.

김진호의 인자한 미소 섞인 축하 인사에 이진용이 고개를 끄덕였다.

-선발이라…… 저번에 인터넷에서 보니까 요즘은 이런 상황을 두고 꽃길을 걷는다고 표현했었나?

"아."

그 진심 어린 칭찬에 이진용이 탄식을 내뱉었고, 그 탄식을 내뱉는 순간 이진용의 눈에 비친 김진호는 그가 그토록 만나고 싶어 하던 메이저리그의 위대한 투수로 비쳐 있었다.

그런 김진호가 이진용에게 말했다.

-그래, 진용아. 이제부터 꽃길만 걷자. 불꽃길!

"예?"

-좋은 날 끝! 고생 시작!

"고생 시작이라니, 그게 무슨 의미입니까?"

이진용의 반문에 김진호는 말했다.

-일단 네 상태창을 활성화해 봐.

그 말에 이진용이 자신의 상태창을 활성화했다.

[이진용]

-최대 체력 : 74

-최대 구속 : 125㎞

-보유 구종 : 포심 패스트볼(B), 체인지업(B), 슬라이더(F), 커브(F)

-보유 스킬 : 심기일전(E), 일일특급(F), 라이징 패스트볼(F)

[일일특급 효과에 의해 포심 패스트볼 구질 랭크가 B랭크로 상승했습니다.]

-너 이 능력 가지고 프로 2군 선수들 상대로 선발로 나와서 이길 자신 있어?

그 말에 이진용은 김진호를 보며 말했다.

"쉽진 않겠지만, 김진호 선수가 도와주시면……."

-아닌데?

"예?"

-안 도와줄 건데? 선발 당일 날에는 너한테 코칭 하나도 안할 건데?

"그게 무슨……."

그 순간 이진용의 얼굴이 굳었다.

"설마 정말 삐져서 그런 건 아니죠?"

-예끼! 내가 그런 좀생이로 보이냐?

김진호의 반문에 이진용이 마치 종소리를 들은 파블로프의 개처럼 고개를 끄덕였다.

그 모습에 김진호가 눈살을 찌푸리며 말했다.

-삐져서 그런 게 아니야.

"그러면요?"

-너한테 그냥 첫 번째로 나온 투수와 선발투수의 차이점을 알려주기 위해서지.

그 말이 이진용의 표정을 굳혔다.

그런 이진용 앞에서 김진호가 씨익 웃었다.

-아, 그리고 솔직히 너 엿 먹는 것 보고 싶은 마음도 조금은 있고. 으하하! 드디어 신께서 내 기도를 들어주신 모양이다. 드디어 네가 마운드에서 우는 꼴을 보는구나!

인천 샤크스.

2007시즌 한국시리즈 우승 이후 2012년까지, 무려 6년 연속 한국시리즈 무대에 올라섰던 그들은 한국프로야구 무대에서 몇몇 팀들만이 들을 수 있는 왕조라는 수식어를 받았던 팀.

하지만 이후 인천 샤크스의 성적은 좋지 못했다.

2013시즌을 시작으로 2016시즌까지 한국시리즈 무대를 밟지 못했고, 그 사실에 대해 인천 샤크스 구단은 아쉬움이라는 감정보다는 자존심이 구겨졌다는 사실에 대한 분노가 더 컸다.

"다들 정신 차려!"

당연히 인천 샤크스 2군 팀에 있어서 독립 구단인 고양 스타즈와의 경기는 패배는커녕 박빙의 승부조차 용납할 수 없는 일이었다.

"무조건 이겨! 특히 박준형! 무조건 잡아!"

백대동 스카우트, 그는 오늘 고양 스타즈를 상대하게 된 인천 샤크스의 2군 선수들을 향해 그 사실을 통보했다.

말 그대로 일방적인 명령, 갑작스러운 통보였다.

하지만 반발하는 이는 없었다.

한국프로야구의 세계에서 스카우트가 가지는 권한은 아주 막강하기 그지없었으니까.

당장 프로가 되고 싶어 하는 고교, 대학 선수들과 학부모들 그리고 그 고교, 대학 야구팀 감독, 코치들이 모셔야 하는 상대는 구단이 아니라 구단 스카우트다.

스카우트의 평가에 따라 드래프트의 지명 순위가 바뀌고, 지명 여부가 결정되니까.

때문에 스카우트의 강력한 권력을 앞세운 횡포에 의해 생긴 비리 기사는 잊을 때쯤에 한 번쯤 세상에 나오고는 했다.

백대동 스카우트 역시 그랬다.

"여하튼 못 잡으면 프로 딱지를 뗄 각오를 해!"

단순한 스카우트가 아니라 샤크스 구단의 실세 중 한 명인 그는 주변의 그 어떤 이들의 눈길도 신경 쓰지 않은 채 일갈을 내질렀다.

반대편에 있는 고양 스타즈 선수들에게도 그 호통 소리가 귀에 꽂힐 정도였다.

"대체 왜 저러는 거야? 우릴 아주 잡아먹을 기세네?"

"우리가 스카우트랑 사이가 나쁠 일이 뭐 있어? 안 뽑아줘서 우리가 서운한 거라면 모를까."

고양 스타즈 선수들 입장에서는 영문을 모를 수밖에 없는 노릇.

그런 상황 속에서 오늘 선발 등판을 앞두고 있는 이진용은 인천 샤크스의 벤치 분위기를 살폈다.

그리고 나지막이 말했다.

"분위기가 좋지는 않네요."

그 말에 김진호가 대답했다.

-당연히 스카우트가 독립 구단 선수 따위에게 쿠사리

를…… 읍읍! 약속대로 조언은 줄 수 없지. 아무렴. 나도 모르게 힌트를 줄 뻔했네. 조심해야겠어.

김진호의 모습에 이진용이 길게 숨을 내뱉었다.

그런 이진용의 머릿속으로 오늘 샤크스와의 경기를 앞두고 김진호와 나눴던 대화가 떠올랐다.

김진호는 선발 출전이 확정되고, 이제 샤크스 2군과의 경기를 준비하는 이진용에게 말했다.

"네가 마운드에 오르기 전까지 내가 해줄 수 있는 모든 것을 해주지. 하지만 마운드에 오르는 순간 난 절대 네게 도움을 주지 않을 거야. 네가 나를 보고 눈물을 흘리면서 바닥에 엎드린 채 애걸복걸해도 절대 도와주지 않을 거야."

경기 전까지는 최선을 다해 도와주겠지만, 경기가 시작한 후에는 스스로 경기를 치러나가라고.

이진용은 이유를 물었고, 김진호는 대답해 줬다.

"마운드는 원래 고독하고 외로운 곳이니까. 그 고독과 외로움을 경험해 봐야지. 그것도 지금처럼 잃을 게 없는 상황에서. 한국시리즈 무대에서 선발로 나왔는데 처음으로 고독과 외로움을 마운드 위에서 느끼는 것보단 낫잖아?"

매도 맞을 거면 먼저 맞는 게 낫다.

그리고 맷집도 맞아야 는다.

그것이 김진호의 대답이었다.

"무엇보다 답안지도 다 준비해 주고, 특별 강의까지 해줬는데 도 경기도 혼자 못 끌어나간다면 그냥 야구 접는 게 낫지. 설마 처음부터 열까지 내가 다 해주기를 바라진 않잖아? 그리고 난 조언자일 뿐이야. 나는 대단한 존재이지만 완벽하진 않거든. 네가 진짜 프로로 살아남기 위해서는 나를 따르는 게 아니라 내가 잘못하는 것도 캐치할 수 있어야 해. 물론 지금 수준으로 본다면 어림도 없는 소리이지만. 아무렴. 괜히 이런 말 했다고 기어올랐다가는 앞으로 마운드에 오를 때마다 네 앞에서 강남스타일 춤출 거야."

그런 김진호의 말에 이진용은 조금의 반문도, 불만도 보이지 않았다.

너무나도 마땅한 말이었으니까.

이진용 역시 김진호의 아바타가 될 생각은 없었다.

"그리고 한 번쯤 보고 싶잖아? 네가 스스로 해서 어떤 결과가 나오는지? 안 그래? 한번 제대로 시험해 보고 싶지 않아?"

무엇보다 김진호의 말대로 이진용은 확인해 보고 싶었다.

'오늘 나는 시험대에 오른다.'

자신이 정말 지금 이 순간 프로의 무대에서 버틸 수 있는지, 살아남을 수 있는지.

'정말 내가 다시 꿈을 꿀 자격이 있는지 시험해 본다.'

그 순간 이진용의 눈에 보이기 시작했다.

-게임이 시작됐군.

"예."

인천 샤크스, 그 선수들의 머리 위에 숫자들이.

"저번 엔젤스전하고 다르게 오늘은 한산하네."

인천 샤크스 2군과 고양 스타즈의 교류전.

인천 강화군에 위치한 인천 샤크스의 2군 홈구장인 샤크스 파크의 오후 2시는 한적하기 그지없었다.

저번에 있었던 고양 스타즈와 서울 엔젤스 경기 때와 당연하게 비교될 정도로.

"뭐, 당연한 거겠지. 그렇게 참패를 당했는데 누가 기대를 하겠어?"

이상한 일은 아니었다.

서울 엔젤스를 상대할 당시의 고양 스타즈는 진짜 스타 안찬섭을 무너뜨린 도깨비였지만, 지금 인천 샤크스 2군을 상대하는 고양 스타즈는 서울 엔젤스를 상대로 처참하게 패배한 개였으니까.

"그리고 이 시간이면 다들 시범 경기 보러 가겠지."

더욱이 지금 현재 한국프로야구는 시범 경기가 시작되고 있었다.

정규 시즌 앞에 있는 경기이긴 하지만, 상식적으로 야구팬이라면 독립 구단과 2군 팀의 교류전보다는 프로 구단 간의 시범 경기를 우선시하는 게 당연한 일 아닌가?

"그보다 안찬섭은 뭐해?"

"고아원 순회 공연 한다더군. 이야기 들어보니까 5월 1일 이후 등판을 잡고 있는 모양이야."

"결국 이번 시즌 복귀하겠다, 이거군."

"복귀가 6월 이후가 되면 포스팅 자격 취득이든, FA자격 취득이든 1년씩 멀어지니까. 솔직히 고양 스타즈 상대로 부활을 알리는 호투를 펼친 후에 곧바로 재규어스 2군에 합류하는 게 목표였겠지."

"안찬섭이 고양 스타즈 상대로 이를 갈겠군. 그 지랄 맞은 성격을 생각하면…… 어휴."

때문에 경기장을 찾아온 이들 대부분은 서로가 얼굴을 아는 이들, 야구 관계자들밖에 없었다.

"어이! 변 스카우트!"

그런 허전하면서도 아는 사람들만 있는 장소에서 서울 엔젤스와 같이 잠실구장을 홈구장으로 쓰며, 작년 시즌 한국시리즈 우승을 거둔 서울 데블스의 스카우트인 강치우가 변형채를 알아보고 접근하는 건 당연한 일이었다.

"바쁠 텐데 강화도까지 오고 웬일이야?"

"그러는 그쪽은 웬일이야?"

더불어 한국프로야구를 대표하는 라이벌 중 하나인 잠실벌 라이벌인 그 두 구단의 스카우트들 사이는 당연히 좋을 리가 없었다.

"우리야 1루수 하나 괜찮은 거 있다 해서 보러 왔지. 그러는 그쪽은? 1루수 보러 왔나?"

"글쎄."

"에이 괜히 숨기지 말자고. 박준형 노리고 있지?"

강치우 스카우트의 말에 변형채는 대답 대신 자신의 안경을 벗은 후에 극세사 천으로 안경을 닦기 시작했다.

강치우 스카우트는 그 모습 앞에서 실실 웃으며 말을 이어 갔다.

"이야기 들어보니까 백대동 스카우트가 직접 찾아가서 영입 제안을 했는데 단칼에 거절당했다더군."

"그래서 그 양반이 경기 시작 전에 그렇게 지랄을 한 거군."

"그 양반 성격 알잖아? 선수를 뽑는 게 아니라, 간택하는 거라고 생각하는 거. 그래도 선수 보는 눈은 제법이니 꽤 베팅했을 텐데…… 이야기 들어보니까 2군 주전 자리 보장에 9월 이후 로스터 확장하면 1군에 올려준다는 제안을 했다던데?"

말을 뱉던 강치우 스카우트는 그라운드를 바라봤다.

"그 제안을 거절한 박준형이도 대단한 놈이야. 드래프트에서 지명 한 번 받은 적 없는 놈이. 녀석을 데려가려는 팀은 고민 좀 할 거야."

"데블스는 편하겠군. 1루수 자원이 넘쳐서 고민이니까."

"이 세상에 선수 넘쳐서 고민하는 스카우트 봤어?"

변형채는 대답 대신 닦은 안경을 다시 썼다.

그러는 사이 경기가 시작됐다.

그 둘의 대화가 잠시 멈췄고, 그 멈췄던 대화가 시작된 건 고양 스타즈의 1번 타자와 2번 타자, 두 타자가 눈 깜짝할 사이 범타로 물러난 후에 3번 타자인 박준형이 타석에 설 무렵이었다.

"역시 느낌부터가 좋아. 탐나는 선수야. 솔직히 말해서 FA로 저런 선수가 나왔으면 총액 20억 정도는 질렀을지도 몰라. 아우라부터가 다른 선수들과 다르다니……"

강치우 스카우트의 말이 끝나기 무섭게 박준형은 투수가 자신을 향해 던진 초구를 상대로 거침없는 스윙을 했다.

빠악!

그러고는 뇌성 소리와 함께 공이 저 먼 곳으로, 머나먼 곳으로 단숨에 날아갔다.

"······까, 와우!"

강치우 스카우트가 감탄사를 내뱉은 후 말을 마무리 지었다.

"저 녀석 어떻게든 데블스가 잡을 거야. 그러니까 괜히 헛심 쓰지 말고 포기하라고."

그 통보에 변형채 스카우트가 입을 열었다.

"그러든지. 어차피 박준형을 보러 온 게 아니니까."

그 대답에 강치우는 비릿한 미소를 지으며 변형채의 어깨를 가볍게 두드렸다.

"그래, 잘 생각했어. 박준형 선수가 바보가 아니라면 작년 우승팀의 제안을 거절할 리가 없을 테니까."

그리고 자리에서 일어나는 강치우.

그러나 변형채는 자리에서 일어나지 않았다.

그가 한 말은 사실이었으니까.

'박준형은 운영팀장님이 움직인 이상 이미 우리 엔젤스 소속이나 마찬가지.'

변형채는 박준형을 보기 위해 이곳에 온 게 아니었으니까.

'문제는······.'

그가 보고자 하는 건 투수였다.

오늘 고양 스타즈의 선발투수로 올라오는 투수.

'이진용.'

다름 아닌 이진용을 보려는 것이 변형채가 강화도까지 직접 자가용을 끌고 온 이유였다.

'과연 이제까지 보여준 게 운인지 아니면 실력인지 오늘 내 눈으로 확실하게 꿰뚫어주마.'

그렇게 박준형의 솔로포를 시작으로 1 대 0 상황에서 1회 말이 시작됐다.

마운드 위에 이진용이 올라왔다.

1회 초 고양 스타즈가 공격을 마치고 이제는 수비를 위해 그라운드로 나갈 무렵.

"파이팅!"

"이길 수 있다!"

"그래, 파이팅이다!"

고양 스타즈 더그아웃의 분위기는 들떠 있었다.

선취점의 힘이었다.

박준형이 만들어낸 그 천금과도 같은 점수가 패배 의식에 굳어 있던 고양 스타즈의 투지를 깨운 것이다.

"일단 1회는 점수만 지키자. 공 잘 보고."

"예."

"서로 콜 사인 잊지 마! 그라운드에서는 확실하게 콜을 해!"

"예!"

코치들도 그런 선수단의 분위기를 보다 뜨겁게, 보다 격렬하게 부채질했다.

그 분위기 속에서 오로지 한 명만이 침착했다.

"진용아, 천천히. 무리하지 말고 한 이닝을 막는다는 마음으로 던져라."

김정호 투수코치를 앞에 두고 이제 마운드에 올라갈 준비를 하는 이진용이 그러했다.

"예."

이 순간 이진용은 들뜨지 않았다.

그리고 김진호, 언제나 쉴 새 없이 입을 놀리던 그 역시 이번에는 입을 놀리지 않았다.

대신 김진호가 자신의 입을 손가락으로 가리켰고, 이진용이 준비해 둔 것을 꺼냈다.

"껌 좀 씹겠습니다."

"응?"

꺼낸 것은 다름 아니라 껌이었다.

일반적인 껌과 다른 형태, 마치 사탕처럼 낱개로 포장되어 있는 그 껌에는 더블버블(Dubble bubble)이라는 상표가 붙어 있었다.

메이저리그에서 선수들이 더그아웃에서 마운드에서 쉴 새 없이 씹어대는 풍선껌이었다.

"어, 그래."

더불어 투수들을 비롯해 야구 선수들이 경기 중에 껌을 씹는 건 이상한 일이 아니었다.

껌을 씹는 게 경기력 향상에 도움이 되는 경우도 있으며, 무엇보다 투수가 마운드 위에서 그 껌을 이용해 공에 이상한 짓을 하지 않는 이상 그것을 말릴 규정 따위는 없었다.

때문에 김정호 투수코치는 이진용이 껌을 씹는 것을 말리지 않았다.

그런 김정호 투수코치의 허락하에 이진용이 껌을 씹었다.

그 껌을 씹는 순간 이진용의 머릿속으로는 김진호의 목소리가 저절로 떠올랐다.

"머리는 차갑게, 심장은 뜨겁게 그리고 이빨은 날카롭게."

"후우!"

그 말을 떠올린 이진용이 자리에서 일어났다.

김진호는 말했다.

"마운드에 처음 오르는 순간 가장 먼저 상대 팀 타자들의 냄새를 맡아야 해."

마운드에서 공을 던지기 전에 상대 팀의 냄새를 맡으라고.

"그리고 연습 피칭에서 하나 던진 후에 다시 한번 더 상대 팀 타자들 냄새를 맡아봐. 그 후에 비교를 해보는 거야. 이 새끼들이 나를 어떻게 보는지 말이야."

이진용은 그 조언대로 연습 피칭을 하기 전 샤크스 타자들의 반응을 살폈다.

"박준형 무조건 잡으라고 했는데, 홈런 맞았네. 재연이가 당분간 고생하겠어."

"아, 점수 안 나오면 골치 아픈데."

샤크스 타자들은 이진용에게 별 관심을 두지 않고 있었다.

"그보다 재연이 공이 나쁘지 않았는데 바로 홈런을 때리네."

"저런 놈이 대체 왜 드래프트에서 지명이 안 된 거야?"

"고딩 때 부상으로 재수했는데 대학 때도 부상 때문에 안 뽑혔다던데?"

오히려 1루수 수비로 나온 박준형에 대한 관심과 눈길 그리고 이야기를 나누고 있었다.

그야말로 무시.

펑!

그 무시 속에서 초구로 적당한 패스트볼을 던졌을 때, 이진용의 공을 본 샤크스 타자들은 눈으로 비웃음을 머금었다.

'별 볼 일 없는 놈이군.'

'점수는 금방 따라잡겠어.'

무시는 이제 조롱 그리고 가소로움으로 바뀌어 있었다.

그 사실을 가장 노골적으로 보여주는 건 대기 타석에서 공을 보고 있던 샤크스 2군의 1번 타자인 장준이었다.

'예상대로 별거 아니군.'

1번 타자.

큼지막한 홈런보다는 공을 최대한 많이 보고, 땅볼도 내야 안타로 만들 발을 가졌으며, 그 무엇보다 출루가 미덕인 그 포지션의 타자답게 장준은 나름 이진용에 대해 조사했다.

'아니, 예상보다 훨씬 더 별거 아닌 것 같아.'

물론 그 조사라고 해봐야 그냥 온라인에 올라온 몇 가지 기록과 정보를 10여 분 정도 구글링하는 수준에 불과했지만, 분명한 건 안 하는 것보다는 낫다는 것.

그 조사 결과 장준이 파악한 이진용은 그저 운이 잘 따르는 투수에 불과했다.

'공이 너무 느리니까 오히려 타이밍이 안 맞는 거지. 가끔 그런 일이 있으니까.'

공이 그냥 느린 게 아니라 너무 느리다 보니까 오히려 그동안 빠른 공을 치기 위해 스스로를 연마하던 타자들이 헤매는 경우, 그 경우가 운으로 작용한 투수.

'대비는 했다.'

하지만 더 빠른 공도 아니고 더 느린 공에 대한 적응 능력이
다른 이도 아니고 프로 레벨의 타자들에게 불가능할 리 만무
하지 않은가?

장준은 당연히 좀 더 느린 공을 염두에 두고 적당히 이미지
트레이닝을 했으며, 어제 연습을 할 때도 배팅 볼 투수에게 느
린 공을 던져달라고 해서 연습을 했다.

'일단 초구는 본다.'

때문에 장준은 언제든 이진용 같은 허접한 투수의 공 따위
는 칠 자신이 있었다.

여차하면 거듭 공을 커트해서 이진용을 상대로 투구수 20개
정도는 뽑아낼 속셈이었다.

그런 장준을 상대로 이진용이 던진 초구는 패스트볼이었
다.

평범한 패스트볼.

존을 향해 들어오는 공.

펑!

그 공을 장준은 그냥 두고만 봤다.

"스트라이크!"

주심이 짧게 스트라이크를 선언했고, 그뿐이었다. 스트라이
크를 당한 장준은 담담한 눈빛으로 마운드를 바라봤고, 샤크
스 벤치에서도 특별한 사인이 없었다.

이 공이 이진용이 노림수를 던진 공이 아니라, 샤크스가 허

락해 준 공이라는 명백한 증거.

그사이 이진용은 곧바로 2구째를 던졌다.

2구는 슬라이더였다.

좌타자인 장준에게는 먼 곳에서 날아오는 듯한 느낌의 공이었다.

'들어오나?'

그 슬라이더는 생각보다 날카로웠다.

아니, 날카롭다는 느낌보다 훨씬 더 대단한 느낌.

'존에 걸치나?'

이 순간 장준은 그 공이 자신의 스트라이크존을 지나칠 것인지 벗어날 것인지 가늠할 수 없을 정도였다.

그렇기에 그 순간 장준은 참았다.

다음이 있으니까.

장준은 언제든 이진용의 공 따위는 칠 자신이 있었고, 그런 그가 가장 피하고 싶어하는 것은 애매한 공을 건드려서 땅볼로 아웃카운트를 헌납하는 일이었다.

때문에 장준은 공을 그대로 봤다.

펑!

그 공이 곧바로 포수 미트에 들어갔다. 하지만 장준은 그런 소리에 귀 기울이지 않았다.

'제발.'

대신 주심의 목소리에 귀를 기울였다.

"스트라이크."

주심이 담담히 스트라이크를 내뱉었고, 그 순간 장준의 표정이 사정없이 구겨졌다.

'젠장, 이게 들어오네.'

완벽한 슬라이더였다.

아직 자신의 스트라이크존을 제대로 찾지 못한 타자를 공략할 수 있는 공!

'운이 좋네.'

물론 그건 투수가 노려서 되는 공이 아니었다.

슬라이더는 제구가 어려운 변화구 중 하나다.

이런 식으로 타자의 스트라이크존에 아슬아슬하게 걸치는 슬라이더를 던지는 건 존 스몰츠 그리고 김진호 정도 되는 제구의 신 정도가 와야 가능한 일일 테니까.

장준이 그것을 운이라고 생각하는 건 이상한 게 아니라 마땅한 일이었다.

'젠장.'

어쨌거나 분명한 건 장준은 노 볼 투 스트라이크 상황, 타자가 가장 싫어하는 상황을 마주했다는 사실.

'다 걷어낸다.'

여기서 장준은 고민하지 않았다.

존에 들어오는 모든 공을 걷어내서 투수와 아주 진절머리 나는 싸움을 할 생각이었다.

자신도 있었다.

'조금 전 같은 슬라이더가 또 나올 리 없지.'

조금 전 이진용이 던진 말도 안 되는 공이 다시 나오지 않는 한 자신이 당할 리는 없다는 것을.

'뭐든 와라.'

그런 장준을 향해 이진용이 세 번째 공을 던졌다.

'응?'

세 번째 공, 그건 커브였다.

이진용은 자신을 얕보는 타자들의 심리를 누구보다 잘 알고 있었다.

자신을 얕보다 못해 안쓰럽게 동정마저 하는 타자들 대부분이 자신의 초구가 뭐든 간에 신경 쓰지 않는다는 사실을.

'동정해 주면 고마울 따름이지.'

장준이 일말의 망설임 없이 타석에 선 후에 곧바로 타격 준비를 하는 것을 봤을 때, 이진용은 장준이 그런 마음가짐으로 타석에 섰음을 금방 알 수 있었다.

그래서 초구 패스트볼을 던졌다.

가소로운 공을 던졌다.

그 후에 던진 2구째 슬라이더는 노림수였다.

'심기일전.'

원하는 코스에 완벽하게 공을 집어넣는 심기일전 스킬을 사용했다.

스킬 랭크가 E랭크가 되면서 일일 사용 횟수가 4회로 늘어난 그 스킬을 기꺼이 썼다.

"잡을 수 있을 때 잡아라."

김진호가 언제나 해줬던 그 조언대로 확신이 들면 확실하게 잡는 것이 중요했으니까.

그 노림수는 그대로 통했다.

노 볼 투 스트라이크가 만들어진 것이다.

여기서 이진용은 준비해 둔 것을 꺼냈다.

[일일특급 효과에 의해 커브의 구질 랭크가 B랭크로 상승합니다.]

B랭크가 된 커브!

그 커브를 던지는 순간 이진용은 그 공 앞에서 타자가 춤을 추리란 사실을 믿어 의심치 않았다.

"스윙, 스트라이크 아웃!"

그리고 지금 이 순간 이진용의 믿음은 현실이 됐다.

[52포인트를 획득하셨습니다.]
[삼진을 잡았습니다. 보너스 포인트가 지급됩니다.]

질겅질겅.
이진용, 그가 사냥을 시작했다.

누군가 메이저리그를 지배했던 투수에게 질문을 던졌다.

최고의 커브를 던지는 방법이 무엇이냐고.

"커브요? 사실 커브만큼 투수 입장에서 짜증 나는 공도 없죠. 일단 커브는 아무리 노력해도 공을 던지는 순간 타자에게 들킵니다. 체인지업 같은 공은 타자가 그 공이 홈플레이트 앞에까지 와도 체인지업인지 모르는데 커브는 투수가 공을 던지기도 전에 타자가 아! 커브다! 라고 생각할 수 있을 정도죠. 거기에 느리고요. 90마일짜리 커브 던지는 인간은 본 적 없잖아요? 그리고 커브가 90마일이면 그건 커브가 아니죠. 굳이 구질 이름을 붙이면 WTF라고 해야겠죠."

그 질문에 그는 기꺼이 답해줬다.

"그래서 커브는 타고난 투수들만 던질 수 있습니다. 좋은 커브를 가진 것이 중요한 게 아니에요. 솔직히 말하면 괜찮은 커

브를 존에 넣느냐, 홈플레이트에 넣느냐, 그 정도만 할 줄 알면
됩니다. 애초에 커브로 스트라이크존 코너워크를 할 수 있을
리는 없으니까요. 요점은 타자의 심리를 읽는 것. 타자가 커브
에 배트를 휘두를 것 같다고 생각되면 홈플레이트에 덩크를
하면 되고 그게 아니면 스트라이크존에 덩크를 하면 됩니다."

커브는 타고난 자만이 던질 수 있다.

메이저리그의 지배자, 김진호가 남긴 말이었다.

그런 김진호 기준에서 말한다면 장담컨대 이진용은 그
누구보다 커브가 잘 어울리는 투수였다.

[64포인트를 습득하셨습니다.]

[세 타자 연속 삼진에 성공하셨습니다. 브론즈 룰렛 이용권이
지급됩니다.]

[연속 삼진 기록이 진행 중입니다.]

[현재 1이닝 무실점 피칭 중입니다.]

[현재 누적 포인트는 521포인트입니다.]

세 타자 연속 삼진.

1이닝 무실점 피칭.

결정구는 전부 커브.

등장부터 말도 안 되는 피칭을 마친 이진용은 질겅질겅, 껌
을 씹은 채 마운드 옆에 선 김진호를 바라봤다.

어떻습니까?

마치 자신이 그린 그림을 자랑하는 듯한 어린아이와도 같은 모습에 김진호가 피식 웃으며 말했다.

-이제 1이닝 잡았다. 긴장 풀지 마. 아, 조언 안 해주기로 했지. 젠장! 난 너무 착해서 문제란 말이야.

그 말에 이진용은 대답 대신 크게 풍선을 불었다.

1회 초 박준형의 솔로 홈런.

1회 말 이진용의 3타자 연속 삼진.

이보다 더 완벽한 기선제압은 없다고 생각할 수밖에 없는 상황.

그 상황 이후 이어진 이닝은 당연한 말이지만 샤크스 2군 선수단에게 좋을 수가 없었다.

샤크스 2군 선수들의 경기는 이닝이 진행될수록 꼬였다.

"으라차차!"

"그래, 그거지!"

"추가점이다!"

결국, 3회 초 고양 스타즈는 박준형의 2타점 적시타를 통해 도망가는 점수 2점을 냈다.

"젠장!"

"으헙!"

"씨발!"

그리고 3회 말 이진용은 7번 타순부터 시작되는 샤크스 타선을 상대로 삼자범퇴를 하면서 퍼펙트 피칭을 이어갔다.

"정신 차려, 이 새끼들아!"

그 상황 속에서 샤크스 선수들이 있는 1루 쪽 더그아웃, 그 위에 위치한 관중석에 있던 백대동 샤크스 스카우트는 자기 발아래에 있는 샤크스 선수들은 물론 그라운드의 모든 이들이 들을 수 있을 정도로 강렬한 일갈을 내질렀다.

그런 아수라장 같은 분위기 속에서 샤크스의 선수들 중 경기에 집중할 수 있는 이는 없었다.

더 나아가 샤크스 선수들은 생각했다.

"씨발! 무슨 경기가 이렇게 꼬이냐."

"스타즈 새끼들 상대로 지면…… 빌어먹을!"

오늘 자신들이 가끔 오는 정말 최악의 날, 불운의 날에, 꼬이는 날에 걸렸다고.

샤크스의 코칭스태프도 비슷했다.

'박준형은 어떻게 할 수 없는 타자다. 볼넷으로 거르는 수밖에. 하지만 그랬다가는 백 스카우트가 지랄을 하겠지.'

'저런 놈이 대체 왜 드래프트에서 안 뽑힌 거지? 아무리 부상이라도 하위 픽으로라도 뽑았어야지!'

'스카우트 새끼들은 자기들이 저런 선수 안 뽑아놓고 왜 우

리 보고 지랄을 하는 거야?'

오늘 3타점을 쓸어 담은 박준형은 2군 레벨의 선수가 아니었다.

'이진용이란 투수, 위력적인 구질은 단 하나도 없다. 힘 대힘, 기술 대 기술에서 밀릴 건 없어.'

'볼 배합에서 밀리고 있어. 이건 어떻게 안 돼.'

'벤치에서 사인을 줘도 통하질 않는다. 더 미칠 노릇이군. 상식적으로 기량에서 밀리는 게 없는데 밀리다니?'

이진용 역시 마찬가지였다.

샤크스 코칭스태프가 보기에 샤크스의 2군 타자들 중에 이진용을 상대로 홈런을 때리지 못할 타자는 없었다.

이진용이 던지는 공 중에 힘으로, 기술로 2군 레벨을 압도하는 공은 없었으니까.

달리 말하면 조언해 줄 게 없었다.

이미 전력상으로, 기량상으로 이기고 있는데 전력을 강화하고 기량을 높이라는 주문을 할 수는 없지 않은가?

이런 상황 속에서 유일하게 경기를 냉철하게 그리고 확실하게 파악하는 건 한 명이었다.

'이진용이다.'

변형채 스카우트.

그는 경기를 정확하게 보고 있었다.

'이진용이 지금 샤크스 타자들을 완벽하게 파악하고 대처하

고 있어.'

이진용이 지금 이 경기를 이끌고 있다는 것을.

저 젊은 투수가 지금 노련한 코칭스태프의 머리 위에서 놀고 있다는 사실을.

'심지어 스타즈는 벤치 사인도 얼마 내놓지 않는다. 이진용과 포수, 둘이서 볼 배합을 만든다는 의미.'

그건 놀라운 일이었다.

'그리고 이게 운이든 실력이든 이진용은 결과를 만들고 있다.'

동시에 분명한 일이었다.

이진용, 그는 자신에게 주어진 상황 속에서 완벽한 결과를 만들고 있었다.

'오늘 만나봐야겠군.'

그렇기에 이 순간 변형채 스카우트는 고민하지 않았다.

'둘 다.'

메이저리그에서 닳고 닳은 변형채의 감이 이진용을 잡으라고 말하고 있었으니까.

3화
제 조건은요

인천 샤크스 2군 대 고양 스타즈.

이 두 팀 간의 시합이 시작됐을 때 그 경기를 보는 모든 이들의 관심은 당연히 박준형에게 꽂혀 있었다.

안찬섭을 상대로 2타수 2안타 1홈런을 뽑아낸 이 타자가 무슨 결과를 보여줄까?

샤크스의 백대동 스카우트의 영입 제안을 거절한 이 타자의 자신감은 어디에서 나올까?

그 기대감 속에서 모두가 그를 집중했다.

그가 벤치에 있을 때면 모든 이들의 시선이 벤치로 향했고, 그가 수비를 위해 나올 때면 모두가 1루를 바라봤으며 그가 타석에 설 때면 카메라가 셔터 소리를 냈다.

찰칵!

그런 카메라의 셔터 소리가 박준형이 아닌 마운드에 있는 투수를 향하기 시작한 건 4회 말이 끝났을 때였다.

질겅질겅!

프로의 세계를 꿈꾸는 투수라고 하기에는 단신의 작은 체격, 그 작은 체격에 어울리는 작은 입속 껌으로 핑크빛 풍선을 만들어내며 마운드를 내려오는 그 투수를 모두가 주목하기 시작했다.

"12타자 연속 범타."

"오늘 잡은 삼진이 다섯 개."

"엔젤스전에서도 7회에 올라와 2이닝 무실점으로 내려왔다고?"

"안찬섭이 나왔던 블루 드래곤스전에서도 5이닝 무실점이야. 볼넷도 하나 없고, 안타도 하나 없고."

"트라이아웃 때도 청백전에서 하나도 안 맞았다던데?"

동시에 그들은 부정하기 시작했다.

"운이 좋은 거겠지."

"트라이아웃이나 블루 드래곤스 타자들은 사회인 수준이잖아? 그냥 치라고 공을 던져도 안타보다 범타가 많이 나오지."

"엔젤스전은 다 끝난 경기였지. 10점 차 상황에서 패전 처리를 하러 올라온 거니까."

지금 이 순간 자신의 눈앞에서 12타자 연속 범타, 단 하나의 안타와 볼넷도 허락하지 않는 투수의 성적과 기량을.

그 투수를 그들이 주목하고, 관심하고, 경계해야 한다는 사실을.

"고작 120짜리 직구 던지는 놈을 상대로 무슨 짓이야! 정신 차려! 네놈들이 그러고도 프로야?"

그러한 것들을 부정하기 시작했다.

달리 말하면 그들은 지금 어느 때보다 그 투수, 이진용이란 투수를 주목하고 있었다.

보이지 않는 것을 부정하는 자는 없는 법이니까.

'빌어먹을, 저 새끼 뭐야?'

'아, 미치겠네. 이상한 새끼 때문에 경기가 꼬이고 있어.'

'귀신을 상대하는 기분이네. 젠장, 왜 저런 사회인 야구 수준도 안 되는 공을 못 치는 거지?

더불어 보이는 것을 부정한다는 건 또 다른 증거였다.

현재 상황이 부정하는 자들, 샤크스에 좋지 못한 방향으로 흐른다는 증거.

그런 상황 속에서 5회가 시작됐다.

5회 초, 고양 스타즈의 공격은 별 의미 없이 끝났다.

5회 초에 무언가 의미를 부여하고자 하는 이들도 없었다.

박준형이 타석에 서기까지는 제법 많은 타자가 남아 있는 상황이었고, 무엇보다 모두의 관심은 이제 5회 말, 마운드에 올라올 투수에 집중되어 있는 탓이었다.

그 관심 속에서 선발투수 이진용이 마운드에 올라왔다.

질겅질겅!

더블버블 풍선껌을 쉴 새 없이 씹으며 마운드로 향하는 이진용의 발걸음에는 거침이 없었다.

조금의 주저함 없이, 머뭇거림 없이 마운드에 올랐다.

그런 이진용의 시선이 타석에 선 타자를 향하고 있었다.

자신을 바라보는 타자의 눈빛이 아주 무시무시한 괴물을 보기보다는 영문 모를 공포 영화를 보는 듯한 눈빛이라는 사실을 읽었다.

'그래, 어디를 보더라도 프로 자격이라고는 하나도 없는 선수에게 4이닝 동안 단 한 명도 출루를 못 하면 공포 영화가 맞지.'

그 사실에 의구심을 가지진 않았다.

가질 이유도 없었다.

이것은 이진용이 예상한 바였으며 동시에 의도한 바였으니까.

'하지만 저 정도로 겁에 질릴 줄은 몰랐는데 말이야.'

대신에 지금 샤크스 2군 타자들이 보여주는 모습은 예상과 전혀 달랐다.

'엔젤스 2군 타자들이라면 여기서 어떻게든 귀신이 뭔지 파악하려고 했을 텐데 말이야.'

엔젤스 2군.

그들이라면 지금 샤크스 2군 선수들과 같은 상황에서 어떻게든 이진용의 정체를 파악하기 위해 덤벼들었을 것이다.

그러나 샤크스 타자들은 그러지 않았다.

'정밀한 시계 부품보다는 그냥 따로 노는 괜찮은 부품들인 느낌이야.'

타자들은 그저 당장 자신 앞에 있는 이진용을 상대하려고만 할 뿐.

이진용에게 삼진을 당하거나 아웃을 당하면 그저 말없이 벤치로 들어가 고개를 숙일 뿐.

그것뿐이었다.

샤크스 2군 타자들은 경기가 거듭될수록 대화가 줄고, 말수가 줄었다.

타선이라기보다는 타자라는 느낌이 분명했다.

'이럴 땐……'

그리고 이런 타자를 상대할 때의 팁을 그는 말해줬다.

이진용이 고개를 돌려 마운드 옆에서 미소를 짓고 있는 김진호를 바라봤다.

김진호가 그런 이진용의 시선에 말했다.

-왜? 힘들어? 응원해 줄까? 저번에 이 노래 들어보니까 좋더라. 치어업 베이비! 치어업 베이비! 좀 더 힘을 내! 투수가 쉽게 점수를 주면 안 돼!

김진호의 그 말에 이진용이 극도로 혐오스러운 것을 봤을 때나 지을 법한 표정을 지었다.

-어, 미안.

김진호가 춤을 멈췄고, 이진용이 껌을 씹으며 다시 한번 마운드를 바라봤다.

타석에 선 타자를 바라봤고, 그러면서 가늠했다.

'현재 남은 체력은 19포인트, 심기일전은 사용 가능한 4회 중 3번 사용했으니 남은 건 한 번.'

자신에게 남은 것들.

'라이징 패스트볼은 오늘 두 번만 썼지. 그러니까……'

더 나아가 자신이 아껴둔 것들까지.

'5회에 모든 것을 녹인다.'

자신에게 남은 것을 확인한 이진용이 껌을 씹던 것을 잠시 멈춘 후 나지막이 읊조렸다.

"라이징 패스트볼."

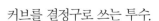

커브를 결정구로 쓰는 투수.

그 투수를 상대하기 위해 타석에 선 타자들의 머릿속에는 당연히 커브가 가장 강렬하게 남을 수밖에 없다.

그런 상황에서 나온 덜 떨어지는 패스트볼, 일명 라이징 패스트볼의 등장은 샤크스 타자들에게 있어서 악몽과도 같았다.

[66포인트를 획득하셨습니다.]
[현재 5이닝 무실점 피칭 중입니다.]
[모든 체력을 소모하셨습니다.]
[현재 누적 포인트는 2,442포인트입니다.]

그 악몽에 허덕이던 5회 말 마지막 타자를 내야 플라이로
잡는 순간 이진용은 처음으로 마운드에 위에서 소리쳤다.
"호우!"
그 외침과 함께 이진용이 마운드를 내려왔을 때 김진호가
그에게 다가와서 말했다.
-체력 다 썼냐?
김진호의 말에 이진용이 고개를 끄덕였다.
-전부?
이진용이 재차 고개를 끄덕였다.
그 순간 김진호가 미소를 지으며 말했다.
-내가 저번에 분명히 말했지?
그 말에 이진용이 고개를 갸웃했다.
-꽃길을 걷게 될 거라고.
꽃길.
그 단어를 떠오른 순간 이진용의 머릿속에는 곧바로 다른

단어가 떠올랐다.

"불꽃길?"

그때 김정호 투수코치가 더그아웃으로 들어오는 이진용을 반갑게 맞이했다.

"수고했다. 정말 수고했어."

격한 격려를 하던 김정호 투수코치는 곧바로 이진용에게 질문했다.

"더 던질 수 있지?"

그 물음에 이진용은 멈칫했고, 곧바로 김정호 투수코치 뒤에서 미소를 짓는 김진호를 볼 수 있었다.

'아.'

그 순간 이진용은 자신이 착각했음을 떠올렸다.

저번 블루 드래곤스전에서 이진용은 5이닝만을 던졌다.

체력의 여유가 있었지만, 고양 스타즈 코칭스태프는 그런 그에게 더 이상 이닝을 맡기지 않았다.

'이거구나.'

그때 이진용은 선발투수라기보다는 첫 번째 투수였으니까.

말 그대로였다.

블루 드래곤스와의 경기는 승리라는 것보다는 엔젤스와의 교류 경기를 앞두고 컨디션 조절을 위한 무대였다.

이진용의 체력이 넘치든 말든 고양 스타즈가 이진용에게 마운드를 오롯하게 맡길 이유는 없었다.

당연한 말이지만 이진용은 오늘도 5이닝을 준비했다.

'이게 차이구나.'

그러나 오늘은 달랐다.

오늘 이진용, 그는 첫 번째 투수가 아니었다.

정범석 감독이 인천 샤크스 2군 팀과의 경기에서 승리를 위해 고르고 고른 선발투수이지.

그런 상황에서 5이닝 무실점 피칭, 노히트 노런을 넘어 퍼펙트게임 페이스를 보이는 선발투수.

그런 투수에게 과연 감독과 코치는 다른 투수에게 마운드를 넘겨주라는 말을 할까?

할 리 없다.

그것은 투수에 대한 예의가 아니며, 게임에 대한 예의가 아니기에.

물론 결정권은 투수에게 있다.

이 순간 투수가 힘들다는 제스처를 표한다면, 쉬고 싶다는 의사를 표한다면 코칭스태프는 투수를 배려해 줄 것이다.

'체력은 다 썼다.'

문제는 지금 이 순간 이진용은 쓸 수 있는 모든 것을 썼다는 것.

'하지만……'

그렇다고 해서 이 마운드를 다른 누군가에게 넘겨주고 싶지도 않다는 것.

그때도 그랬다.

블루 드래곤스와의 경기에서, 첫 승을 거두던 그 경기에서 이진용은 자신이 내려온 후에 누군가에게 마운드를 맡긴다는 것이 얼마나 힘들고, 어려운 일인지 깨달았다.

경기를 망치더라도 본인이 망쳐야 후회가 덜 남지, 타인의 손을 통해 자신이 이룩한 금자탑이 무너진다는 것이 얼마나 속 쓰린 일인지 충분히 짐작할 수 있었다.

'이런 의미였구나.'

김진호가 미소를 짓는 이유도, 그가 불꽃길이라는 서슬 퍼런 지옥길을 언급한 이유도 알 수 있었다.

'난……'

"힘이 많이 빠졌습니다. 만약 실점을 해도 괜찮다면…… 그렇다면 올라가겠습니다."

김진호는 알고 있는 것이다.

이진용이 절대 이 순간 체력 같은 것을 운운하면서 다른 누군가에게 경기를 맡길 놈이 아니라는 것을.

'어차피 오늘 경기는 교류 경기다. 그 어디에서도, 내 커리어에도 기록으로 남지 않는 경기. 그저 기사나 기억으로 남을 경기.'

더 나아가 지금 이것은 도리어 기회였다.

'차라리 맞는다면 지금 이 순간 맞는 게 낫겠지.'

이진용이 자신의 한계를 그리고 훗날 피하지 못할 고통과 속쓰림을 예방할 수 있는 기회.

"오늘 마운드의 주인은 너다. 네가 원하는 대로 해라."

그 말에 김정호 투수코치가 고개를 끄덕였다.

그렇게 김정호 투수코치가 이진용의 어깨를 두드린 후에 자리를 피하자, 그 너머에 있던 김진호의 모습이 보였다.

그는 양팔을 벌린 채 말했다.

-죽어도 마운드에서 죽어야 하는 선발투수의 세계에 온 걸 환영한다.

[체력이 없습니다. 구속과 구위가 하락합니다.]

[스킬을 사용하실 수 없습니다.]

[현재 5이닝 무실점 피칭이 진행 중입니다.]

6회 말.

베이스볼 매니저의 경고 속에서 마운드에 올라온 이진용은 고개를 들어 정면을 바라봤다.

그런 이진용의 눈앞에는 김진호가 있었다.

-이제부터 패스트볼 구속은 120대조차 나오지 않을 테고, 그마저도 제구는 쉽지 않겠지. 여기에 스킬은 단 하나도 사용할 수 없는 상황. 변화구 역시 마음처럼 안 될 거야. 반면 타석

에 서는 타자들은 이미 네 공이 눈에 제법 익었고, 독기로 가
득하지.

김진호는 그런 이진용에게 겁을 주고 있었다.

-이게 선발투수, 개중에서도 기대감을 받는 투수가 짊어져
야 하는 운명이야.

그런 김진호의 의도는 이진용이 이 순간보다 더 무겁고, 짙
은 부담감을 짊어지게 하는 것이었다.

그래야만 진짜 마운드, 자신의 커리어와 연봉 그리고 선수
생명이 걸린 진짜 무대에서 느끼는 부담감을 견뎌낼 저항력을
가지게 될 테니까.

"진짜 고맙네요."

그 마음, 그 의중을 이진용은 충분히 느끼고 있었다.

언제나 그랬다.

김진호는 이진용을 놀릴지언정, 단 한 번도 그의 야구를 방
해한 적은 없었다.

이제까지 그러했고, 앞으로도 그러할 것이다.

그렇기에 이진용은 기꺼이 감수했다.

'지금 당장 홈런을 맞을 거 같아.'

마주한 타자를 상대로 던진 공이 왠지 실투가 될 것 같고,
그 실투를 타자가 단숨에 홈런을 만들어버릴 것 같은 상황임
에도, 그냥 솔직히 마운드를 내려가고 싶은 상황임에도.

그럼에도 이진용은 마운드에서 섰고, 포수와 사인을 나누었

고, 공을 던질 준비를 했다.

앞서 말했듯이 그것은 각오였다.

'예방 접종은 언제나 아픈 법이지.'

그런 이진용의 예감은 틀리지 않았다.

'아!'

-아!

이진용이 초구를 던지는 순간, 손끝에서 공이 떨어지는 순간 이진용의 머릿속에는 그리고 그 옆에 있던 김진호의 머릿속으로는 이미 거대한 폭발음이 들렸고, 그 폭발음은 곧바로 현실이 됐다.

빠악!

폭발적인 소리와 함께 이진용의 머리 위로 하얀 물체가 포탄처럼 날아갔다.

이진용은 그 사실 앞에서 고개를 숙였다.

던지는 순간 느꼈다.

'아, 맞았구나.'

이 공이 실투라는 것을.

모든 힘이 빠진 자신이 결국 실투를 던졌고, 프로 레벨의 타자에게 그 실투는 그야말로 배팅볼이라는 것을.

나름 예상도 했고, 각오도 했다.

그러나 이 상황을 맞이하는 순간 이루 말할 수 없는 분함이 가슴을 두드렸다.

'젠장.'

더러웠다.

이보다 더 없을 정도로 기분이 더러웠다.

-제일 기분이 더러운 순간이지. 내가 힘이 없어서 홈런을 맞을 때는 더더욱. 타자가 잘한 게 아니라 내가 못했으니까. 내가 못해서 마운드를 내려간다는 건 더더욱 비참한 일이고.

김진호의 말에는 진심이 담겨 있었다.

그는 숙인 고개, 그 아래로 분노의 눈빛을 이글이글 태우고 있는 이진용을 진심으로 위로하고 있었다.

-하지만 누구든 피할 수 없는 일이다. 그렉 매덕스도, 랜디 존슨도 그리고 페드로 마르티네즈 모두 마운드에서 타자에게 이런 식으로 홈런을 맞았다. 나도 그랬고. 그리고 이런 식으로 상처 입은 채 마운드를 내려갔고. 언제나 그랬어. 네가 인정받을수록 언제나 마운드를 내려올 때는 상처를 입거나 혹은 경기가 끝날 때밖에 없어. 이게 싫으면 완투를 해.

"예."

이진용이 담담히 대답했다.

그런 이진용을 보며 김진호는 옅게 웃었다.

-이 홈런이 앞으로 네가 걸어야 할 나날 속에서 큰 도움이 될 거다.

그러는 사이 홈런을 친 타자가 3루 베이스를 지나 홈 베이스로 향하고 있었다.

이윽고 타자가 홈 베이스를 밟는 순간.

[최초로 홈런을 허용하셨습니다.]

-응?
"응?"
베이스볼 매니저의 알림이 들렸다.

[골드 룰렛 이용권이 지급됩니다.]

-이런 씨발!
"우와, 씨발!"
최초로 내준 홈런, 그 홈런이 이진용의 뼈와 살이 되는 순간
이었다.

"끝이다!"
고양 스타즈의 더그아웃, 그곳에서 터진 누군가의 외침을
시작으로 고양 스타즈의 선수들이 불끈 쥔 주먹을 머리 위로
들기 시작했다.
"우아아아!"

그와 동시에 기쁨의 함성을 내질렀다.

"첫 승이다!"

첫 승.

프로 2군 팀을 상대로 거둔 그 귀중하디 귀중한 승리 앞에서 고양 스타즈 선수들은 기쁨을 감추지 않았고, 감출 필요도 그리고 감춰야 할 의무도 없었다.

기쁨의 환호를 누리는 건 승자만이 누릴 수 있고 마땅히 누려야 할 권리였으니까.

당연히 이진용도 기꺼이 기쁨의 환호성을 내질렀다.

"호오오오우!"

[승리투수가 되었습니다. 보너스 포인트를 획득합니다.]
[연승을 하셨습니다. 브론즈 룰렛 이용권이 지급됩니다.]
[5이닝 무실점 피칭을 하셨습니다. 보너스 포인트가 지급됩니다.]
[누적 포인트는 4,150포인트입니다.]

게임의 끝을 알리는 베이스볼 매니저의 알림 소리와 동시에 이진용은 자신만이 볼 수 있는 김진호의 얼굴을 향해 있는 힘껏, 환호성을 내질렀다.

그 모습에 김진호가 혀를 차며 초를 쳤다.

-젠장, 좋아하지 마라. 호사다마라는 말이 있어.

"호우!"

-빌어먹을 놈의 호우!

"호우!"

물론 그런 김진호의 초치기는 통하지 않았다.

-그보다 저긴 아주 애를 잡네, 잡아. 아, 내가 이진용이를 저렇게 잡아야 하는데…….

한편 승자의 기쁨이 있으면 패자의 슬픔이 있는 법.

"아마추어한테 지면서 무슨 1군은 1군이야! 프로 자격 떼고 싶어?"

고개를 푹 숙인 샤크스 2군 선수들, 오늘 다른 팀도 아닌 독립 구단에 패배한 그들은 그 패배의 대가를 치르고 있었다.

"진짜 씨발, 이딴 식이면 야구 때려치워! 준프로 새끼들한테 지는데 무슨 프로라고!"

심지어 그들이 지금 듣는 욕은 시작에 불과했다.

이제 고양 스타즈 선수들이 강화도를 떠나는 순간, 샤크스 2군 구장의 조명이 빛나기 시작할 것이며 2군 선수들은 그 조명 아래에서 입에 단내가 날 때까지 훈련을 할 테니까.

여기까지도 그나마 낫다.

최악은 오늘 이 경기에서 좋지 못한 평가를 받은 선수들에게 이번 시즌의 시작에 애로 사항이 꽃피기 시작한다는 점이니까.

퓨처스리그에서 뛸 기회가 줄어들고, 그럼 자연스레 1군 콜업 기회도 멀어질 것이다.

일부는 어쩌면 오늘 일을 계기로 프로에서 방출을 당하거나, 2군 계약이 아닌 3군 계약으로 돌아갈지도 모른다.

그 사실을 충분히 짐작할 수 있었기에, 그렇기에 이진용은 어느새 환호를 멈춘 채 그 광경을 말없이 바라봤다.

-동정하냐?

그런 그의 시선에 김진호가 질문했다.

이진용은 그 물음에 옅게 웃은 후에 고개를 저었다.

-그래, 동정하지 마라. 너한테 동정받으려고 필사적으로 뛰는 사람들이 아니니까.

'아무렴요.'

이 순간 그들을 동정할 자격을 가진 건, 팬과 그들의 가족들뿐, 선수들 중 그 누구도 그들을 동정할 자격을 가진 이는 없었다.

-다음에 만나면 오히려 오늘보다 더 가차 없이 처리해. 오늘 1실점 했으면, 다음에 만날 때는 완봉을 노려. 그다음에 만날 때는 노히트 노런을 달성하고.

오히려 반대, 다음에 만날 때 이진용은 오히려 그들을 더 압박하고, 윽박지를 것이다.

'예.'

때문에 이진용은 그런 김진호의 말에 기꺼이 고개를 끄덕였다.

"이진용!"

그때 김정호 투수코치가 이진용을 불렀다.

"이야기 좀 하지."

그 말에 이진용이 슬며시 김진호를 바라봤고, 김진호도 그런 이진용을 영문을 모르겠다는 표정으로 바라봤다.

-설마 이제 더 이상 가르칠 게 없으니 이제 프로로 가라, 이러는 건 아니겠지?

"설마요."

이진용이 어처구니가 없다는 듯이 작은 목소리를 흘리며 고개를 흔들었고 김진호도 피식 웃었다.

-그래, 나도 웃으라고 한 소리야. 트라이아웃 테스트한 게 저번 달인데 벌써 프로 입단이라니, 그게 사실이면 내 손에 장을 지진다.

"변형채라고 하네. 현재 엔젤스에서 스카우트와 전력분석을 총괄하고 있지."

말과 함께 내민 변형채의 손을 잡은 이진용은 멍한 표정으로 주변을 훑었다.

김정호 투수코치, 정범석 감독 그리고 박준형을 지나 마지막으로 자신과 비슷하게 얼빠진 표정을 짓고 있는 김진호의 얼굴이 보였다.

"······이진용이라고 합니다."

그 멍한 표정 사이로 말을 뱉은 이진용은 곧바로 질문을 던졌다.

"저기 제가 착각을 잘하는 성격이라서 그런데, 설마 엔젤스에서 절 영입하려고 오신 건 아니죠?"

-진용아, 김칫국 마시지 마라. 내가 보기엔 100포인트짜리 영입하고 감독, 코치, 스카우트, 선수가 모여서 사진 찍어야 하는데 사진 찍어줄 사진 기사가 없어서 부른 게 분명해. 안 그래? 상식적으로 그게 아닌데 널 부를 이유가 없잖아? 사진기나 달라고 해.

'그래, 김진호 선수 말이 맞지.'

당연한 말이지만 이진용은 자신이 지금 이 순간 프로에 입단할 가능성을 조금도 높게 보지 않았다.

분명 대단한 성적을 거둔 건 맞지만, 그는 여전히 작은 체격에 고작 120대 중반의 패스트볼을 던질 수 있는 투수일 뿐이다.

심지어 오늘 그는 5이닝 이후 무기력하게 무너지는 모습을 보였다.

투수의 또 다른 미덕 중 하나인 이닝이터의 모습을 제대로 보여주지 못했다.

그런 그에게 다른 곳도 아니고 엔젤스에서 영입 제안을 한다?

"농담입니다, 농담. 설마 정말 절 영입하러 오셨을 리가 없죠."

이진용은 변형채의 대답이 나오기도 전에 스스로가 이 상황에 마무리를 지었다.

그런 그의 모습에 변형채가 옅게 웃으며 잡고 있는 이진용의 손을 좀 더 세게 잡았다.

"감이 무척 좋군."

"예?"

"자세한 이야기는 정 감독께서 해주시는 게 좋을 듯합니다."

곧바로 바통을 정범석 감독에게 넘긴 변형채가 그대로 소파에 앉았고, 정범석 감독이 고개를 끄덕인 후 입을 열었다.

"엔젤스에서 우리 스타즈에 선수 두 명을 데려가고 싶다고 제안을 했고, 계약서 내용에 따라 이 자리를 마련했네."

'계약서? 아!'

그제야 이진용은 고양 스타즈 입단 계약서를 썼을 때 봤던 조항 하나를 떠올렸다.

고양 스타즈는 선수 본인이 원할 경우 한국프로야구위원회 휘하 구단으로의 이적을 허락한다.

……라는 조항의 내용을.

"그 두 명이 바로 자네들이고, 보다 공신력 있는 대화를 위해서 잠시 이렇게 자리를 마련했네."

정범석 감독이 말을 마친 후에 변형채를 바라봤고, 변형채가 고개를 끄덕였다.

"일단 몇 가지 짚고 넘어가면 일단 이 자리에서 당장 계약을 하는 일은 없네. 오늘은 서로 조건에 대해 이야기를 나누고, 그 대화를 기반으로 계약서를 만들어야지. 이 자리는 그 계약서를 만들기 위해 이런저런 이야기를 나누는 자리인 셈이랄까?"

이진용이 그 말을 들으며 박준형 옆에 마련된 자리에 앉았다.

"일단 조건을 말해보게."

그 질문에 먼저 대답한 건 박준형이었다.

"주전 보장을 원합니다. 5월 1일 이후 정식 선수로 등록 후에 바로 1군 엔트리에 이름을 올리고 싶습니다. 최소 30일 동안 엔트리 보장 그리고 출전 기회를 보장받고 싶습니다. 그리고 1군 엔트리에 90일 이상 이름을 올렸을 경우 다음 해에 300퍼센트의 연봉 인상 보장을 원합니다."

박준형의 제안에 이진용이 기겁한 표정을 지었다.

'이 인간 미친 거 아니야?'

드래프트에서 지명 한 번 받은 적 없는 선수가 다른 것도 아니고 1군 엔트리 보장을 요구한다?

심지어 시즌 끝난 후에 300퍼센트의 연봉 인상?

그 정도로 큰 연봉 인상을 받는 건, 신인 선수들 중에서도 팀의 주전으로 활약한 선수들이나 가능한 이야기였다.

말도 안 되는 이야기.

그러나 이야기를 들은 변형채는 놀라기보다는 고개를 끄덕이며 오히려 본인이 들은 것을 준비해 온 아이패드에 받아 적었다.

-이야, 저거 신기하다. 저거 뭐야?

김진호가 그런 아이패드와 아이펜슬에 관심을 가졌다.

물론 이진용은 그런 김진호의 질문은 가뿐하게 무시했다.

"저기."

이진용이 입을 열자 변형채가 고개를 돌렸다.

"말하게."

"정말 아무 조건이나 됩니까?"

그 질문에 변형채는 어깨를 으쓱했다.

"당연히 아무 조건이나 들어줄 순 없지. 단지 우리가 받아들일 수 있는 것과 없는 것을 가릴 뿐. 일단 뭐든 좋으니 말해보게. 그렇게 서로 이야기를 주면서 계약서를 만드는 거지. 이게 메이저리그 스타일이기도 하네."

메이저리그 스타일!

그 단어에 이진용이 스윽 김진호를 향해 눈동자만 굴렸다.

김진호가 그 말에 대답했다.

-틀린 건 아니지. 메이저리그에서는 구단하고 계약할 때 진짜 별 지랄 맞은 것도 넣거든. 체중에 따라 옵션을 거는 경우도 있고, 바이크 타다 걸리면 연봉 깎이는 옵션도 있고, 구단주가 벌이는 사업에서 지분을 달라고 하는 경우도 있어. 월드시리즈 승리 옵션으로 불도저 달라고 한 놈도 있을 정도니까. 참고로 난 월드시리즈 우승하면 구단주에게 유명 여배우랑 미

팅 주선을…… 아니다. 아니야, 아무것도 아니야.

선수에게 불리한 계약이라면 모를까, 선수에게 유리한 계약에 대해서는 그 누구도 태클을 걸지 않으며, 그것이 메이저리그 스타일이었다.

-뭐, 그 메이저리그 스타일을 한국에서 쓰게 될 줄은 몰랐지만.

김진호가 말과 함께 변형채를 바라봤다.

-범석이 형하고 안면이 있는 것 같기도 하고, 분명 메이저리그에서 뛰다 온 사람이 분명해. 변형채라…… 애슬레틱스에서 한국인 한 명이 일한다는 걸 듣긴 했는데 그 사람인가?

그런 김진호의 말은 이진용의 귀에 들어오지 않았다.

'아니, 프로 입단만 해줘도 감사할 노릇인데 조건은 무슨 조건이야? 그게 말이 돼?'

이진용, 그의 꿈은 프로야구 선수가 되는 것이었다.

그런 상황에서 프로야구 선수를 하게 해주겠다?

마다할 게 없는 제안, 더 이상 무언가를 더 요구할 필요가 없는 제안이었다.

때문에 이 순간 이진용은 이 이상 다른 무언가를 조건으로 걸고 싶지 않았다.

'그냥 감사합니다, 하고 받아야지. 아무렴.'

그 조건 때문에 프로 입단이 취소될 수도 있다는 것이 두려웠고, 솔직히 말하면 무엇을 조건으로 걸어야 할지 떠오르지 않았다.

-그냥 질러.

그런 이진용의 귀로 김진호가 말했다.

-정말 원하는 걸 요구해. 못 들어주겠다면 계약 안 하면 되는 거고. 분명한 건 일단 계약 한 번 하면 그때부터는 그 계약 조건을 명백하게 지켜야 해. 그 계약 때문에 네 꿈을 포기하더라도 무조건 그 계약을 지켜야 해. 그게 계약이란 놈이니까.

그 말에 이진용은 떠올렸다.

"제가 원하는 조건은……."

탁!

문 닫히는 소리와 함께 자리에 앉은 변형채는 곧바로 컵홀더에 걸쳐진 이어폰을 꺼냈다.

통화와 운전, 두 마리 토끼를 잡기 위함이었다.

부릉!

그런 그의 의도는 그의 자동차의 엔진이 힘찬 소리를 내뱉을 무렵에 이루어졌다.

-계약은 어떻게 됐죠?

자동차의 울음 사이로 구은서의 목소리가 선명하게 변형채의 귓가를 흔들었다.

"조건만 맞춰주면 당장 계약 가능합니다."

-박준형의 요구 조건은 뭐죠?

"5월 1일 이후 바로 1군 엔트리 등록, 그 외에는 계약 후 연봉 300퍼센트 인상입니다."

-그래서 당신의 판단은요?

"4월부터 시작되는 퓨처스리그 게임 10경기에만 내보내면 1군에서 빨리 보내달라고 안달을 낼 겁니다. 육성선수는 5월 1일 이후 1군 엔트리에 등록될 수 있다는 조항만 아니면 사실 그냥 1군부터 시작해도 될 만한 타자입니다."

-이진용은요?

이진용이란 이름이 나오는 순간 변형채는 잠시 멈칫했다.

-그는 무슨 조건을 요구했죠?

"너무 갑작스러운 제안이라서 제대로 된 이야기는 나누지 못했습니다. 구 팀장님이라고 해도 이해하실 겁니다. 한 달 전에 고양 스타즈 트라이아웃에 참가한 선수에게 프로 입단 제안을 한다면, 하물며 이진용 선수는 보통 선수가 아니잖습니까?"

-허무맹랑한 조건을 내세우던가요?

"일단 연봉에 대해서는 아무런 말도 안 했습니다. 1군 엔트리에 이름을 올려달라는 이야기도 안 했습니다."

-그럼요?

다시금 말을 멈춘 변형채는 이 순간 고민했다.

과연 그것을 말해야 할지 말지.

그 고민을 끝난 변형채가 입을 열었다.

"만약 자신이 엔젤스 우승에 크게 기여한다면, 그 조건을 충족하면 자신을 방출해 달라고 합니다."

-방출이요?

"예."

-그게 무슨 소리이죠?

"1년만 엔젤스에서 뛰고, 엔젤스를 나가겠다는 겁니다. 자유계약 선수가 되고 싶다는 거죠."

-스스로 나가겠다고요? 이유는요?

"보통 이런 경우에는 메이저리그를 목표로 삼는 경우가 있습니다만…… 그건 아닐 겁니다. 이진용 선수 스펙으로 메이저리그는 어림도 없으니. 그리고 그게 중요한 것도 아닙니다. 그 조건을 우리가 들어주느냐, 마느냐."

-조건을 들어주는 데 문제가 있나요?

"만약 이진용 선수가 대단한 활약을 했는데 그를 곧바로 방출한다면 한국프로야구위원회나 언론 반응이 좋진 않을 겁니다."

-규정상으로는요?

"구단이 선수를 방출해서 자유로 만들어주겠다는데 그걸 막는 규정이 있을 리 없죠."

그 순간 통화도 잠시 멈췄다.

말을 뱉는 자도, 듣는 자도 말문이 막힌 상황.

-좋아요.

그 상황에서 구은서가 입을 열었다.

-1군 엔트리 보장도 아니고, 연봉 협상도 아니고, 올해 엔젤스가 우승만 한다면야 그 선수를 방출하든 말든 내 알 바 아니죠. 하물며 그가 한국시리즈 마운드에서 던진다면 이야깃거리로는 충분하네요.

"그렇다는 건?"

-계약하세요. 둘 다.

"알겠습니다."

통화는 거기까지였다.

"내가 미쳤지."

이진용이 고양 스타즈에 출퇴근하기 위해 구한 보증금 1천에 월세 50만 원짜리 오피스텔.

여름에는 덥고, 겨울에는 추운 그곳에서 이진용은 두 손으로 자신의 얼굴을 가리고 있었다.

-야, 이거 뒤로 좀 돌려줘.

그런 이진용의 옆에는 세워진 태블릿PC를 통해 2016시즌 월드시리즈 경기를 보는 김진호가 있었다.

-야! 빨리! 내 손으로는 터치 안 된단 말이야!

김진호의 거듭된 요청에 이진용이 고개를 돌려 그를 바라봤다.

"지금 그게 눈에 들어와요?"

-응! 요즘 화질 장난 아니네. 눈에 겁나 잘 들어온다. 아주 끝내줘! 캬!

김진호의 해맑은 반응에 이진용이 이를 꽉 물었다.

"아니, 지금 내가 그 자리에서 그런 말도 안 되는 소리를 했는데, 신경도 안 쓰입니까? 예?"

-아, 그거.

말을 뱉는 이진용의 머릿속으로 그날의 대화가, 변형채 엔젤스 스카우트와의 대화가 떠올랐다.

"내가 미쳤지! 거기서 그런 식으로 개소리를 지껄여서 프로 입단 계획을 날리다니!"

선수의 프로 구단 입단을 좌지우지할 수 있는 스카우트와의 대화.

프로 입단의 운명이 걸린 그 대화에서 이진용은 고민 끝에 원하는 바를 말했다.

"팀 우승하면 방출시켜 달라니……."

자신이 팀의 우승에 기여를 한다면, 방출해 달라고.

그것도 다른 이유도 아니라 메이저리그에 아무런 조건 없이 갈 수 있기 위해서!

"내가 미쳤지, 아오!"

이진용의 반응처럼 미친 짓이었다.

변형채 스카우트가 콧방귀를 뀌면서 구단 높으신 분에게 이진용의 정신 상태가 심히 의심되니 절대 영입하지 말 것! 같은 스카우팅 리포트를 만들어도 이상하지 않을 정도로 미친 짓.

-그럴 수도 있지.

그러나 김진호의 반응은 달랐다.

"그럴 수도 있다고요?"

-그럼 한국에서 9년 동안 공 던지고 메이저리그 갈래?

"그건……."

-그렇잖아? 한국프로야구위원회 규정에 따르면 고졸 선수가 포스팅 자격 취득하는 데에는 7시즌 동안 뛰어야 하고, FA자격 얻으려면 9시즌 동안 뛰어야지.

그 말 그대로였다.

김진호의 말대로 이진용이 프로야구 구단과 정상적인 계약을 할 경우, 그가 메이저리그에 가게 되는 건 머나먼 미래의 일이 될 수밖에 없었다.

물론 이진용은 생각했다.

'아니, 메이저리그가 그렇게 쉽게 갈 수 있는 건가?'

그런 식으로라도 메이저리그에 갈 수 있다면 대단한 일이라고.

실제로도 그랬다.

한국프로야구 무대에서 뛰는 무수히 많은 선수들, 개중에서도 고액 연봉을 받고 팀의 프랜차이즈 대우를 받는 이들조차도 메이저리그라는 무대에서 뛰는 경우는 손에 꼽을 정도다.

한국프로야구 무대에서 최고가 되어야만 그나마 제대로 도전이라도 할 수 있는 곳.

그런 곳이 바로 메이저리그였고, 그런 메이저리그 무대를 나이 서른이든, 마흔이든 뛴다는 건 야구를 업으로 삼은 이들에게 있어서는 그야말로 꿈과 같은 일이었다.

-한 가지는 분명히 하자. 그 조건을 말로 뱉은 건 내가 시킨 게 아니야. 그렇지?

"예."

-네 마음속에서 나온 가장 진솔한 욕망이었지.

"그렇죠."

김진호의 말에 이진용은 고민을 접었다.

그 말이 맞았다.

그 순간 이진용이 그런 조건을 운운한 건 결국 그가 그것을 원했기 때문이지, 결코 누가 시켜서 그런 것이 아니었으니까.

"젠장, 좋은 기회 다 날렸네요."

-좋은 기회를 날린다는 건 FA나 다름없는 네 신분을 제대로 이용하지 못하고 그냥 구단과 일방적인 계약을 맺는 것을 말하는 거지. 그보다 영상 좀 돌려 달라니까? 리플레이 한 번만 더 보자.

"아니, 크리스 브라이언트 타격 영상을 대체 몇 번을 보는 겁니까?"

-몇 번을 보는 게 중요한 게 아니야. 중요한 건 이 녀석이 2016시즌 메이저리그의 트렌드를 몸소 실천한다는 거지.

"그 전에 룰렛이나 마저 돌립시다."

룰렛.

그 단어에 김진호가 자리를 바꾸고는 곧바로 이진용의 뒤편으로 이동했다.

그러고는 말했다.

-몇 번이나 돌릴 수 있지?

"골드 룰렛 한 번, 브론즈 룰렛 한 번. 여기에 4천 포인트가 넘게 있으니까 이걸 포함하면 브론즈 룰렛은 최대 다섯 번이요."

-솔직히 내 생각에는 이제는 드디어 개끗발이 나올 때가 왔다고 생각돼.

김진호의 말에 이진용은 반문하지 못했다.

"그동안 운이 너무 좋긴 했죠."

-좋은 정도가 아니었지. 만약 네가 다른 곳이 아니라 카지노 룰렛에서 그 정도로 운이 좋았으면 카지노에서 고용한 금발의 끝내주는 미녀가 너한테 와서 술 한 잔을 건넬 거야. 그 술에는 당연히 약을 탔고, 넌 그 약에 취해서 바카라나, 블랙잭을 시작할 테고 그러다가 딴 돈을 전부 잃을 거야. 그리고 정신을 차렸을 때는 라스베이거스 호텔 방에서 주문한 룸서비스 비용을 지불할 돈이 없어서 당장 아는 사람에게 전화를 걸어서 돈을 꿨겠지.

"너무 디테일한데 혹시 경험담입니까?"

-그, 그럴 리가! 난 도박하고는 전혀 상관없는 사람이야!

"검색 한 번 해볼까요? 김진호 카지노로?"

-에헤이! 룰렛 돌려! 돌리라고!

그 말에 이진용이 곧바로 룰렛을 돌렸다.

일단 4천 포인트를 소모해 브론즈 룰렛을 네 번 돌렸다.

[체력이 1상승합니다.]

[체력이 1상승합니다.]

[체력이 1상승합니다.]

[체력이 1상승합니다.]

-이야, 체력 잭팟 떴네! 체력 부자! 축하한다!

김진호가 크게 웃었다.

그런 김진호 앞에서 이진용은 브론즈 룰렛 이용권을 이용해 다시금 브론즈 룰렛을 돌렸다.

"변화구 하나 나와라. 투심, 커터, 스플리터 중 하나만 제발. 싱커도 좋다."

-새끼, 바라는 것도 많네. 신이시여, 이 새끼 보셨죠? 이렇게 탐욕스러운 놈에게는 그냥 체력 1포인트만 주면 충분합니다!

그 순간 룰렛이 돌아갔고, 이내 은색 칸에서 멈췄다.

[구질 습득 비약(E랭크)을 획득하셨습니다.]

"어?"

-응?

습득한 것은 다름 아니라 구질 습득 비약.

그리고 그 구질 습득 비약은 바로 이진용에게 적용됐다.

[투심 패스트볼(E)을 습득하셨습니다.]

이진용이 두 손을 불끈 쥐었다.

"그렇지!"

-미친, 이 게임 왜 이래? 이게 무슨 룰렛이야? 룰렛이면 확률
이 있어야지! 사기네, 사기야.

투심 패스트볼!

그토록 바라던 새로운 종류의 패스트볼이 이진용의 손에
들어오는 순간이었다.

"호우!"

이진용이 그 기쁨을 주체하지 못하고 김진호가 보는 앞에
서 힘차게 소리를 내질렀다.

그 외침에 김진호가 고개를 돌리며 말했다.

-그놈의 호우, 호우. 그래, 그 소리가 그렇게 좋으면 앞으로

네가 마운드 올라갈 때마다 네 엉덩이 근처에서 나도 호우 외쳐준다. 어디 한번 똥구멍에서 호우 소리가 나오는 상황에서 제대로 공을 던질 수 있는지 보자!

"호우!"

이진용이 여전히 기쁨을 주체 못 하는 듯 재차 도발을 시도했고, 김진호가 그런 이진용 앞에서 입을 꽉 물었다.

-아우! 약 올라!

유치하기 그지없는 상황.

그 상황 속에서 이진용이 입가에 옅은 미소를 지은 채 골드 룰렛을 돌렸다.

이 순간 이진용은 골드 룰렛에서 무엇이 나오든 상관하지 않았다.

기본적으로 골드 룰렛에서 무엇이 나오든 이진용이 손해 볼 건 없을뿐더러, 투심 패스트볼이란 무기를 얻은 것만으로도 이미 오늘 계산은 끝난 셈이었으니까.

이윽고 룰렛이 멈췄고, 이진용과 김진호가 그 룰렛을 향해 고개를 돌렸다.

그리고 그 둘은 봤다.

"헐."

-나 안 해.

"헐!"

-씨발 나 안 해!

[마법의 1이닝 스킬을 습득하셨습니다.]

이진용, 그에게 다시 한번 백금색의 기적이 일어났다.

선수를 영입한다는 것은 그저 스카우트 한 명이 개인적으로 어찌할 수 있는 일이 아니다.

아니, 정확히는 영입하는 것은 구단 측에서 얼마든지 마음대로 할 수 있다.

하지만 그 선수를 기용하는 건 전적으로 감독의 권한인 법.

구단이 어떤 선수를 영입하든 그 선수를 어떻게 쓸지는 감독에게 달려 있다.

"우 감독님."

변형채 스카우트가 엔젤스 2군 감독, 우지욱을 찾아온 이유는 바로 그 때문이었다.

"구 운영팀장님이 이 두 선수 영입을 원하십니다. 이미 구단에서는 허락을 받았습니다. 4월 3일부로 이 두 선수는 엔젤스 육성선수 소속으로 2군에 뛰게 될 겁니다."

변형채는 말과 함께 자신이 가지고 온 두 개의 문서 파일을 우지욱 2군 감독에게 건네줬다.

파일을 건네받은 우지욱은 문서 파일의 첫 장만 살폈다.

"박준형."

그리고 그 파일 속 주인공들의 이름을 파악했다.

"그리고 이진용."

박준형과 이진용.

"둘 다 아는 얼굴이시지요?"

변형채의 물음에 우지욱 2군 감독은 대답에 앞서 게슴츠레하게 뜬 눈으로 변형채를 바라봤다.

변형채는 그 모습에 살짝 비틀린 듯한 미소를 지었다.

좀 봐주십시오, 그런 느낌의 미소였다.

사실상 구단주나 다름없는 구은서 운영팀장의 오른팔이나 다름없는 실세답지 않은 미소.

달리 말하면 우지욱 2군 감독의 입지와 경력 그리고 능력이 구단의 실세조차 자세를 낮춰야 할 정도로 뛰어나다는 의미였다.

"일단 한 가지는 분명히 하지. 내가 2군 감독에 부임했을 때 2군 선수 운영에 대해서는 전권을 보장받았지. 그리고 그 사실은 지금도 유효하고."

"아무렴요."

우지욱.

2년 전에 엔젤스 2군 감독으로 부임한 그는 본래 엔젤스 2군 감독에 올 사람이 아니었다.

일본프로야구인 NPB의 팀 중 하나인 지바 롯데에서 배터리 코치를 거쳐, 수석 코치까지 올라섰던 그의 다음 목적지는 그 어느 것도 아닌 메이저리그 코치였으니까.

그것도 한국프로야구 구단의 모기업인 대기업, 재벌 그룹의 지원을 받아서 가는 것도 아니었다.

애초에 우지욱은 프로 출신이긴 하지만 그런 모기업 차원의 지원을 받을 만큼 대단한 선수가 아니었으니까.

즉, 우지욱 2군 감독은 오로지 자력으로 메이저리그마저 인정하는 지도자가 된 사내였다.

그런 그를 엔젤스가 2군 감독으로 영입하기 위해 들인 공과 노력은 결코 작지 않았다.

특히 엔젤스는 2군 운영에 대한 확고부동한 전권을 그에게 줬다.

사실 한국프로야구에서 감독 그리고 코치라는 자리는 굉장히 힘든 자리다.

당장 한국프로야구에서 3년 이상 한 팀에서 감독으로 부임한 경우는 손에 꼽을 정도다.

팀을 연거푸 우승시킨 감독조차도 성적이 안 좋거나 혹은 성적이 좋아도 구단과의 불화로 경질되는 게 당연할 정도.

하물며 감독이 바뀔 때면 자연스레 코칭스태프도 물갈이되는 한국프로야구의 특성…… 아니, 한국 사회의 특성이었다. 제아무리 재능이 있어도 윗사람이 물러나면 그 아랫사람도 같이 물러나는 한국 사회의 특성.

1군 감독과 코칭스태프가 그러한데 2군의 처지가 좋을 리 없다.

그런 상황에서 2군에 대한 전권을 위임받았다는 건 분명 놀라운 일이었다.

'너무 유능하면 이런 게 문제이지.'

더욱이 우지욱 2군 감독 입장에서는 자신의 요구가 먹히지 않을 경우 그냥 옷을 벗으면 된다는 아주 강력한 선택지가 있었다.

그만큼 실력도 확실했다.

당장 엔젤스 2군의 선수들이 다른 2군 선수들보다 뛰어난 기량과 실력을 보여주는 게 그 증거다.

사실 그렇기에 변형채가 선수 영입 후에 우지욱 2군 감독을 찾아와 아쉬운 소리를 할 이유는 없었다.

변형채가 좋은 선수를 데려오면 그 선수를 알아서 잘 키워줄 지도자 아닌가?

'박준형만 아니었으면……'

문제는 박준형이었다.

박준형은 단순히 엔젤스가 전력 증가를 위해 영입하고자 하는 대상이 아니었다.

상품.

엔젤스가 이번 2017시즌 우승을 단순한 우승이 아닌 스토

리가 있는 우승으로 만들기 위해 영입한 존재였다.

'다른 건 몰라도 박준형은 어떻게든 키워야 해.'

그리고 작금의 시대는 상품이 가지는 스토리는 만들어지는 게 아니라 만들어주는 시대다.

즉, 박준형은 특별 대우를 받을 필요가 있었고 그것을 요청하는 것이 변형채가 이곳에 온 이유였다.

"괜히 말 돌리지 않겠습니다. 박준형 선수에 대한 특혜가 필요합니다. 그 선수는 어떤 식으로든 엔젤스의 이야기가 되어야 하는 선수입니다."

변형채 스카우트의 말에 우지욱 2군 감독은 대답에 앞서 들고 있는 파일을 그대로 테이블 위에 올려놓았다.

"내 지론은 간단하네. 옥석을 가릴 시간이 없을 때는 옥석끼리 부딪치면 옥만이 살아남는다는 것."

우지욱 2군 감독은 그 말과 함께 툭툭, 손가락으로 박준형의 스카우팅 리포트가 담긴 파일을 두드렸다.

"특혜를 받을 옥인지 아니면 그럴 가치가 없는 돌멩이인지는 옥석끼리 부딪쳐보면 될 일이지."

변형채 스카우트는 그 말에 억지로 웃음을 지었다.

'특혜를 줄 생각이 없다는 거군.'

혹시나 했지만 역시나.

"알겠습니다."

그 사실에 변형채는 여기서 자신의 주장을 고집하지 않았다.

'최선이 안 통하면 차선을 택해야 하는 법.'

"그럼 앞으로 두 선수를 어떤 식으로 테스트하실 생각이십니까?"

대신 우회했다.

'우 감독 계획을 확인한 후에 그에 맞춰서 박준형을 도와주는 수밖에 없지.'

우지욱 2군 감독의 계획을 파악하고, 거기에 맞추기로 했다.

그 말에 우지욱 2군 감독은 대답했다.

"4월 5일부터 퓨처스리그가 시작되지."

"압니다. 데블스와 3연전이죠."

"그 무대면 충분하겠지."

"예?"

"문제라도 있나?"

"그, 그게…… 앞서 말씀 드린 것처럼 두 선수를 영입하는 건 4월 3일입니다."

"그럼 4월 5일 경기에 나올 수 있겠군."

"그러니까 그게……."

"설마 당장 프로의 무대에서 적응할 기간이 필요하다, 같은 이야기를 할 생각인가?"

"아, 아뇨."

"그게 아니면 프로의 무대, 그것도 2군 무대에서도 당장 뛰지 못할 선수를 영입했다, 같은 소리를 하려는 건가?"

변형채는 그제야 깨달았다.

우지욱 2군 감독도 충분히 지금 같은 상황을 대비하고 그에 맞는 강수를 준비했다는 것을.

"좀 더 자세히 말하면 박준형은 득점권 찬스에서 대타로만 내보낼 것이네."

그것도 보통 강수가 아니란 엄청난 강수를.

"그리고 이진용 선수는…… 팀이 이기고 있는 상황에서 9회에, 세이브 상황에서 마운드에 올려보면 되겠군. 투수의 진면목을 확인하기에는 그것보다 좋은 무대가 없지. 안 그런가?"

말도 안 되는 강수를 준비했다는 것을 깨달았다.

"그럼 두 선수에게 내 말 잘 전해 주게. 이 기회를 제대로 살리지 못할 경우 앞으로 더 많은 노력과 연습이 필요하게 되리란 말도 덧붙여서."

이야기는 거기서 끝이었다.

'박준형이 알아서 살아남기를 바라는 수밖에 없겠군.'

◆ 4화 ◆
마법의 1이닝

거듭된 행운은 불행과 같다.

누군가 그런 말을 한 적은 없지만, 누구든 간에 행운이 계속되면 의심이 생기고는 한다.

그런 의미에서 이진용이 그것을 의심하는 것은 결코 이상한 일이 아니었다.

'이거 설마 보이스피싱인가?'

시작은 갑자기 걸려온 전화 한 통에서 시작됐다.

이진용, 그의 스마트폰으로 모르는 번호 한 곳으로부터 전화가 왔다.

그리고 그 전화를 한 사람은 말했다.

-서울 엔젤스 운영 2팀의 성경훈 대리입니다. 이진용 선수와 입단

계약을 하고자 합니다. 직접 오시겠습니까, 아니면 고양 스타즈 홈구장으로 찾아갈까요?

그 질문을 받았을 때 이진용은 대답에 앞서서 자신의 옆에서 태블릿PC로 메이저리그 경기를 보던 김진호를 불렀다.

그리고 나지막이 말했다.

"저기, 엔젤스에서 절 영입하겠다고 하는데요?"

그 말에 김진호는 진지하게 대답했다.

-장난 전화네. 전화 건 놈한테 그런 장난 전화할 시간 있으면 엄마, 아빠한테 전화해서 사랑해요, 힘내세요, 효도할게요, 라고 말하라고 일침 한 방 넣은 후에 끊어.

"그렇죠? 보이스피싱이겠죠?"

-아무렴. 아마 프로 입단하려면 위탁금을 내야 하니까 문자로 보내준 계좌로 돈 보내라고 할걸? 뻔하지.

이 순간 이진용과 김진호는 감히 그것이 진짜라고 믿지 않았다.

-여하튼 나 아니었으면 보이스피싱에 당했을 텐데, 내 덕분에 보이스피싱 피한 거니까 나한테 고맙다고 인사하는 거 잊지 마.

그리고 누가 보더라도 그 둘의 판단은 정상적으로 보였다.

"죄송합니다. 잘못 거신 것 같습니다."

-예? 자, 잠시만…….

그렇게 이진용은 전화를 끊었다.

그 후에 다시 전화가 왔다. 이번에는 이진용이 알고 있는 번호였다.

"아이고, 감독님! 선수 이진용! 전화 받았습니다!"

정범석 감독의 번호였고, 이진용은 당연히 각을 잡고 전화기를 그대로 받았다.

-야, 허리 안 숙여? 감독님 전화 받는데 90도 각도로 허리 접는 건 기본이지! 그보다 갑자기 이런 시간에 전화 온 거 보니까 드디어 방출 통보 하나 보다. 그래, 운빨이 너무 심하면 의심이 생기는 법이지. 범석 형, 감 많이 좋아졌네.

옆에 있던 김진호는 그런 이진용을 거들었다.

그런 그 둘의 행동이 정지한 건 정범석 감독이 그 말을 하는 순간이었다.

-엔젤스 구단에서 자네에게 전화를 했는데 자기들이 엔젤스라고 믿지 않는다고 해서 나한테 다시 연락하더군. 혹시 전화를 못 받았나?

"예?"

-엔젤스 구단이 자네를 영입하고자 하네.

"그, 그게 사실입니까?"

-자세한 건 엔젤스 구단과 이야기하게. 그리고 이야기가 끝나면 내게도 전화로 통보 부탁하네. 부디 좋은 소식을 들었으면 좋겠군.

그 통화를 끝으로 이진용은 엔젤스 구단과 다시 통화를 했다.

통화는 짧았다.

"아무렴요, 제가 직접 찾아뵙겠습니다."

그 말을 끝으로 이진용은 그대로 스마트폰을 자신의 침대 매트리스 위에 던졌다.

그리고 김진호를 보며 말했다.

"씨발, 이거 꿈은 아니죠?"

-꿈이었으면 좋겠다. 무슨 놈의 운빨이 이렇게까지 따를 수가 있는 거냐?

운빨.

그 말에 이진용의 머릿속에는 며칠 전 획득한 플래티넘 등급의 스킬이 떠올랐다.

[마법의 1이닝]

-스킬 랭크 : 없음

-스킬 효과 : 1이닝 동안 모든 스킬을 체력 소모 없이 사용할 수 있습니다.

-이 스킬은 하루에 한 번만 사용할 수 있습니다.

마법의 1이닝!

말 그대로 1이닝 동안 마법에 걸린 것처럼, 가진 스킬을 체력 소모 없이 마음대로 쓸 수 있는 스킬이었다.

플래티넘 등급이 너무나도 잘 어울리는 스킬이었다.

당연히 이 스킬이 나왔을 때 이진용은 자신에게 이보다 더한 기회는 당분간 오지 않으리라 생각했다.

그런데 지금 말도 안 되는 기회가 또 온 것이다.

"미치겠네."

이진용은 이 순간 손이 떨릴 정도였다.

-야, 그런데 아까 분명 엔젤스가 널 영입하겠다고 했지?

"그렇죠."

-그럼 네 조건을 들어주겠다는 거겠네?

"조건이요?"

-팀 우승에 기여하면 방출시켜 주겠다는 조건 말이야.

그제야 이진용은 자신에게 영입 제안을 한 구단이 엔젤스이며, 이것이 의미하는 바가 무엇인지 깨달을 수 있었다.

"그, 그럴 리가요?"

이진용은 그 사실을 믿지 않았다.

"말이 안 되잖아요?"

-사실 구단 입장에서는 안 받아줄 이유는 없지. 돈을 더 달라는 것도 아닌데. 하물며 우승이잖아? 팀 우승을 위해서라면 그 정도 조건이야 얼마든지 해줄 수 있지. 컵스나 레드삭스를 떠올려봐. 우승할 수만 있다면 영혼도 팔 수 있을걸?

"그래도……."

-하물며 구단 입장에서 넌 무슨 우승을 위한 대단한 복권이 아니라 그냥 동네 지나가다 보면 볼 수 있는 뽑기 같은 거야.

좋은 거 나오면 오케이, 아니면 말고.

뽑기.

그 비하에 가까운 표현에 이진용은 반문하지 않았다.

너무나도 당연하고, 마땅한 말이었기에.

-어쨌거나 중요한 건 영입 제안이 왔고, 이제 네 선택만 남았다는 거겠지.

더불어 지금 이진용이 고민해야 하는 부분은 그런 부분이 아니었다.

'조건만 들어준다면 마다할 이유는 없다. 아니, 그야말로 하늘이 준 기회나 다름없지.'

이진용이 요구한 조건을 엔젤스에서 수락해 준다면 이진용에게는 더 이상 좋을 게 없다.

마다할 게 없다는 의미다.

때문에 김진호는 그보다 더 중요한 걸 말해줬다.

-지금 고민해야 할 건 계약이 아니라 계약 다음이지. 100포인트짜리야 계약한다면 1군 엔트리 자리를 보장받겠지만 넌 아니잖아? 그럼 퓨처스리그부터 네 가치를 증명해야 해.

가치 증명.

그 표현에 이진용이 손으로 자신의 얼굴을 주물렀다. 너무나도 갑작스러운 상황에 달구어진 얼굴을 진정시켰다.

"어떻게 될까요?"

-일단 내 경험상으로 보자면…… 그러니까 메이저리그 기준

으로 본다면 구단이 선수 영입하는 거랑 감독이랑은 별개의 일인 경우가 많아. 쉽게 말하면 구단은 선수 영입했으니, 감독이랑 코치들보고 알아서 키우라고 하는 거지. 코칭스태프 입장에서는 갑자기 구단이 키우라고 선수를 툭 던져주는 느낌이고. 그러니까 엔젤스 2군 코칭스태프는 일단 이진용, 널 테스트하고자 할 거야.

"테스트라니, 어떤 테스트죠?"

-나야 모르지.

"예?"

-솔직히 난 이런 경험이 없어서 말이야. 너도 알잖아? 나 김진호, 어디 가서 아쉬운 대접 받았던 적이 없는 사내라는 거.

말을 하던 김진호가 머리를 긁적였다.

-막말로 테스트 같은 것도 없었지. 비슷한 건 있었지만.

"비슷한 경우요?"

-내 헝그리 정신을 키우겠다고 카디널스 구단이 날 트리플A에 처박았고, 명령을 받은 감독은 날 테스트한답시고 아무런 통보도 없이 갑자기 날 선발로 출전시켰어. 머리에 피도 안 마른 새끼, 마이너리그의 눈물 젖은 엿이나 먹어라, 이거였지. 하지만 그 경기에서 5이닝 동안 삼진 14개를 잡은 후에 마운드를 내려오니까 더 이상 테스트 따위는 없더라고.

"정말 제게 큰 도움이 되는 이야기이군요. 감격스러워 죽을 지경입니다."

-뭐, 이해해라. 너와 내가 살아온 길이 너무 다르잖니?

"예, 대단하신 거 잘 알겠고요, 그럼 그 대단하신 능력 좀 발휘해서 도움이 될 만한 이야기 좀 해주시죠? 엔젤스에서 어떤 방법으로 절 테스트하실 것 같아요?"

-굳이 나보고 널 테스트하라고 한다면 마무리로 올려볼 거다.

툭, 김진호가 던진 말에 이진용이 반응했다.

"마무리투수요?"

-마무리투수라는 보직만큼 투수의 자질을 평가하기 좋은 무대는 없거든.

"이유는요?"

-사실 선발투수는 되게 편해. 선발 로테이션이 있고, 그 로테이션에 따르면 내가 언제 어느 순간 어느 팀을 상대로 던질지 아주 정확하게 정해지지. 어떨 때는 시즌 시작과 함께 짠 계획대로 한 시즌이 정확하게 이루어지는 경우도 있지. 그런데 마무리는 어떻지?

"팀이 언제 이기고 있을지 모르는 상황에서 언제든 팀이 이긴 채로 9회를 맞이하면 올라올 준비를 해야죠."

김진호가 고개를 끄덕였다.

그 모습에 이진용은 고개를 저었다.

"하지만 아무리 그래도 고작 구속 120짜리인 저를 팀이 이기고 있는 상황에서, 그것도 9회에 올려놓을까요?"

-호프먼은 80마일대 패스트볼을 가지고 모든 타자들에게 지옥의 종소리가 뭔지 알려줬어. 그러고 보니 궁금하네. 리베라랑 호프먼, 둘 중에 누가 더 세이브 많이 거뒀어? 레드삭스에 있을 때 리베라가 더 많이 할 거라는 데에 1천 달러 걸었는데.

"리베라가 더 많이 했습니다."

-역시 샌드맨이군! 내 예상이 맞았어. 리베라 커터가 최소한 그가 호프먼보다 50세이브는 더 쌓게 해줄 거라고 생각했지! 리베라 커터는 진짜 달랐다니까. 나한테 그 커터가 있었으면 난 절대 포심 따윈 던지지 않았을 거야.

추억을 회상하는 김진호의 모습에 이진용은 잠시 고개를 푹 숙였다.

그러고는 곧바로 고개를 들었다.

'김진호 선수 말이 맞아. 지금 내가 하는 고민은 무의미한 고민이야. 결국 내가 살아남지 못하면 아무것도 의미가 없어.'

고개를 든 이진용의 눈빛에 더 이상 망설임이나, 초조함 같은 기색은 없었다.

"기왕 이렇게 된 거 리베라 은퇴 영상이나 보여드리죠."

-오! 네가 드디어 뭘 좀 알게 됐구나. 그런 거 있었음 당연히 보여줘야지!

"지터 은퇴 영상도 보여줄까요?"

-데릭 지터? 아니, 걘 됐어.

"왜요?"

-난 걔 싫어.

"왜…… 아, 그동안 지터가 사귄 여자들이 화려하긴 했죠. 그게 부러우신 거죠?"

-부럽긴! 야, 인마 그때 말했잖아! 내가 얼마나 할리우드에서 인기 있었는데!

"예예, 진심으로 믿어드리겠습니다."

비웃음을 머금으며 태블릿PC를 터치하며 리베라 은퇴 영상을 검색하는 이진용의 모습에 김진호는 피식 웃었다.

-새끼.

이제 침착함을 되찾은 그의 모습에 김진호는 기꺼이 진심 어린 조언을 건넸다.

-축하한다. 프로가 된 걸.

"예, 감사합니다."

이진용, 그가 드디어 자신의 꿈에 한 발자국 가까워졌다.

2017년 4월 3일.

이제는 4월에 접어든 이천의 날씨는 그야말로 꽃이 피어오르기에 딱 좋은 날씨였다.

그 날씨 속에서 이진용과 박준형은 엔젤스의 2군 구장인 이천 챔피언스 파크를 둘러보고 있었다.

"이곳이 체력 단련실입니다. 언제든 24시간 개방되어 있으니 사용하셔도 좋습니다. 단, 개인 사용은 안 됩니다. 특히 중량 운동을 할 때는 코치 또는 선수나 관계자의 도움 하에 하십시오."

"이곳은 재활실입니다. 수중 재활 시설을 비롯해 국내 최고 수준이라고 자랑할 만한 최첨단 재활실입니다만, 되도록 이곳에 오는 일이 없기를 바랍니다."

"이곳은 실내 연습장입니다. 크기를 보시면 알겠지만 한국은 물론 아시아 최대 크기의 실내 연습장입니다. 비 내리는 날, 아마 가장 지옥 같은 훈련을 하실 수 있을 겁니다."

이제는 서울 엔젤스의 일원이 된 그들에게 구단 관계자가 그들이 머물게 될 2군 시설을 설명해 줬다.

설명만으로도 두 시간이 훌쩍 넘어버릴 정도로 대단하고도 놀라운 설비였다.

-이야, 현성그룹이 돈을 엄청 때려 박았네. 이러고도 우승 못 하면 억울하지. 그보다 94년도에 엔젤스가 우승하고 봉인한 술은 지금 어떻게 됐냐? 내가 봤을 때 증발했거나, 썩었거나 아니면 구 회장이 홧김에 마셔서 비었거나 셋 중 하나같은데.

김진호마저 놀랄 정도였다.

하지만 이진용과 박준형을 놀라게 하고, 가장 긴장케 한 곳은 그런 설비들이 아니었다.

"이곳이 감독실입니다."

감독실.

이제는 이진용과 박준형의 프로야구 선수 운명을 가늠하게 될 이가 있는 그곳 앞에서 이진용과 박준형은 굳을 수밖에 없었다.

똑똑!

"우지욱 감독님, 두 선수를 데려왔습니다. 들어가도 되겠습니까?"

직원 관계자가 그 문을 두드렸다.

"들어오게."

그리고 허락이 떨어지는 순간 이진용과 박준형은 며칠 전에 적으로 마주했던 얼굴을 볼 수 있었다.

우지욱 엔젤스 2군 감독.

"자리에 앉도록."

2대8가르마에 반듯한 외모를 가진 그는 이렇다 할 자기소개나 인사 따위는 하지 않았다.

통보를 했고, 그 통보에 이진용과 박준형은 군말 없이 자리에 앉았다.

"1군 엔트리 보장."

대화는 그 둘이 앉음과 동시에 시작됐다.

"대단한 조건을 걸었군."

"예."

우지욱 2군 감독의 말에 박준형은 고개를 끄덕였다. 그런 그의 손이 미약하게 떨리고 있었다.

그것은 당연한 반응이었다.

이제까지 독립 구단 선수인 주제에 콧대를 높였던 그이지만, 이제는 아니다.

박준형은 엔젤스와 계약을 했고 이제부터 박준형은 엔젤스 구단이 놓아주거나, 그가 자유 계약 선수 자격을 취득하기 전까지는 엔젤스의 선수로 감독의 명령을 따라야 하는 의무를 짊어지게 됐다.

무엇보다 제아무리 자신감이 넘친다고 하더라도 처음 프로가 됐다는 사실에 떨리지 않을 리 만무할 터.

우지욱 2군 감독이 그런 박준형을 보며 실소를 머금은 후 시선을 돌렸다.

"여긴 더 대단하군."

그의 시선이 이진용을 향했다.

"한국시리즈 1승을 포함해 포스트시즌에서 2승 이상 거둘 경우 구단은 선수가 원할 경우 조건 없이 방출해 준다…… 내가 잘못 본 건가?"

"아닙니다."

이진용은 말과 함께 조금 전 했던 계약 내용을 떠올렸다.

엔젤스 구단은 이진용의 조건을 들어줌과 동시에 그 조건을 좀 더 체계화했다.

팀의 우승에 기여한다, 같은 애매한 표현 대신 분명한 수치를 기재했다.

그 수치가 바로 조금 전 우지욱 2군 감독이 말한 것이었다.

한국시리즈 1승을 포함해 포스트시즌에서 2승을 거둘 것.

물론 엔젤스가 페넌트레이스에서 1위를 거두며 한국시리즈에 직행할 경우에는 한국시리즈 무대에서 1승만 거두면 됐다.

"또 있군. 위 조건은 엔젤스가 한국시리즈 우승했을 때만 유효하다."

더불어 이 모든 조건은 엔젤스가 이번 시즌 우승했을 때만 유효하다는 조항도 있었다.

장담컨대 이제까지 한국프로야구 구단들이 한 계약 중에 그 누구도 하지 않았을 계약.

"방출은 혹시 메이저리그 때문인가?

우지욱 2군 감독은 그런 말도 안 되는 계약의 배경을 단숨에 짐작할 수 있었다.

"예."

이진용은 그런 우지욱 2군 감독의 물음에 망설임 없이 대답했다.

말 그대로였다.

이 순간 대답하는 이진용은 망설임이 없었다.

이미 여기에 오기 전 많은 고민과 각오를 곱씹었으니까.

그렇게 많은 고민과 각오를 곱씹은 이진용에게 이제 와서 똑같은 고민을 할 이유는 없었고, 그렇기에 이 무대에서 떨 이

유도 없었다.

그 증거로 놀라고, 긴장한 채 손을 떠는 박준형에 비해 이진용은 담담했다.

그 모습에 우지욱 2군 감독은 살짝 놀랐다.

'그때도 그랬지만 다른 건 몰라도 심장만큼은 정말 타의 추종을 불허하는 수준인 모양이군.'

우지욱 2군 감독은 마운드에서 공을 던지던 이진용의 모습을 기억하고 있었다.

기상천외함을 넘어 괴기하기까지 한 패스트볼로 6타자 연속 범타 처리를 하던 이진용의 피칭을.

더 나아가 단 한 번도 자신이 던져야 할 공을 의심하지 않고 던지던 그 모습을.

'기량은 여전히 물음표가 붙고, 운이 따른 게 크지만 심장만큼은 인정해 줘야겠지.'

그렇기에 우지욱 2군 감독은 분명히 할 수 있었다.

'달리 말하면 이진용, 이 선수에게서 심장을 빼면 남는 게 없다는 의미일 터.'

이진용이 가진 최고의 무기는 다른 것도 아닌 그 배포 그리고 심장이라고.

'박준형 역시 마찬가지. 실력이 전부인 세상에서 실력을 증명해야 살아남을 수 있다는 걸 누구보다 본인이 잘 알고 있겠지.'

박준형에 대해서도 마찬가지였다.

그렇기에 우지욱 2군 감독은 이 두 선수를 어떤 식으로 테스트해야 하는지 잘 알고 있었다.

그리고 그는 그 의중을 숨기지도 않았다.

"이제부터 자네 둘을 테스트할 생각이네. 박준형, 자네는 앞으로 있을 3연전의 모든 경기에서 득점권 상황에서 대타로 출전하게 될 걸세. 투수가 누구든 상관없이. 그리고 이진용, 자네는 앞으로 있을 3연전에서 세이브 상황이 나오면 등판하도록."

단도직입.

이 순간 우지욱 2군 감독은 일방적인 시험을 통보했다.

그 통보에 이진용과 박준형이 동시에 반문했다.

"3연전이라면 어느 팀과의 3연전입니까?"

"데블스와 3연전이네."

우지욱 2군 감독이 담담히 대답했다.

"데블스?"

"내일모레부터 하는 경기요?"

그 담담한 대답을 받은 둘이 곧바로 질문했고, 그런 그 둘에게 우지욱 2군 감독은 차갑게 얼어붙은 표정으로 대답 대신 반문했다.

"문제라도 있나?"

이야기는 그것으로 끝이었다.

"없습니다."

'쉬운 길은 기대하지도, 준비하지도 않았다.'

박준형이 이를 꽉 물며 대답했다.

그리고 이진용은……

"우와! 진짜 세이브 상황에 올려주시는 겁니까?"

"응?"

"그것도 데블스전에서? 당장 내일모레 경기에서? 진짜죠? 약속하시는 거죠?"

"그, 그러네."

"캬! 감독님, 싸랑합니다! 열심히 하겠습니다! 아주 그냥 팍 팍 굴려주십시오! 최선을 다해 구르겠습니다!"

기쁨에 날뛰기 시작했다.

-씨발, 완전 꿀을 퍼다 입에 떠먹여 주는군. 젠장, 설마 최초 의 세이브 거뒀다고 골드 룰렛 이용권 나오고 그러는 건 아니 겠지? 그래, 아닐 거야. 신이 양심이 있으면 그러진 않을 거야.

그리고 한 명이 푸념을 내뱉었다.

그렇게 이진용의 첫 데뷔전이 정해졌다.

서울 엔젤스의 2군 구장인 이천 챔피언스 파크, 그곳에 마 련된 숙소 시설.

신식 건물답게 아직 새것 냄새가 나는 그곳 중 한 곳이 지 금 때 아닌 소란으로 가득 차 있었다.

그 소란의 시작점에는 스마트폰과 그 한 사내가 있었다.

찰칵! 찰칵!

스마트폰은 쉴 새 없이 사진 촬영 소리를 내뱉었고, 그 앞에서 엔젤스 야구단 유니폼을 입고 있는 사내는 쉴 새 없이 포즈를 취하고 있었다.

마치 화보를 찍듯이 자세를 취하는 그의 정체는 다름 아니라 이진용이었다.

"어디 보자, 잘 나왔나?"

-진용아, 진지하게 우리 정신과에서 검사 한 번만 받자. 유령인 내가 이런 말하긴 좀 그런데 이제 좀 무섭다, 무서워.

그런 이진용을 향해 김진호가 기다렸다는 듯이 비아냥거림을 내뱉었다.

"네네, 아무렴요."

그러나 이진용은 그런 김진호를 깔끔히 무시했다. 전략적인 무시가 아니었다.

"미친놈이면 어때요, 이제 나도 프로인데."

기쁨.

지금 이 순간 이진용은 주체할 수 없는 기쁨에 미칠 지경이었다.

그런 이진용이 스마트폰에 찍힌 자신의 사진을, 엔젤스 유니폼에 찍힌 이진용이라는 이름과 119라는 등번호를 바라봤다.

'내 유니폼이다.'

자신이 이제 프로야구 구단인 엔젤스 구단의 일원이 됐음을 알려주는 명확한 증거를 바라봤다.

-119번 달고 좋아하는 놈은 처음이네.

김진호가 그런 이진용을 바라보며 고개를 절레절레 흔들며 말했다.

-기왕 했으면 1번 정도는 달아야지. 아무렴.

1번.

그것은 그 누구도 아닌 김진호, 그가 메이저리그의 무대에서 달았던 번호였다.

실력 없는 자가 등에 짊어지는 순간 비웃음거리가 되는 그 번호를 김진호는 오로지 자신만을 위한 번호로 만들었다.

뉴욕 양키스마저 김진호를 위해서 영구결번이 된 빌리 마틴의 1번을 기꺼이 줄 수 있다고 할 정도였으니, 무슨 설명이 필요할까?

김진호는 그런 1번을 달라고 말했다.

"에, 꼭 달겠습니다."

그것이 의미하는 바를 모를 리 없는 이진용이 김진호 앞에서 결의에 찬 눈빛을 품은 채 고개를 끄덕였다.

그 모습에 김진호가 피식 웃었다.

-그보다 왜 119번을 단 거야?

이어진 김진호의 질문에 이진용은 짧게 대답했다.

"마무리잖아요?"

그 말과 함께 이진용이 미소를 지었다.

"진짜 기가 막히지 않습니까?"

똑똑!

그때 누군가가 숙소 문을 두드렸다.

"들어오세요!"

이윽고 문을 열고 들어온 건, 예전에 이진용도 한 번 본 적이 있는 얼굴이었다.

-그때 너한테 당한 놈이네. 55포인트짜리.

김제성.

이진용이 고양 스타즈 소속으로 엔젤스와의 경기에 나왔을 때, 이진용의 어처구니없는 패스트볼 2개에 스트라이크 2개를 헌납하고 이후 체인지업에 헛스윙을 헌납한, 삼구삼진, 선두 타자 보너스를 합쳐서 이진용에게 무려 155포인트를 준 고마운 선수였다.

달리 말하면 김제성에게 있어 이진용은 자신의 가치를 아주 떨어뜨린 놈이라는 것.

"김제성이다. 나이는 스물일곱. 이제부터 룸메이트가 됐으니까 잘 부탁한다."

그런 그가 이제는 이진용의 룸메이트가 됐다.

이상한 조치는 아니었다.

프로 입단이 처음인 이진용에게 어느 정도 프로 생활을 해본 선수를 멘토 격으로 붙여주는 건 스포츠의 세계가 아닌 사회 어디에서도 볼 수 있는 일이니까.

-에이, 젠장! 사내 새끼 둘하고 지내야 한다니, 차라리 지옥을 가는 게 낫지.

물론 김진호 입장에서는 그다지 달갑지 않은 이야기였다.

-빌어먹을 유령 인생! 이런 시커먼 사내놈이 아니라 어여쁜 여자에게 달라붙었으면 진짜 끝내줬을 텐데. 유령인 상태로 여탕도 가보고…… 상상만으로도 끝내주네. 그래, 그거다. 진용아! 너 성전환하지 않을래? 응? 여탕 한 번만 가보자. 제발, 내 소원이다. 이 소원 들어주면 나 성불할 수 있을 거 같아. 뗐다 붙이면 되잖아?

이진용은 그런 김진호의 푸념을 무시한 채 김제성 앞에서 일말의 망설임 없이, 주저함 없이 허리를 90도로 꺾으며 우렁차고 다부진 목소리로 말했다.

"이진용입니다! 김제성 선배님 앞으로 잘 부탁드리겠습니다! 뭐든 시켜만 주십시오!"

프로 경험은 없지만, 사회에서 고졸 출신으로 그 힘겨운 공장 생활을 버틴 이진용이다.

하물며 군대도 현역으로 다녀왔다.

프로의 선수들 중 대부분이 부상으로 공익 근무를 하거나, 경찰청 또는 상무에서 일반적인 군 생활이 아닌 군에서의 선수 생활을 했던 것을 고려하면, 어떤 의미에서 프로야구 선수들보다 사회 경험은 확실하다고 해도 될 터.

"어, 그래."

그런 이진용의 재빠른 허리 숙이기는 김제성의 심드렁한 마음을 나름 풀어줬다.

'굳이 기합 줄 필요는 없겠네.'

김제성 입장에서는 기 싸움이고 자시고 알아서 허리를 숙여주는 후배를 보고 무어라 할 수는 없었으니까.

"뭐, 할 건 간단해. 청소, 빨래. 훈련은 단체 훈련 외에는 자율 훈련. 단, 절대 혼자서 훈련하지 말 것. 어디를 가면 코치든, 관계자든 아니면 나한테든 말하고 갈 것."

"예."

"알 건 이 정도면 되겠고, 그래서 궁금한 건?"

"저기 정말 저 내일 출전하는 겁니까?"

내일, 4월 4일이란 날짜를 언급하는 이진용의 모습에 김제성은 표정을 찌푸렸다.

"그래, 출전하지. 너도 출전. 나도 출전."

경기에 나가는데 표정을 찌푸린다?

그 사실에 이진용이 의구심을 가졌다.

"뭐 문제라도 있나요?"

퓨처스리그 선수들에게 경기에 나가는 건 기껍게 받아들여야 할 일 아닌가?

"엔젤스 2군은 크게 3가지 그룹이 있어."

그런 이진용을 위해 김제성이 선배답게 설명을 시작했다.

"1.5군, 2군 그리고 3군. 좀 더 자세히 설명하면 1.5군은 대기조야. 1군에서 자리가 나오면 가장 먼저 올라갈 선수들. 당연히 이들에게 퓨처스리그는 어디까지나 경기 리듬을 유지하기 위한 경기라서 풀로 뛰는 경우는 많지 않아."

"2군이 퓨처스리그 주전이 되겠군요."

"그렇지. 그리고 3군은 퓨처스리그보다는 이곳, 이천에서 지내는 날이 더 많은 팀이고. 까놓고 말해서 3군에 포함되는 순간 이천에서 나가는 일은 없어. 퓨처스리그 경기도 이천 구장에서 치르는 홈경기 정도만 출전하지. 원정을 안 간다는 말이야."

그 순간 이진용은 충분히 직감할 수 있었다.

"그럼 내일 경기는……."

"2군과 3군을 가리는 경기이지."

김제성이 출전을 앞두고 표정을 찌푸린 이유를.

"참고로 3군이 되는 순간 네 선수 운명은 이천 쌀하고 같이 한다."

"예?"

"올해 이천에서 수확한 쌀이 가을 넘어야 다른 지역에 팔리는 것처럼, 3군에 포함되면 가을이 끝나기 전까지 이천을 벗어날 일이 없다는 소리야."

-푸하하하!

이야기를 듣던 김진호가 웃음을 터뜨렸다.

-캬! 엔젤스가 이천에 자리를 잡은 이유가 있었네. 이천 쌀

하고 같은 운명이라니, 푸하하하!

그런 김진호의 웃음소리에 이진용의 눈가가 파르르 떨렸다.

좀 닥쳐요!

터져 나오려는 그 외침을 참기 위한 대가였다.

그렇게 인내심을 발휘한 이진용이 대화의 주제를 돌렸다.

"저기, 그러면 이번 데블스와의 3연전에서 잘하면 1.5군에 들어가는 것도 가능합니까?"

그 의문에 김제성이 고개를 갸웃했다.

'이 새끼, 무슨 소리를 하는 거야?'

이제 막 자기 이름이 마킹된 유니폼을 받은 놈이, 당장 3군에 떨어지지 않기 위해 발악하는 것조차 쉽지 않을 놈이 1.5군을 노려본다는 사실을 김제성의 이성과 감성이 쉽사리 받아들이지 못한 탓이었다.

그러나 이진용은 개의치 않고 질문을 거듭했다.

"1.5군에 들어가면, 그때는 어떻게 해야 1군에 들어갈 수 있나요?"

이진용, 그는 이미 자신의 목표만을 바라보고 있었으니까.

4월 4일 화요일.

이제는 슬슬 봄기운이 풍기는 날, 이천에 위치한 엔젤스 2군 구장인 챔피언스 파크로 짙은 검은색 유니폼을 입은 무리들이 날카로운 눈매를 품은 채 등장하기 시작했다.

그라운드에서 훈련 중인 엔젤스 선수들이 그들을 발견하고는 눈매를 날카롭게 번뜩였다.

"데블스 놈들 왔네."

"새끼들 겨울 동안 살만 뒤룩뒤룩 쪘네. 악마가 아니라 돼지 새끼가 돼서 왔어."

데블스.

엔젤스와 함께 잠실구장을 홈으로 쓰는 그들은 엔젤스와는 같은 하늘 아래에서 살 수 없는 운명이었다.

"엔젤스 놈들은 여전히 도련님이네, 도련님이야. 아주 그냥 얼굴이 다 뽀야네."

"훈련하기 전에 글러브보다 선크림을 먼저 챙기는 놈들이잖아? 훈련도 별로 안 하는 놈들이 말이야."

"이번 3연전 그냥 스윕해서 엔젤스 놈들이 자랑하는 실내 연습장에서 똥 쌀 때까지 훈련받게 해주자고."

일단 구단 이름부터가 그러했다.

엔젤과 데블, 기름과 물보다 더한 사이다.

심지어 그 두 팀의 2군 구장은 똑같이 이천에 위치해 있었다. 때문에 퓨처스리그 경기가 없는 날에도 두 팀의 3군 선수들은 친선전을 치를 정도로 많이 붙었다.

물론 말이 친선전이지, 보통은 혈전이 되고는 했다. 친선전에서 벤치클리어링이 일어날 정도이니 무슨 설명이 필요할까?

"저 악마 새끼들, 지옥으로 보내줘야 하는데."

"저 천사 새끼들, 그냥 천당으로 날려줘야 하는데."

그야말로 하늘이 정한 라이벌인 셈.

그런 데블스 선수들을 바라보는, 반대로 자신들을 바라보는 엔젤스 선수들을 바라보는 선수단의 눈빛이 좋을 리가 없었다.

그 무리 속에서 날카로운 눈매 대신 눈웃음을 짓고 있는 선수 한 명이 있었다.

등번호 119번.

-야, 너 왜 이렇게 쪼개?

눈웃음을 짓는 이는 이진용이었다.

"좋잖아요.

-뭐가? 어제 그 설명을 들었는데 좋긴 뭐가 좋아?

그 설명.

오늘부터 시작되는 데블스와의 3연전이 단순한 경기가 아니라 2군과 3군을 가르는 경기가 될 것이며, 여기서 자기 몫을 못하는 선수들은 이제부터 서울은커녕 이천을 떠나지 못한 채 이천 쌀과 운명을 함께한다는 설명을 말함이다.

섬뜩한 일이었다.

고작 세 번의 경기를 치르는 것만으로 2017시즌의 운명을 가르는 셈이었으니까.

하물며 이진용은 무언가를 준비할 틈도 없었다.

그가 서울 엔젤스의 선수가 된 이후 서울 엔젤스로부터 받은 건 오로지 하나, 그의 이름이 박힌 유니폼과 장비가 전부였으니까.

-겁 안 나? 만약 정말 마무리로 올라왔는데 블론 세이브라도 하면 어쩌려고?

심지어 이진용에게 주어진 테스트 무대는 단순한 무대가 아니었다.

9회에 팀이 이기고 있는 상황, 무조건 점수를 지켜야 하는 세이브 상황이 이진용에게 주어진 과제의 무대였다.

그 사실을 통보받았다는 것만으로 이미 선수가 멘탈이 무너져도 이상할 게 없는 수준의 무대.

더욱이 마무리투수들은 대부분 강력한 구위, 구속을 가진 투수들을 위한 자리다.

타자들이 이닝을 거듭하며 지친 상황 속에서 남다른 구속…… 예를 들어 150킬로미터짜리 패스트볼을 던지는 투수의 공을 1이닝 만에 공략하기란 결코 쉬운 일이 아니었으니까.

반대로 말하면 구속이 느린 투수는 마무리투수에 너무나도 적합하지 않았다.

공에 눈이 익숙해질 대로 익숙해진 타자들에게 평균보다 느린 공은 오히려 치기 가장 좋은 공일 뿐이기에.

그렇기에 이진용, 그에게 있어 마무리투수라는 보직은 그야말로 단두대와 같은 자리였다.

지금 이 순간 엔젤스가 제발 9회를 이기지 못한 채 맞이하기를 기도해야 하는 자리.

"그럼 내기할래요?"

그럼에도 이진용은 도리어 미소를 짓고 있었다.

"내가 블론 세이브를 할지, 세이브를 할지?"

-젠장.

그리고 이 순간 그 누구도 아닌 김진호는 이진용의 말에 단한 마디도 반박할 수 없었다.

때문에 그는 그저 기도했다.

-신이시여, 너무하는 거 아닙니까? 이렇게 쉽게 레일을 깔아주는 게 어디 있어요? 내가 얼마나 야구를 어렵게 했는…… 아니, 뭐 그렇게까지 어렵게 한 건 아니지만 여하튼 이쯤 되면 고난과 역경 좀 주십시오! 애를 좀 강하게 키웁시다! 예?

그리고 이진용도 기도했다.

"신이시여, 이런 잡귀 말 따위는 듣지 마시고 이제까지 하던대로 주시옵소서. 세이브 보상 아주 반짝반짝 빛나는 걸로 기대하겠습니다."

그렇게 둘의 기도 속에서 게임이 시작됐다.

퓨처스리그.

미래들의 리그라는 이름 그대로, 이 리그는 한국프로야구의 미래라고 할 수 있는 각 구단의 2군 선수들이 시합을 치르는 리그다.

한국프로야구위원회가 진행하는 리그.

즉, 그라운드에서 심판들의 주관 하에, 이루어지는 모든 행위는 기록으로 남는 경기였다.

당연히 그 경기의 분위기는 이제까지 이진용이 고양 스타즈 소속으로 치렀던 사회인 야구팀인 블루 드래곤즈와의 시합이나, 교류 경기였던 서울 엔젤스, 인천 샤크스와의 경기하고는 달랐다.

"플레이볼!"

주심의 경기 시작 선언이 시작되는 순간 이진용은 그 사실을 누구보다 빨리 그리고 확실하게 파악할 수 있었다.

'냄새가 다르다. 무겁고 뜨겁다.'

마치 건식 사우나실 안으로 들어간 느낌.

텁텁!

이유 없이 머리 근처가 뜨겁고, 입이 마르는 느낌.

-그래, 이게 프로들의 무대이지.

김진호 역시 그 사실을 파악했다.

-경기 재미있겠네.

물론 그 누구보다 뛰어난 괴물들이 그 누구보다 치열하게 싸우는 무대 속에서 살아남아 지배자라는 별명마저 얻은 김진호에게 퓨처스리그의 분위기는 버겁기보다는 반갑고 또한 즐거운 것이었다.

그런 김진호의 모습에 이진용은 나지막한 목소리로 말했다.

"데블스 선수들의 분위기가 다르네요."

-뭐가 다른데?

"엔젤스가 군인 같은 느낌이라면, 데블스는 전사 같은 느낌이에요. 좀 더 자유분방한 느낌이랄까?"

이진용의 말에 김진호가 고개를 끄덕이며 자신의 반투명한 손으로 강아지를 쓰다듬듯 이진용의 머리를 쓰다듬기 시작했다.

-이제 그 정도는 경기 시작 전에 눈치 까는구나. 대견하다, 대견해.

그 모습에 이진용이 눈살을 찌푸렸다.

하지만 반발은 없었다.

대신 이진용은 타석에 서는 타자의 머리 위를 바라봤다.

'75포인트.'

1번 타자의 포인트를 확인한 이진용은 혀로 자신의 입술을 살짝 적셨다.

'대부분 포인트가 높다.'

그를 긴장케 하는 건 이제까지 상대한 그 어느 팀보다 평균적으로 높은 포인트를 가진 데블스의 타자들이었다.

예상한 바이기는 했다.

'데블스의 화수분 야구가 괜히 나온 게 아니었어.'

데블스는 화수분 야구라는 표현을 들을 정도로 유망주 육성이 뛰어난 구단이었으며, 투수보다도 야수 육성에 있어서는 프로야구 10개 구단 중 1,2위를 다툴 정도였다.

데블스에서 백업이 되는 게, 야수층이 얇은 다른 프로 구단의 주전이 되는 것보다 힘들다는 말이 나올 정도이니 무슨 설명이 더 필요할까?

-저게 메이저리그 스타일이라면 메이저리그 스타일이지.

그런 이진용의 심정을 뒤로한 채 김진호는 계속 하던 말을 이어서 했다.

-선수는 기계가 아니라 사람이니까. 그리고 프로의 세계에서 모든 선수들을 코칭스태프가 군인처럼 다루는 건 불가능해. 실력의 유무를 떠나서 인간이란 게 그래. 당장 너만 해도 나한테 틈만 나면 개기잖아? 배은망덕하게 말이야. 하물며 프로 선수들이면 더 그렇지. 이미 실력으로 감독보다 더 많은 연봉을 받는데 꿇릴 게 뭐가 있겠어? 메이저리그는 가관이지. 진짜 메이저리거 놈들은 말을 좆나게 안 듣는다니까…… 응?

이진용이 스윽 김진호를 바라본 후에 충분히 이해했다는 듯 고개를 끄덕였다.

-그 끄덕임은 무슨 의미냐? 지금 날 굉장히 비웃은 거 같은데?

"그럴 리가요. 계속 말씀하시죠? 경청하겠습니다."

-여하튼 그래서 야구 감독을 매니저라고 하는 거야. 선수에게 명령을 내리는 게 아니라, 관리를 한다는 의미에서. 감독과 코치는 이미 기량이 올라온 선수들에게 일일이 명령을 내리는 게 아니라, 서로 화학 반응을 일으키는 것을 유도하려고 하지.

"화학 반응이요?"

-케미라는 표현이 나오는 이유지. 그래서 데블스 같은 팀은 한 번 터지면 장난 아니야.

그 설명을 들은 이진용은 조심스레 질문했다.

"그래서 김진호 선수가 보기에는 오늘 경기 누가 더 유리할 거 같습니까?"

사실 가장 궁금한 건 이 질문이었다.

이진용 입장에서는 어쨌거나 엔젤스가 이기고 있어야 등판할 기회를 얻을 수 있었으니까.

-5회까지는 엔젤스가 유리할걸?

"조금 전까지는 데블스 칭찬하지 않았나요?"

-화학 반응이란 게 바로 일어나는 게 아니라서 말이야. 하물며 오늘 경기는 서로 리그 첫 경기잖아? 타순이 두 번 정도 돌 때까지는 상황을 지켜봐야지. 하지만 타순이 두 바퀴 정도 돌면 그때부터 데블스는 언제 터져도 이상할 게 없게 돼.

"……엔젤스 입장에서는 불펜 기용으로 데블스의 화학 반응을 막아야 이길 수 있다는 의미이군요."

그 말을 끝으로 이진용은 엷게 미소를 지으며 말했다.

"만약 1점 차 상황에서 마무리로 올라와서 세이브를 거두면 평가가 끝내준다는 의미이기도 하고."

-반대로 마무리투수로 세이브 상황에서 올라왔는데 처맞으면 앞으로 이진용이 인생은 이천 논밭의 벼랑 함께하는 거고. 벼진용, 이진벼 어떤 게 어감이 좋냐? 응?

그런 이진용의 말에 김진호가 기다렸다는 듯이 초를 쳤다.

-그래, 이진벼로 하자. 진벼! 입에 착착 감기네! 이번 기회에 그냥 개명하지 그러냐?

"좀 닥쳐요."

그렇게 경기가 시작됐다.

-6회 말, 엔젤스 공격. 현재 1사 주자는 3루. 점수는 4대3으로 엔젤스가 데블스에 1점 앞서고 있습니다.

엔젤스 대 데블스.

한국프로야구를 대표하는 앙숙이나 다름없는 두 팀의 경기답게 2군 경기임에도 인터넷 중계 시청자 숫자는 무려 8천이 넘어가는 기염을 토해내고 있었다.

더 나아가 퓨처스리그 경기임에도 경기 내용이 실시간으로 기자들의 손을 타고 기사가 되어 나올 정도였다.

엄청난 열기와 관심으로 가득 찬 무대.

-여기서 엔젤스가 대타를 씁니다.
-박준형 선수가 올라오는군요.

박준형.
건네받은 엔젤스 유니폼의 풋내가 가시지도 않은 엔젤스의 뉴페이스인 그가 올라온 무대는 그런 무대였다.
하물며 그런 무대에 펼쳐진 상황은 단순한 상황이 아니었다.

-이 선수는 엊그제 엔젤스의 유니폼을 입게 된 새로운 선수입니다.
-엊그제요?
-예.
-그런 선수를 여기서 대타로 내보낼 수 있는 겁니까?
-다들 3월 초에 있었던 안찬섭 선수의 사회인 야구 소식을 기억하십니까? 이 선수가 그 당시 고양 스타즈 소속으로 안찬섭 선수를 상대로 2타수 2안타 1홈런을 기록한 선수입니다.
-아! 그 선수!
-이미 프로 레벨의 선수로 평가받으며 어느 구단에 갈 것이냐, 그것만 남았던 선수였죠.

-엔젤스가 대어를 잡았다, 이 말이시군요.

-예. 그리고 엔젤스는 자신들이 잡은 대어가 얼마나 큰 대어인지 알고 싶을 테고요.

-그렇군요.

2군이라고는 하지만 이제까지 치른 교류 경기와는 비교할 수 없는 프로 경기.

상대는 자신이 속한 팀의 앙숙과도 같은 구단.

점수는 4 대 3으로 아슬아슬한 1점 차 리드를 하고 있는 상황.

그 상황 속에서 1사 주자 3루 상황에서 대타로 나온다는 건 어설픈 이들에게는 악몽과도 같은 일이었다.

"진짜 토 나오는 상황이네요."

그 광경을 아직까지 이렇다 할 통보를 받지 못한 채 더그아웃에서 바라보는 이진용이 혀를 내둘렀다.

-뭐가 토 나와? 1점이 필요한 상황, 1사 3루, 외야로 공 하나만 날리면 되는 상황인데.

"그게 말처럼 쉬운가요?"

-말처럼 쉬운 것만 골라 할 수 있으면 그건 프로가 아니지. 그리고 이보다 더 확실한 시험무대도 없고.

이보다 더 확실한 시험무대.

그 표현에 이진용은 고개를 끄덕였다.

"필요한 건 1점. 괜히 여기서 안타나 장타를 노리는 건 프로의 미덕이 아니죠."

-반대지.

"예?"

그런 이진용의 말에 김진호는 눈웃음을 짓고 있는 눈으로 그라운드를 바라보며 말했다.

-여기서 희생플라이를 치면 100포인트짜리는 아마 1군에 올라가도 얼마 못 버틸걸?

그 말에 이진용이 고개를 갸웃했다.

-내가 프로에게 가장 필요한 게 뭐라고 했지?

"탐욕."

-투수도 그렇지만, 배팅하는 인간은 베팅할 줄도 알아야 해. 모 아니면 도. 적어도 그냥 플레이어가 아니라 스타 플레이어를 꿈꾼다면 그 정도 도박은 할 줄 알아야지.

말을 하던 김진호가 이번에는 본인이 질문했다.

-그래서 넌 100점짜리가 칠 수 있을 것 같냐?

"일단 투수가 1점을 주고 싶진 않겠죠. 적당한 공은 절대 안 줄 겁니다."

-이유는?

"다른 경기도 아닌 불구대천의 원수나 다름없는 라이벌전에서 1점 차가 2점 차가 되는 건 그다지 좋은 일이 아닐뿐더러, 이제 막 프로 유니폼 입은 드래프트 지명도 안 된 선수에게 드래프트 상위 지명 받은 투수가 얕보이면 자존심 상하잖아요?"

-그게 전부야?

"여기에 박준형에 대해서는 샤크스를 비롯해 적지 않은 구단이 관심을 가졌을 테니, 저 같은 허접한 투수와는 전혀 다른 수준의 스카우팅 리포트가 있겠죠."

그제야 김진호는 고개를 끄덕였다.

-주자는 3루에만 있으니 볼넷으로 1루를 채울 생각도 할 수 있지. 여러모로 투수 입장에서는 그리고 데블스 코칭스태프 입장에서도 희생플라이를 주긴 싫을 테고, 스트라이크존 바깥쪽 승부를 할 거야.

"박준형은 실투를 노릴 테고요."

그 순간 이진용의 머릿속으로는 조만간 타석에서 보일 그림이 그려지기 시작했다.

그 그림을 떠올린 이진용이 말했다.

"큰 거 하나 나올 것 같네요."

-동감이다.

그리고 그들의 상상은 곧바로 현실이 됐다.

-뻗어갑니다. 타구가 쭉쭉! 쭉쭉! 저 멀리! 담장 저 너머로 뻗어갑니다! 넘어갔습니다!

-홈런!

-박준형 선수! 1사 주자 3루 상황에서 대타로 나온 그가 자신의 프로 첫 안타를 홈런으로 기록합니다!

-대단하네요.

그건 실투였다.

투수가 타자에게 좋은 공을 주기 싫어서 스트라이크존 주변으로 공을 던지는 코너워크 피칭을 하다가 나온 실투.

프로 레벨의 투수가 대여섯 개의 공을 던지면 하나쯤은 나올 법한 실투.

그런 실투를 박준형은 놓치기는커녕 마치 기다렸다는 듯이 벼락과도 같은 스윙으로 단숨에 펜스 밖으로 날렸다.

그 사실에 그라운드에 있는 모두가 놀랐다.

"맙소사!"

"대타로 나와서 풀카운트까지 기다린 후에 실투를 노려서 홈런을 쳐? 그것도 이런 상황에서?"

"쟤가 드래프트에서 지명받은 적이 한 번도 없다고?"

놀람에는 천사와 악마의 구분이 없었다.

우지욱 엔젤스 2군 감독도 마찬가지였다.

'설마 이 정도일 줄이야?'

박준형에 대한 이야기는 이미 여러 번 들었었다.

변형채 스카우트를 통해서 들었고, 구은서 운영팀장이 관심을 가진다는 이야기에, 안찬섭을 상대로 홈런을 쳤다는 이야기까지.

그렇기에 우지욱 2군 감독은 박준형을 충분히 1군에 올라설 수 있는 재목으로 평가했다.

그를 누가 보더라도 힘겨운 상황, 1군 레벨의 선수가 오더라도 부담을 가질 수밖에 상황에서 대타로 올린 것도 그 때문이었다.

박준형이란 타자를 시험하기에는 그 정도 난이도의 문제가 적당하다고 평가했기에.

'엄청난 녀석이 등장했군.'

그러나 박준형이 보여준 모습은 그런 우지욱 2군 감독마저 놀라게 할 정도였다.

'응?'

그런 놀람 속에서 우지욱 2군 감독의 눈에 한 선수의 모습이 들어왔다.

'저건?'

모두가 박준형의 말도 안 되는 모습에 어처구니가 없다는 듯한 표정을 짓고 있는 상황에서, 오히려 이런 상황을 예상했다는 듯 더그아웃 난간에 옅은 미소 사이로 풍선껌을 질겅질겅 씹는 선수.

'이진용?'

이진용이었다.

그런 이진용의 모습에 우지욱 2군 감독의 머릿속으로는 그가 고양 스타즈의 유니폼을 입고 7회와 8회 동안 자신의 선수들을 상대로 보여줬던 모습이 떠올랐다.

"음……."

박준형이 그 그릇을 짐작할 수 있는 큰 재목이라면, 이진용은 전혀 다른 타입이었다.

대체 이게 뭔지, 그 형태조차 짐작하기 힘든 재목.

아니, 재목이라기보다는 이게 재능이 있는 건지 그냥 운인 건지 가늠할 수 없는 선수.

솔직히 말해서 어떤 식으로 저 선수를 테스트해야 하는지조차 계산이 서지 않을 정도였다.

오직 하나, 그가 다른 투수들과는 비교할 수 없을 정도로 대단한 심장을 가졌다는 것만은 알 수 있을 뿐.

'재미있겠군.'

그게 이유였다.

"임 코치."

"예."

우지욱 2군 감독이 투수코치를 부른 이유.

"이진용, 불펜에 대기시키도록."

그리고 이진용을 불펜으로 보낸 이유.

'최악의 상황에서 과연 지금처럼 웃을 수 있을지, 아닐지 어떨지 궁금하군.'

"그럼 잠시 후 데블스의 마지막 공격이 될 지도 모르는 9회 초에 뵙겠습니다."

그 해설을 끝으로 광고로 넘어갔다는 스태프의 사인을 보는 순간, 오늘 엔젤스와 데블스의 2군 경기를 중계하던 캐스터 이영실은 옆에 놓인 아이스커피에 꽂힌 빨대를 입에 가져갔다.

쪽!

그렇게 커피 한 모금을 빤 그가 메마른 커피향 나는 입으로 말을 뱉었다.

"천사와 악마 아니랄까 봐 2군에서도 아주 미친 듯이 치고 받네요."

이영실 캐스터의 말에 해설자 김인후는 경기 내내 썼던 자료들을 정리하며 말했다.

"오히려 반대지. 오늘 데블스는 1.5군 수준 선수를 포함해서 주력을 내보냈는데, 엔젤스는 거의 2군 위주로 선수를 내보냈으니까. 데블스 입장에서 자존심 상하는 일이지. 그래도 데블스 애들이 슬슬 올라오는 걸 보면, 내일은 아마 난타전이 될 거야."

"박준형 대단했죠?"

그런 그 둘의 이야기는 마치 당연하다는 듯이 박준형에 대한 이야기로 넘어갔다.

"소문대로 보통 놈이 아니네요. 솔직히 요즘 2군 레벨이 오르긴 했지만, 그 녀석은 군계일학입니다. 타석에 섰을 때의 느껴지는 포스 자체가 다른 선수는 오랜만이었습니다."

"그렇지."

김인후 해설은 대답과 함께 미소를 지었다.

"김 해설님의 선수 시절을 떠올리게 합니다."

"하하."

김인후.

선수 출신의 해설자인 그는 나름 화려한 현역 시절을 가지고 있던 선수였다.

특히 그 화려함의 대부분이 경력이 쌓이기 전, 신인 시절이었던 선수이기도 했다.

자신의 커리어하이가 데뷔 3년 차의 성적이었던 선수.

뛰어난 실력을 보여주는 신인 선수들이 김인후 해설과 비교되는 이유였다.

"발도 빠른 거 같고, 체격은 이거 뭐 야구하라고 낳아준 수준이고, 타석에서 수 싸움도 노련한 것 같고, 수비는 봐야겠지만 1루수이니까 솔직히 대단한 수비 능력이 필요한 것 같진 않으니……."

"엔젤스가 지금 1루수가 확실하지 않으니 잘 잡았지."

"그보다 소문을 들으니까 구단 차원에서 박준형을 엄청 밀어

줄 예정이라고 하던데요? 이 기자가 하는 말이 자기 편집장이 박준형 기사 하루에 한편씩 쓰라고 강요하는 수준이라던데."

"뭐, 지금 보여준 모습만 1군에서 보여준다면 화제 되는 건 금방이겠지. 그리고 나름 생긴 것도 준수하잖아? 몸도 잘 빠졌고. 엔젤스 팬들이 딱 좋아하는 타입이지."

"준비하세요!"

대화를 하던 그 둘이 스태프의 말에 그라운드를 바라봤다.

데블스의 선수들로 가득 했던 그라운드가 엔젤스의 선수들로 바뀐 것이 보였다.

"응?"

"어?"

그리고 그 중심에 있는 한 선수가 보였다.

"쟤 누구죠?"

"쟤 누구야?"

6 대 4로 엔젤스가 리드하는 가운데, 데블스의 마지막 공격이 될지도 모르는 9회 초 마운드에 올라온 작은 투수가.

5화
세이브 엔젤스

투수의 미덕은 보다 많은 이닝을 소화하는 것이다!

야구의 모든 것을 수치화하고자 하는 세이버 매트릭스가 등장한 이후 투수를 평가할 때 가장 자주 나오는 말이다.

때문에 몇몇 세이버 매트리션은 말한다.

"마무리투수는 거품이다. 그들이 남들보다 특별한 1이닝을 소화하는 건 맞지만, 그래 봐야 마무리투수 한 명이 시즌 내내 소화할 수 있는 이닝은 50이닝 안팎에 불과하다. 때문에 1점대 방어율의 마무리투수보다 180이닝 이상을 소화한 그저 그런 선발투수의 가치가 더 높다."

그리고 메이저리그는 오랜 시간 동안 마무리투수에 대한 대우가 그렇게까지 좋지 않았다.

21세기 이후에도 마무리투수를 포함해 불펜투수라는 자리는 공이 빠른 젊은 투수에게 맡기면 될 뿐인 자리로 치부하는 감독들이 적지 않았으며, 당연히 마무리투수들의 몸값은 선발투수에 비할 바가 못 됐다.

리그 수준급 선발투수가 연봉으로 천만 달러를 받는 시대에 리그 최정상급 마무리투수들은 그보다 못한 대우를 받는 시대는 꽤 최근이었다.

그러나 막상 진짜 경기를 마무리 짓는 자, 클로저의 이름에 걸맞은 기록을 남기는 투수는 소수에 불과했다.

그저 구속이 빠르고 구위가 좋은 투수를 올리면 될 뿐이라고 무수히 많은 감독, 코치, 세이버 매트리션들이 주장했음에도 실제로 믿을 수 있는 마무리투수를 가졌던 구단은 손에 꼽을 정도였다.

그게 명백한 증거였다.

-어때 세이브 상황의 마운드에 올라온 느낌이?

마무리투수가 마운드에서 맞이하는 느낌이 다른 상황에서 마운드를 맞이하는 것과는 전혀 다르다는 증거.

"어제 먹은 소불고기 백반이 나올 것 같아요."

-그건 당연한 거지. 원래 먹은 건 다 밖으로 나오는 법이잖아? 설마 넌 똥도 안 싸냐?

"토할 거 같다고요."

-아, 그래?

지금 이진용이 서 있는 마운드가 그러했다.

점수는 6 대 4, 2점 차 상황.

세이브 조건이 충족되는 상황 속에서 9회 초 올라온 마운드는 여러모로 인정사정이 없었다.

-왜 토할 거 같은데?

"일단 마운드 상태부터가 완전 김진호 선수 얼굴 같잖아요?"

당장 마운드의 상태가 좋지 못했다.

앞선 1회부터 8회까지, 8이닝 내내 투수들이 번갈아 짓밟은 마운드는 당장에라도 무너질 것 같은 탑처럼 느껴졌다.

-내 얼굴이 어때서?

여기에 마운드 주변을 맴도는 분위기는 그 어느 때보다 무겁고 동시에 차가우면서도 뜨거웠다.

"우웁!"

-이 새끼가 왜 갑자기 내 얼굴을 보고 헛구역질을 해?

이진용이 속이 울렁거리는 듯한 표정을 짓는 것이 이상하지 않을 정도.

"장난입니다."

물론 이진용은 곧바로 입가에 미소를 지으며, 질겅질겅 껌을 씹기 시작했다.

-장난치는 거 보니까 편한 모양이다.

"평소와는 다르지만, 나쁠 건 없죠."

-나쁠 게 없다?

말을 하던 이진용은 대답 대신 타석의 맨 끝에서 스파이크 달린 자신의 발을 땅에 팍팍! 뿌리처럼 내리는 타자를 바라보며 말했다.

"마법의 1이닝."

[마법의 1이닝 스킬을 사용하셨습니다.]
[모든 스킬이 소모값을 요구하지 않습니다.]
[일일특급의 효과에 의해 투심 패스트볼의 구질 랭크가 B랭크로 상승했습니다.]

그런 이진용의 말에 김진호는 더 이상 반문하지 않았다.
그보다 확실한 대답은 없었기에.

"플레이볼!"

그렇게 9회 초가 시작됐다.

9회 초, 데블스의 타선은 9번부터 시작됐다.

당연히 데블스는 마지막 이닝이 될 수 있는 9회 초에 수비가 좋지만 타격이 좋지 못한 9번 타자 대신 수비고 나발이고 방망이 하나는 기가 막히게 돌리는 타자를 대타로 9번에 올렸다.

"새끼들 다 죽었어."

오른쪽 타석에 서자마자 날 선 소리를 내뱉는 건장한 체격에 앳된 얼굴을 가진 안주찬은 그런 타자였다.

수비는 이루 말할 수 없을 정도로 쓰레기이지만, 타격 하나만큼은 남다른 타자.

타격에 있어서는 재능을 타고났다고 볼 수밖에 없는 선수.

그런 안주찬은 당연한 말이지만 오늘 그 자신이 엔젤스를 상대로 역전의 선봉장이 되는 것을 염두에 두었다.

'최소 펜스는 맞춘다.'

그런 안주찬의 눈에 포수와 사인을 나누고 이제 투구 준비 자세를 취한 이진용이 들어왔다.

안주찬이 눈을 부릅떴다.

'120대 중반 구속.'

이 순간 안주찬은 머릿속으로 이진용에 대한 간략한 정보를 떠올렸다.

'뭔가 이상한 수작을 부린다고 하는데, 좋아. 뭐든 오라고. 그래 봐야 준프로 레벨일 테니까.'

그 정보를 머릿속으로 떠올린 순간 이진용이 그를 상대로 던진 초구는 패스트볼이었다.

펑!

"볼!"

스트라이크존에서 크게 벗어나는 패스트볼.

"똥볼이네, 똥볼."

보는 순간 안주찬의 입에서 저도 모르게 가소로운 듯한 비웃음이 흘러나올 정도로 느린 패스트볼.

"뭐야 저거?"

"지금 패스트볼 던진 거 맞아?"

그리고 그라운드를 보던 모든 이들로 하여금 안주찬과 비슷한 감정을 느끼게 하는 공이었다.

심지어 우지욱 2군 감독과 투수코치도 그랬다.

"공이 생각보다 더 느린 거 같습니다."

"음."

"저번 우리 경기 때와는 조금 다르군요. 뭔가 컨디션이 안좋은 걸까요?"

"음."

이진용의 공이 느리다는 건 알고 있었지만 지금 이진용이 보여준 초구 포심 패스트볼은 그냥 느린 게 아니었다.

고교야구는커녕 중학야구에서조차 통하지 않을 법한 정말말도 안 될 정도로 느린 공!

심지어 그게 처음이 아니었다.

펑!

"볼!"

펑!

"볼!"

심지어 이진용이 던진 2구 그리고 3구, 스트라이크존에서 빠지는 모든 공이 그러했다.

"뭐야 저거?"

"구속은 100대 초반…… 존에서 다 벗어나는 공. 제구도 안 된다는 거야?"

이진용이 던진 공은 전부 위력은커녕 어처구니조차 없었다.

"선두 타자 상대로 3볼 주고 시작이네."

심지어 이진용은 그 누구보다 중요한 선두 타자를 상대로 스트라이크 하나 잡지 못한 채 볼만 3개를 줬다.

차라리 볼넷을 주는 게 낫다고 판단되는 상황.

"너무 쫀 거 아니야?"

"하긴, 프로 경기가 처음인데 이런 세이브 상황에서 등판하면 나라도 쫄긴 할 거야."

그 순간 이진용을 바라보는 이들의 시선은 동정 그리고 안쓰러움과 허탈함, 비웃음으로 바뀌어 있었다.

안주찬마저 그랬다.

"허허, 치기 미안할 정도네. 그냥 볼넷이나 주시죠?"

그는 포수를 향해 조롱 섞인 우스갯소리를 날렸다.

물론 그런 말을 하면서도 안주찬은 나름 긴장의 끈을 충분히 잡아두고 있었다.

'이러다가 하나 들어올지도 모르지.'

무엇보다 그는 본인이 한 말과 달리 볼넷 하나로 만족할 생각이 추호도 없었다.

'잘 맞으면 최소 펜스 맞는 2루타. 거기에 저렇게 쫄 투수를 상대로 3루 도루도 문제없어. 2루타, 도루. 이 정도는 챙겨야 대타로 나온 보람이 있는 거지.'

타격을 빼면 오히려 내세울 게 없는 그는 이 자리에서 자신의 가치를 최대한 증명하고 싶었다.

'오늘 데뷔가 처음인 놈보다 못해서는 안 돼.'

더 나아가 오늘 대타로 출전해 홈런을 친 박준형에 대한 라이벌 의식도 불태웠다.

그런 안주찬의 몸은 당긴 활시위와 같았다.

이진용이 무슨 공이든 스트라이크존 안에 던지는 순간 곧바로 반응할 당겨진 활시위!

'응?'

그런 그를 향해 마운드에 있는 이진용이 미소를 지었다.

'웃어?'

그 웃음을 끝으로 글로브로 제 입을, 얼굴을 반쯤 가린 이진용이 공을 던졌다.

'온다!'

스트라이크존을 향해 파고드는 그 공에 안주찬의 몸은 반사적으로 움직였다.

'어?'

그렇게 움직인 몸은 도중에 무언가 이상한 조짐을 느낀 상황에서도 멈추지 않았다.

"뻑!"

그렇게 공과 마주친 배트가 격한 비명 소리를 토해냈고, 그와 동시에 안주찬도 토해냈다.

"큭!"

배트를 통해 파고드는 강렬한 통증!

그 통증 속에서도 안주찬은 혹시 모를 내야 안타를 기대하며 반사적으로 1루로 향해 달렸다.

그러나 그런 그의 노력은 너무나도 손쉬운 땅볼을 받은 2루수의 1루 송구 앞에서 물거품이 됐다.

"아웃!"

주심이 그 사실을 보다 선명하게, 보다 확실하게 안주찬에게 통보했다.

하지만 안주찬의 눈에는 그런 것은 보이지 않았다.

안주찬이 고개를 들어 전광판을 바라봤다. 그리고 놀란 표정으로 소리쳤다.

"미친, 이게 123짜리라고?"

투심 패스트볼.

변형 패스트볼 중 하나인 이 공은 우완 투수가 우타자를 상대로 던질 경우 우타자 몸쪽으로 휘어져 들어간다.

즉, 우타자 입장에서는 포심 패스트볼이라고 생각하고 배트를 휘두르는 순간 배트가 얇아지는 부분에 맞게 되는 것이다.

투심 패스트볼에 대해서 좀 더 간단하게, 짧게 설명하자면…….

"씨발!"

우타자 입장에서는 좆같은 공이다.

포심 패스트볼을 염두에 두고 하는 스윙으로는 절대 제대로 된 타구를 만들 수 없는 공.

그 공 앞에서 선두 타자였던 안주찬처럼 땅볼로 물러나는 1번 타자 방인호를 대기 타석에서 바라보던 데블스 2군의 2번 타자 양제웅의 얼굴은 찌그러졌다.

'아니, 씨발. 저건 무슨 공이야?'

2016년 신인 드래프트를 통해 데블스에 입단한 양제웅의 경력이 많다고 할 수는 없지만, 그래도 일단 프로인 양제웅이다.

'투심인가?'

그런 그의 눈으로는 도무지 지금 이진용이 던진 저 공을 가늠할 수가 없었다.

비단 그만 그런 게 아니었다.

"방 선배! 대체 저 투수, 뭘 던지는 겁니까?"

"포심은 아니야."

지금 아웃을 당한 방인호 역시 도무지 이진용이 던지는 공의 정체를 제대로 가늠할 수가 없었다.

"분명한 건 갑자기 홈플레이트 근처에서 몸쪽으로 와."

"투심입니까?"

우완투수가 던지는 패스트볼이 우타자인 방인호에게 온다는 건 투심 패스트볼이라는 의미.

"투심인데…… 아, 젠장 모르겠어. 저런 투심은 상대해 본 적이 없어. 우완이 던지는 공이 갑자기 몸쪽으로 휘어져 와. 어하튼 조심해. 일단 패스트볼에는 섣불리 배트를 대지 마. 공을 봐."

그 둘의 대화는 거기까지였다.

대기 타석에 있는 타자와 아웃 당한 타자가 긴 이야기를 나누는 건 주심이 허락하지 않는 일이었으니까.

"어휴."

이제는 고독한 무대에 서야 하는 양제웅은 한숨을 쉰 후에 배터 박스, 그 하얀 선에 발을 걸쳤고 동시에 고개를 3루 쪽으로 돌려 벤치의 타격 코치를 바라봤다.

타격 코치가 그런 양제웅에게 사인을 줬다.

'신중한 타격. 공을 최대한 볼 것. 걸어낼 때까지 걸어내 봐라.'

벤치에서는 양제웅이 최대한 공을 봐주기를 원했다.

이미 9회 초 2사 상황, 2점 차 상황에서 역전을 하기보다는 새롭게 추가된 이진용이란 투수의 전력을 보다 확실하게 가늠하기를 원하기에 나온 작전이었다.

더불어 여기서 강공으로 해봤자 영문도 모르는 공에 당할 가능성이 높기에 나온 작전이기도 했다.

양제웅은 고개를 끄덕인 후에야 배터 박스 안으로 온전하게 몸을 집어넣었다.

"후우, 후우."

언제나처럼 두 번 호흡을 고르는 것으로 타격을 준비한 그가 이내 타격 자세를 취했다.

'패스트볼은 건드리지 않는다. 일단 본다.'

이 순간 양제웅의 몸은 다른 이들이 보더라도 눈치챌 수 있을 정도로 경직되어 있었다.

'이런! 제웅아, 너무 굳었잖아!'

데블스 벤치에 있던 타격 코치가 입술을 살짝 깨문 이유였고, 마운드 위에 있는 이진용이 입가에 미소를 깊게 그은 이유였다.

당연한 말이지만 벤치의 타격 코치가 눈치챈 것을 이진용이 그리고 김진호가 눈치채지 못할 리 없었다.

-몸이 굳은 타자에게는 뭐다?

이진용, 그는 초구를 보겠다는 일념을 온몸으로 보여주는 투수에게 기꺼이 초구로 그것을 던져줬다.

'패스트볼이다!'

스트라이크존을 향해 곧게 날아가는 패스트볼을!

펑!

그렇게 날아간 패스트볼이 포수 미트에 들어가는 순간 양제웅은 아차 싶었다.

'이걸 노렸어야 했는데!'

구속은 110킬로미터.

특별하기는커녕 배팅볼 투수도 이렇게 치기 좋게 던지기 힘들 것이라 생각될 정도로 멋진 공이었다.

"스트라이크!"

그 공에 양제웅은 귀중한 자신의 스트라이크 하나를 헌납할 수밖에 없었다.

여기서 양제웅은 다시 판단을 바꿨다.

'칠 수 있으리라 생각되는 공은 노려야 해. 너무 굳은 모습을 보여주면 또 당한다.'

몸의 긴장을 풀었다.

동시에 눈빛을 사납게 불태웠다.

맹수의 눈빛을 품었다.

실제로 양제웅은 분명한 맹수였다.

2016년 드래프트로 뽑혔다는 건 2016시즌부터 프로 시즌을 시작했다는 의미.

그런 그가 2017시즌 2군에서 주전급으로 뛴다는 건 재능과 노력이 부족해서는 될 수 있는 게 아니었다.

하물며 야수 선수층은 리그에서 1,2위를 다투는 데블스 아닌가?

그 맹수들의 세상 속에서 두각을 나타냈는데 맹수가 아니라면 그것이 우스운 일일 터.

단지 양제웅은 맹수이되, 혈기만 넘칠 뿐, 살기를 감출 수 있는 맹수는 아니었다.

이빨만 날카롭게 번뜩일 뿐, 아직 제대로 된 사냥을 할 줄 아는 맹수가 아니었다.

-맹수는 맹수인데 사냥 경험이 없는 맹수이군. 사냥감에만 눈이 팔리는 맹수. 어떻게든 사냥에 성공해서 주변에서 인정받고 싶은 마음만이 앞서는 맹수.

그렇게 사냥을 위해 노골적으로 이빨을 드러낸 그 양제웅에게 이진용은 가장 좋은 먹잇감을 던졌다.

'치려고 안달이 났을 땐 이게 최고지.'

이진용, 그가 2구째로 체인지업을 던졌다.

패스트볼이라고 생각하고 배트를 휘두른 타자에게서 운 좋으면 땅볼을, 운이 별로 안 좋아도 헛스윙을 끌어낼 수 있는 공을 던졌다.

후웅!

이진용은 그 공으로 헛스윙을 얻어냈다.

"스트라이크!"

주심의 선언에 양제웅의 얼굴이 굳었다.

'이런!'

노볼 투 스트라이크 상황.

타자 입장에서 마주할 수 있는 최악의 상황을 마주한 양제웅은 긴장할 수밖에 없었다.

'젠장, 미치겠네……'

그리고 그렇게 긴장한 양제웅에게 능구렁이 같이 주심과 눈빛을 교환한 후에 장갑을 다시 고쳐 끼겠다는 사인을 보내며, 그사이 머릿속을 정리하면서 벤치의 사인을 확인할 줄 아는 베테랑들이 보여주는 그런 여유는 없었다.

-어쭈, 바로 타격 자세 취하네?

'바로 타석에 서?'

이진용과 김진호의 눈빛이 동시에 반짝였다.

말은 없었다.

지금은 어느 때보다 행동이 우선될 때.

양제웅이 그대로 타석에서 타격을 준비했고, 이진용은 그 사실을 돌이키지 못하도록 곧바로 다리를 뺐다.

다리를 뺀 상태에서 나지막이 중얼거렸다.

"라이징 패스트볼."

그 주문과 함께 회오리처럼 비틀어진 이진용의 몸에서 공 하나가 모습을 드러냈다.

패스트볼이었다.

스트라이크존을 향해 날아오는 패스트볼.

120대로 보이는 결코 빠르다고 할 수 없는 패스트볼.

'응?'

그러나 그 공은 양제웅이 알고 있는 패스트볼과 전혀 다른 궤적을 그리고 날아왔다.

양제웅은 직감했다.

'그거다!'

이 공이 앞선 두 선배 타자들을 땅볼로 애처롭게 벤치로 돌려세웠던 그 기괴한 공이라는 것을.

양제웅의 사고가 허락되는 건 거기까지였다.

허락된 사고가 끝나는 순간 양제웅의 배트는 움직였고, 이진용의 공도 움직였다.

'헉!'

패스트볼처럼 날아오던 공이 우타자인 양제웅의 몸쪽으로 기상천외한 무브먼트를 보이며 움직였다.

뻑!

이윽고 터진 소리는 이 승부의 승자가 누구인지 명백하게 말해주고 있었다.

이진용, 그가 유격수 방향으로 고개를 돌렸고 그사이 어느새 타구를 예측한 유격수가 공을 수려하게 낚아챈 후 1루를 향해 레이저 빔과 같은 송구를 했다.

펑!

1루수의 글러브에 공이 들어가는 소리가 그라운드를 경쾌하게 울렸다.

[세이브를 기록했습니다. 보너스 포인트를 습득하셨습니다.]

[최초로 세이브를 기록했습니다. 골드 룰렛 이용권이 지급됩니다.]

[현재 누적 포인트는 1,323포인트입니다.]

그와 동시에 이진용의 귓속으로 베이스볼 매니저의 목소리가 경쾌하게 울렸다.

"호우!"

그 순간 이진용은 기꺼이 승리의 환호성을 내질렀다.

이진용, 그가 자신의 프로 첫 데뷔전에서 엔젤스를 구하는 순간이었다.

ㅡ……진용이 놈을 메이저리그로 보내서라도 마운드에서 개박살이 나는 꼴을 어떻게든 보고 말테다.

그리고 김진호가 이진용을 위해 새로운 계획을 세우는 순간이었다.

성공한 이들은 흔히 말한다.

일이 끝난 후에 가장 먼저 해야 하는 것은 끝낸 일을 다시한번 되새김질하는 것이라고.

우지욱 2군 감독은 그 되새김을 무엇보다 중요하게 여기는 감독이었다.

"시작하지."

당연히 데블스와의 3연전의 첫 번째 경기가 끝난 순간 선수들을 관리하기 위한 최소한의 코칭스태프 인원을 제외한 모든 코칭스태프들이 회의실에 모인 채 경기를 복기했다.

그렇게 시작된 복기의 중심에는 그 둘이 있었다.

"박준형에 대한 이야기부터 하지. 다들 생각은?"

"두말할 것 없이 좋은 선수입니다. 경험만 좀 더 쌓으면 당장 1군에 올려도 될 정도입니다."

"1군과 2군, 둘 다 1루수 자원이 마땅치 않는데 이보다 좋은 건 없겠죠."

"고작 한 경기만 보고 이런 말을 하는 게 과할지도 모르지만 앞으로 크게 기대됩니다."

박준형.

대타로 출전한 상황에서 다른 것도 아니고 홈런을 만들어 낸 그를 향해 폄하를 내뱉는 이는 없었다.

우지욱 2군 감독 역시 마찬가지였다.

'코치들에게 고민을 안기는 선수는 아니군.'

선수의 흠이 있고, 틈이 있으면 언제든 비집고도 남을 그이지만, 지금 이 순간 박준형의 틈은 비집을 수가 없었다.

"그래서 박준형에 대한 결론은?"

"이제부터는 2군 경기 주전 엔트리에 넣고 경험을 쌓게 해줄 필요가 있다고 봅니다."

"주전으로 돌리는 것도 돌리는 거지만, 다양한 타입의 투수와 싸우게 하는 게 더 필요하다고 봅니다. 5월 1일 콜업을 염두에 두고 제대로 연마할 필요가 있다고 생각합니다."

코치들의 말에 우지욱 2군 감독은 인정했다.

"더 이상 테스트는 필요 없다, 이거군."

"예."

박준형에게 더 이상 시험을 주는 건 그에게도 그리고 엔젤스 구단에게도 무의미하고, 비효율적이라는 사실을.

"앞으로 타격코치가 박준형을 잘 도와주도록."

"예."

박준형에 대한 이야기는 거기까지였다.

더할 것이 없을 정도로 박준형은 실력도, 이야기도 깔끔했다.

"그다음은…… 이진용이군."

그렇게 박준형이 만들어놓은 깔끔함은 이진용이란 이름이 언급되는 순간 삽시간에 사라졌다.

'드디어 시작이군.'

일그러진 코칭스태프의 표정들이 마치 어려운 난제를 마주했을 때 수험생이 지을 법한 표정과 비슷했다.

"이진용에 대한 의견은?"

당연히 우지욱 2군 감독의 질문에 곧장 대답하는 이는 단한 명도 없었다.

"어."

"음."

"아."

모두가 가지각색의 침음을 흘릴 뿐.

그것은 우지욱 2군 감독도 마찬가지였다.

"다들 골치가 아픈 모양이군."

"그게…… 솔직히 말하면 이진용이란 투수가 어떤 투수인지 가늠이 잘 가지 않습니다."

"기상천외하다고 해야 할지, 운수대통이라고 해야 할지, 기괴하다고 해야 할지……."

그 말 그대로였다.

지금 코칭스태프를 고뇌케 하는 건 이진용을 도무지 규격화할 수 없다는 점이었다.

"이런 경우는 처음입니다. 규격화조차 안 되는 투수를 만나는 건."

원래 투수는 규격화하기가 참 편하다.

카테고리가 많으니까.

일단 우완과 좌완을 나누면 되고, 투구폼에 따라서 정통파냐, 사이드암이냐, 쓰리쿼터냐로 나눌 수도 있고, 구속이 빠르냐, 보통이냐, 느리냐로 나누고, 자주 쓰는 구종으로 나눌 수도 있다.

대개 이 카테고리들을 하나씩 걸치고 나면 그 투수를 어느 정도 규격화할 수 있다.

그러나 이진용은 그게 아니었다.

"처음에는 공은 느리지만, 배포가 좋고 수 싸움을 잘하는 재주 좋은 투수라고 생각했는데…… 설마 그런 공을 가지고 있었을 줄은 몰랐습니다."

처음 이진용은 누가 보더라도 프로 자격이 없는 선수일 뿐이었다.

피지컬도, 구속도, 가진 변화구도 전부 보잘것없는 선수.

"오늘 보여준 그 패스트볼, 투심이었나?"

"이진용 본인이 투심이라고 했습니다."

"그 투심 패스트볼은 놀라울 정도의 무브먼트를 보이고 있었지."

하지만 오늘 이진용이 던진 투심 패스트볼은 말도 안 되는 모습을 보여줬다.

프로의 무대에서 결정구로 삼기에 부족함이 없는 모습을.

여기까지라면 규격화할 수 있다.

구속이 느리지만 좋은 투심을 던지는 투수.

"반대로 오늘 간간히 던진 슬라이더나 커브는 밋밋했습니다."

"체인지업은 괜찮았지요."

"그냥 포심 패스트볼은 더 괴상망측합니다. 어떨 때는 맥없는 공인데, 어쩔 때는 말도 안 되는 무브먼트를 보이는 포심 패스트볼이 나오고는 할 정도입니다."

문제는 투심 패스트볼에 비해 포심 패스트볼은 그다지 좋지 못하다는 점이었다.

　투심이 포심보다 위력적인 투수는 많지만, 그래도 투심이 위력적인 투수는 포심도 위력적이다.

　그런데 이진용의 투심과 포심 사이의 괴리감은 상식을 뭉갤 정도로 너무 컸다.

　"제구도 영점은 잘 잡지만 아주 좋다고 할 수 없는데…… 필요할 때는 송곳보다 더 정확한 핀포인트 제구를 보입니다."

　제구도 그랬다.

　제구가 나쁜 건 아니다.

　반대로 제구가 아주 좋은 투수라고 할 수도 없다.

　그런데 아주 결정적인 순간, 한 경기 중에 서너 번은 말도 안 되는 제구가 되는 모습을 보여주고는 했다.

　이진용, 그는 무언가 규정이 될 만하면 그 규정을 산산조각을 내는 모습을 보여줬다.

　카테고리를 걸어주면, 마치 그 사실을 비웃듯이 그 카테고리와 전혀 다른 모습을 보여줬다.

　"고양 스타즈에서 받은 기록에 따르면 패스트볼 구속도 꾸준히 오르고 있답니다."

　"그런데 고등학생 시절 이야기를 들어보니까 구속이 그리 빠른 투수는 아니었답니다."

　심지어 피지컬 면에서 구속이 상승할 기미가 하나도 보이지 않음에도 이진용의 구속은 조금씩 상승 중이었다.

그 사실 앞에서 우지욱 2군 감독은 진심으로 말했다.

"정말 모르겠군."

적지 않은 선수를 지도한 그조차도 이진용이란 투수를 규격화할 수 없었다.

"분명한 건 성적을 낸다는 거겠지."

오직 하나, 이진용은 마운드에 올라올 때마다 단 한 번도 기대를 저버리지 않았다는 것, 그것만이 눈에 보이는 가장 명확한 것이었다.

그렇기에 우지욱 2군 감독이 이진용에 대해 내릴 수 있는 결론은 하나였다.

"일단 좀 더 지켜보자고."

"예."

그 말에 누군가 한 명이 반문했다.

"그럼 이대로 이진용을 마무리로 쓰시겠다는 겁니까?"

우지욱 2군 감독이 고개를 끄덕였다.

"일단 못할 때까지 써봐야지. 안 그런가?"

"그렇죠."

이진용, 그가 다시 한번 시험대에 오르는 순간이었다.

이진용이 머무는 숙소.

어제 경기에서 데블스를 상대로 세이브를 거둔 이진용이 그곳에 있었다.

"미치겠네."

그런데 자신의 야구 인생 첫 세이브를 기록한 이진용의 표정은 그다지 기뻐 보이지 않았다.

어젯밤 첫 세이브에 대한 이야기로 아버지와 웃음 가득한 두 시간 넘는 통화를 했던 것과는 너무 비교되는 모습이었다.

-드디어 네게도 양심이란 게 생겼구나. 그래, 그렇게 꿀을 앉은 자리에서 배 터지게 빨았는데 양심이 있으면 가책을 느껴야겠지.

김진호가 그런 이진용에게 비릿한 미소 섞인 말을 던졌다.

"그게 아니라 이거요, 이거."

그런 김진호를 향해 이진용이 손에 든 스마트폰을 보여줬다.

그러자 김진호가 발끈했다.

-너 지금 애플 주식 주당 10달러에 샀는데 한 푼도 제대로 못 건진 인간에게 스마트폰 가지고 시비 거는 거냐? 지금 도발 한 번 날리는 거냐? 응? 그런 거야?

"스마트폰 말고 기사 말입니다, 기사!"

-기사가 뭐?

"제 기사가 없어요."

이진용의 그 말에 김진호가 스윽 스마트폰을 훑었다. 어제 있었던 엔젤스 2군과 데블스 2군 관련 기사가, 이진용이 검색어로 본인의 이름을 넣은 기사가 보였다.

-뭐가 문제야?

"아니, 그래도 라이벌전에서 터프 세이브 거둔 투수 정도면 나름 사진하고 기사 하나쯤은 걸어주는 게 정상 아닙니까?"

그제야 이진용의 불만 사항을 파악한 김진호가 콧방귀를 있는 힘껏 끼며 말했다.

-새끼, 바라는 것도 많네. 골드 룰렛 이용권 받았으면 됐지 뭘 더 처먹으려고. 그리고 2군이잖아? 2군에서 세이브 거두는 게 뭐 대단한 거라고. 그러는 너는 어릴 때 야구 기사 검색할 때 2군 시합 기사 따로 찾아본 적 있어?

"없죠."

-그럼 당연히 기자들도 멍청이가 아닌 이상 클릭 수가 높은 기사를 양산하겠지, 너 같은 찌끄레기 투수 기사를 쓰겠냐?

"하지만 같은 2군에, 같은 데뷔전 치른 애는 기사가 아주 다발로 쏟아지잖아요."

그 말에 이진용이 잽싸게 전 페이지로 넘어갔다.

이번에도 엔젤스와 데블스의 2군 경기 기사가 떴다.

차이점은 검색어가 이진용이 아니라 박준형으로 바뀌었다는 것.

그런데 고작 그 차이였음에도 결과물은 천지차이였다.

박준형의 기사는 하단에 숫자가 여러 개 나올 정도, 마치 모

든 스포츠 언론이 각자 할당량을 부여받아 쓴 듯 기사가 넘쳐
났다.

"얘는 아예 개인 기사로 도배가 됐다고요!"

제목부터가 남달랐다.

[박준형, 엔젤스의 신성, 별을 쏘다!]

[신고선수 신화, 박준형이 엔젤스에서 만든다!]

[우타거포, 엔젤스 그토록 바라던 선수를 얻는가?]

기사 타이틀부터 박준형에 대한 찬사 일색이었고, 그런 기사
마다 타격 자세를 취하는 박준형의 사진이 첨부되어 있었다.

기사의 질도 높았다.

박준형의 고향부터 시작해서 중학 시절 야구 성적까지, 어
지간한 관심이 없어서는 찾기 힘든 기록들을 써놓은 기사들도
제법 있었다.

"대체 뭐가 문제일까요? 솔직히 데뷔전 대타 홈런하고 데뷔
전 세이브하고 비중은 비슷한 거 아닌가?"

심지어 그중에는 포털 사이트에 노출되면서 100개가 넘는
댓글을 기록하는 것도 있었다.

댓글 역시 평가가 좋았다.

-드디어 엔젤스에 우타거포가 오는구나!

-데블스 상대로 대타 홈런이라니, 벌써부터 악마 사냥꾼 냄새가 물씬 풍기네요.

-엔젤스, 올해는 다르다!

박준형에 대한 기대감 가득한 댓글들이 높은 공감 수를 기록하며 댓글란 상단에 노출되고 있었다.

이진용이 나름 불만과 의혹을 제기하기에는 충분한 상황.

-음.

때문에 김진호도 더 이상 비웃음으로 이진용의 불만을 넘기지 않았다. 그 역시 진지하게 이 상황을 고민했고, 이내 답을 내놓았다.

-대개 이런 경우는 하나야.

"어떤 경우죠?"

김진호의 말에 이진용이 귀를 활짝 열었다.

살아생전 기자, 언론하고는 인연이 없었던 이진용과 달리 김진호는 한국 국적의 야구 선수 중에 가장 많은 기사의 소재가 되었던 선수 아닌가?

이런 부분에 있어서는 전문가와 다를 바 없을 터.

그 전문가 김진호가 말해줬다.

-얘가 더 잘생긴 경우.

"예?"

-외모는 기사에 아주 큰 영향을 미치니까. 막말로 얼굴 잘생

긴 애들은 별거 아닌 기사에도 사진 실리고 그러잖아? 똑같이
잘해도 잘생긴 애들이 더 많이 기사가 나와. 반대로 못생긴 애
들은 손해를 보지. 그게 세상의 섭리이자 진리야.

그 대답에 이진용이 물끄러미 김진호를 바라봤다.

씰룩거리는 김진호의 입가가 지금 그가 웃음을 참기 위해
전력을 다한다는 것을 노골적으로 보여주고 있었다.

물론 이진용은 그런 김진호의 수작에 그냥 당하지 않았다.

"그렇군요."

이진용이 그런 김진호를 보며 고개를 끄덕였다.

-응?

담담히 자신의 말을 받아들이는 모습에 오히려 김진호가
당황했다.

그렇게 당황한 김진호에게 이진용이 곧바로 펀치를 꽂았다.

"김진호 선수의 노력이 새삼스럽네요. 아니, 존경스럽습니
다."

-뭐가?

"그렇게 많은 기사를 만들어내기 위해 이를 악물고 뛰었을
김진호 선수의 노력 말입니다."

그제야 이진용의 말뜻을 파악한 김진호가 기겁했다.

-야, 야! 내, 내가 어때서?

"김진호 선수 논리대로라면…… 그렇잖아요? 아! 그래서 그
렇게 대단했던 거군요! 그 정도가 아니면 기자들이 기사를 안

써주니까. 정말 열심히 살아오셨네요. 김진호 만세! 인간 승리자 김진호 만세!"

-어, 어, 어!

이 순간 김진호는 너무 당황한 듯 입만 열뿐 말을 뱉지 못하고 있었다.

그럴 만한 일이기도 했다.

김진호의 그 화려하다 못해 위대한 삶 속에서 그가 이런 식으로 공격당한 건 이번이 처음일 테니까.

"자, 그럼 룰렛이나 돌려봅시다."

이진용은 그런 김진호가 정신을 차리기 전에 잽싸게 룰렛을 활성화했다.

"가진 포인트는 1천 포인트하고 골드 룰렛 이용권. 브론즈 한 번 돌리고 골드 룰렛 돌리면 되겠네요."

당연히 김진호는 그런 이진용을 향해 악담을 퍼부었다.

-진용아 옛말에 이런 말이 있어. 호사다마. 좋은 일이 많으면 그 끝이 구려진다고. 너 요즘 운이 많이 좋았잖아? 꽝 나온다. 백 퍼센트 꽝 나온다! 아니, 꽝 좀 나와라 씨발!

"요즘은 그 말보다는 '될놈될'이라는 말이 유행입니다."

-될놈될?

"될 놈은 된다."

그 말이 끝나기 무섭게 이진용은 곧바로 1천 포인트를 소모해 브론즈 룰렛을 활성화했다.

그러고는 곧바로 하나밖에 없는 금빛 칸을 바라봤다.

"여기 걸리면 좋겠네요."

-걸리면 내 손에 장을 지진다.

"뭘 그러십니까? 제가 염장을 지져드릴 텐데."

이윽고 돌아가는 룰렛.

그렇게 돌아가던 룰렛은 당연한 말이지만 그대로 브론즈 색의 칸에 멈추었다.

[구속이 1상승합니다.]

-거봐! 호사다마랬잖아! 으하하하!

김진호가 기분 좋게 소리쳤다.

"예, 구속이 1밖에 오르지 않은 걸 보니까 아주 그냥 오늘 마가 제대로 낀 모양입니다. 아, 너무 아쉽다!"

이진용은 그런 김진호의 외침에 실실 쪼갰고, 김진호의 표정이 구겨졌다.

-젠장, 이건 사기야. 어떻게 꽝이 없을 수가 있어? 뭘 해도 진용이가 이득이잖아! 완전 신의 편애잖아!

100마일짜리 포심 패스트볼을 던질 수 있는 재능을 가지고 태어난 선수의 푸념에 이진용이 쓴웃음을 머금은 채 곧바로 골드 룰렛을 활성화했다.

황금빛 룰렛이 그들의 눈앞에 펼쳐졌다.

그러나 그 황금빛은 그 둘의 눈에 들어오지 않았다.

들어오는 건 그 황금빛에 고고하게 자리 잡고 있는 단 하나의 다이아몬드 칸뿐이었다.

-볼 마스터

볼 마스터.

단어부터 포스가 다른 그 칸 앞에서 이진용이 진지한 표정으로 질문을 던졌다.

"볼 마스터…… 뭘까요? 스킬은 아니고. 볼을 마스터한다, 구질 하나를 마스터하는 걸까요?"

-나야 모르지.

"이거 나오면 어떻게 하죠? 포심 패스트볼에 줄까요? 아니면 투심? 슬라이더?"

김칫국을 리터 단위로 마신 듯한 이진용의 모습에 김진호가 듬뿍 비웃음을 머금으며 대답했다.

-절대 안 걸려.

"혹시 모르잖아요?"

-다이아 칸에 걸리면 내가 절에 가서 108배 한다. 내 명예를 걸고!

"젠장, 좋은 소리 좀 하면 어디가 덧납니까?"

-신이시여, 이 새끼 말본새 좀 보십시오! 이 배은망덕한 놈

을 시험에 들게 하소서!

　거듭된 김진호의 저주 앞에서 이진용은 미약한 기대감을 품고 룰렛을 돌렸다.

　그렇게 황금빛 룰렛이 화려하게 돌아가기 시작했다.

　"제발! 제발!"

　-제발! 제발!

　돌아가는 룰렛 앞에서 둘이 마치 쌍둥이처럼 두 주먹을 불끈 쥔 채 간절하게 소망했다.

　이윽고 룰렛이 멈췄을 때.

　"아!"

　-아!

　김진호가 절에 가서 108배를 하는 일은 일어나지 않았다.

　[구질 상승 비약(A랭크)을 획득하셨습니다.]

　-오 마이 갓……:

　"호우 마이 갓!"

　대신 백금색의 기적만 일어났을 뿐.

　-헛스윙 삼진! 경기 끝!

-데블스가 엔젤스를 상대로 어제의 패배를 오늘의 승리로 갚아주었습니다!

-이것으로 이번 시리즈는 1승 1패가 됐네요.

엔젤스 대 데블스의 3연전, 그 두 번째 경기의 승자는 데블스였다.

"3회에 엔젤스의 선발인 양인영이 무너진 게 컸지."

"양인영 공이 나쁜 건 아니었는데, 데블스 타선이 한 번 불이 붙으니 꺼지질 않더라."

"데블스의 무서운 점이지. 한 번 불이 붙으면 무조건 터지니까. 아마 오늘 타격감은 내일 경기까지 이어질 거야."

3회 초, 데블스가 엔젤스의 선발투수로 나온 양인영을 상대로 5점이라는 득점을 기록한 것이 결정적이었다.

물론 그것 외에도 양 팀이 치고받고 싸우며, 박준형이 홈런을 치는 등의 이야기가 있긴 했지만 그렇게 세세하고, 소소한 것을 신경 쓰는 이들은 없었다.

중요한 건 두 팀이 1승씩을 나눠 가졌다는 것.

"1승 1패, 이번 시리즈 승자는 마지막 경기인 세 번째 경기에서 결판이 나겠군."

이제 두 팀에게 남은 경기는 하나라는 것.

"아무리 2군 경기라고 해도 천사와 악마 시리즈에서 패배는 있을 수 없지."

"아무렴."

그리고 두 팀은 그 승리를 양보할 생각이 추호도 없다는 것.

그런 배경 속에서 시작된 데블스 대 엔젤스의 3연전 마지막 경기는 치열하고 격렬할 수밖에 없었다.

마운드에 올라온 양 팀 투수들부터 남달랐다.

"스트라이크, 아웃!"

"우와! 오늘 제섭이 슬라이더 긁히는구나!"

"제섭이 슬라이더가 긁히는 날에는 1군 타자들도 치기 힘들지! 데블스 새끼들 죽었다고 복창해라!"

엔젤스의 선발로 등판한 이제섭은 자신의 주무기인 날카로운 슬라이더로 달아오른 데블스 타자들의 기세를 잘라냈고.

"스윙, 스트라이크 아웃!"

"그렇지! 준호 포크볼이 오늘 대기록 하나 쓰겠다!"

"천사 새끼들 대가리를 포크로 찍어버려!"

데블스의 선발로 나온 백준호는 자신의 주무기인 포크볼로 엔젤스의 타자들을 춤추게 했다.

"오늘 양 팀 투수 다 장난 아니네."

3회까지 양 팀 선발투수가 단 한 명의 타자도 출루시키지 않는 퍼펙트 페이스를 보여주며 라이벌전에 어울리는 호투를 펼쳤다.

"크다! 크다! 크다!"

"넘어갔다!"

그렇게 긴박하게 진행되던 경기에 균열을 일으킨 건 4회 말 3번 타자로 나온 박준형, 이제는 대타가 아닌 주전으로 나온 그가 만들어낸 큼지막한 솔로 홈런이었다.

"미친 새끼!"

"3경기 연속 홈런이라니, 그것도 데블스를 상대로?"

"악마 사냥꾼 하나 나왔군."

그리고 그렇게 만들어진 균열 속에서 데블스도 지지 않고 균열을 만들어냈다.

"간다, 간다, 그렇지 넘어갔다!"

"백투백!"

"데블스에게 안타는 쓰레기지!"

1 대 0으로 뒤지는 가운데 5회 초를 맞이한 데블스가 백투백 홈런으로 단숨에 역전에 성공한 것이다.

"오늘 경기 장난 아니군."

"이쯤 되면 오늘 지는 팀은 타격이 커질 수밖에 없지. 후유증이 아주 오래갈 거야."

치고받는 수준을 넘어 죽고 죽이는 혈투.

그 혈투 속에서 다시 한번 균열이 일어난 건 1 대 2, 데블스가 1점 차 리드를 하는 가운데 맞이한 8회 말 2사 주자 2, 3루 상황이었다.

누가 보더라도 엔젤스의 마지막 역전 찬스가 되리라 생각되는 그 상황에서 역전 2타점 적시타가 나왔다.

"또 박준형?"

"맙소사!"

그 주인공은 다름 아닌 박준형.

그가 엔젤스를 구원하는 별과 같은 존재감을 뽐내며, 엔젤스 2군의 홈구장인 이천 챔피언스 파크를 오롯하게 자신만이 빛나는 우주로 만들었다.

"끝이군."

"말도 안 되는 놈이 등장했군."

그 순간 그 경기를 보던 모든 이들은 오늘 경기의 주연이자, 히어로이자, 주인이 박준형이 된다는 사실에 일말의 의심도 품지 않았다.

"오늘 경기는 박준형만 기억에 남겠어."

"당연하지. 다른 선수들은 이미 기억에 남지도 않는다고."

그 누구도 박준형이 보여준 것 이상으로 강렬하고, 절대적인 무언가를 보여줄 수 없다고 생각했다.

그런 상황 속에서 데블스의 마지막 공격인 9회 초가 시작됐을 때.

"응?"

"어?"

마운드에 작은 체구의 투수가 올라왔다.

질겅질겅!

큼지막한 풍선을 입으로 불어대는 투수, 이진용이었다.

"정말 괜찮겠습니까?"

투수코치의 질문에 우지욱 2군 감독은 대답 대신 묵묵히 고개만 한 번 끄덕였다.

투수코치는 그런 우지욱 2군 감독의 모습에 더 이상 말문을 여는 걸 포기한 듯 입을 꽉 다문 채 마운드 위를 바라봤다.

'여기서 이진용이라니?'

마운드 위에 있는 작은 투수를 보며 다시 생각했다.

'이 중요한 경기에서 대체 왜?'

퓨처스리그에서 1승은 분명 1군 리그라고 할 수 있는 한국 프로야구 리그의 1승보다 가치가 떨어진다.

하물며 시즌 초반의 1승은 굳이 목숨을 걸고 쟁취할 필요는 없다.

기나긴 페넌트레이스의 승자는 누가 빠르게 달리냐가 아니라 누가 더 멀리 가느냐가 중요하니까.

하지만 오늘 1승은 달랐다.

'이번 경기는 이겨야 하는데……'

데블스와의 3연전 시리즈의 승자가 결정되는 경기였으며, 동시에 한 시즌 동안 몇 번 나오기 힘들 정도로 치열한 경기였다.

타자와 투수, 둘 모두가 자신들이 가진 것을 전부 끄집어내며 만들어낸 박빙의 경기!

이런 경기에서 1승을 거두는 것이야말로 진짜 올라갈 수 있는 선수를 가늠할 수 있는 가장 확실한 방법이라는 걸 모르는 선수나 코치는 적어도 프로의 세계에는 없었다.

'하물며 이런 경기에서 1점 차 세이브 상황에 마무리로 제 역할을 하는 건……'

그런 상황에서 1점을 지키기 위해 9회의 마무리에 올라온다는 것.

'이진용이 할 수 있을 리가 없잖아?'

오늘 출전이 이제 프로의 무대에서 두 번째 등판이 되는 초짜 투수가 맡을 수 있는 임무가 아니었다.

그 사실을 당연히 우지욱 2군 감독도 알고 있었다.

'투수가 부담을 느낄 수 있는 가장 완벽한 무대다.'

승자의 시리즈, 위닝 시리즈와 루징 시리즈를 가르는 무대.

이제까지 치른 26개의 이닝의 승자와 패자를 가르는 1이닝.

점수는 1점 차.

하물며 상대는 그 라이벌 역사가 곧 한국프로야구의 역사이기도 한 앙숙과도 같은 팀.

심지어 9번부터 시작하는 타순이지만, 타자로 나온 대타는 데블스가 내놓을 수 있는 가장 확실한 대타 카드인 안주찬.

'이보다 투수의 밑바닥을 확실하게 볼 수 있는 무대는 없어.'

투수가 마주할 수 있는 모든 최악의 상황을 조합한 상황은 달리 보면 그 투수의 밑바닥을, 한계를 가늠할 수 있는 가장 좋은 무대이기도 했다.

우지욱 2군 감독, 그에게 있어 가장 중요한 건 바로 그것이었다.

'프로는 결과로 말한다.'

결국 프로야구 선수의 가치는 결과를 만들어야 한다는 것.

'이진용이 어떤 타입의 선수인지, 그건 아무래도 좋다.'

구속이 몇이든, 변화구를 뭘 던지든, 키가 얼마든 그것들은 중요한 것이 아니다.

결과를 만드는가? 아니면 만들지 못하는가?

제아무리 160킬로미터짜리 공을 던질 수 있어도 결과를 만들지 못하면 프로가 될 수 없지만, 결과만 만들 수 있으면 177센티미터의 신장을 가진 샌프란시스코 자이언츠의 투수도 메이저리그의 최고 투수가 될 수 있다.

'여기서도 결과를 만들면, 프로 자격이 있는 거지.'

우지욱 2군 감독, 그는 이진용이란 투수를 그런 방법으로 가늠할 생각이었다.

결과를 만드느냐, 못 만드느냐.

'운이든 아니든, 결과만 만든다면 인정해 주마.'

이보다 더 깔끔한 방법은 없는 상황.

그런 상황 속에서 마운드에 오른 이진용은 하늘을 보며 나지막하게 말했다.

"호우 외치기 좋은 날씨네요."

이진용, 이 순간 그는 진심으로 웃고 있었다.

마운드에 새롭게 올라오는 투수에게는 연습으로 6구 내의 공을 던질 수 있는 기회가 주어진다.

대부분의 투수는 이 연습 피칭을 통해 자신의 공을 가늠하고, 영점을 맞추고, 그 투수를 처음 상대하게 될 타자는 대기 타석에서 그 투수의 공을 예의 주시한다.

여기까지는 언제나 그리고 어느 순간에서나 볼 수 있는 평범하고, 특별할 것 없는 광경.

중요한 건 그 외의 이들이다.

이닝의 시작을 여는 새로운 투수와 새로운 타자 외의 이들.

이를테면 관중이나 기자, 기타 관계자들에게 그 과정을 예의 주시할 의무나 필요는 없다.

달리 말하면 그런 부류의 이들이 연습 피칭을 하는 투수에 얼마나 집중하느냐에 따라 그 날의 경기가 얼마나 중요한 경기이며, 치열한 경기인지 가늠할 수 있다.

모두가 집중하는 경기라면, 오히려 다른 어느 때보다 투수의 연습 피칭을 주시하니까.

그런 관점에서 본다면 오늘 경기의 중요성과 치열함은 이루 말할 수 없을 정도로 강하다고 할 수 있었다.

"이진용, 엊그제 세이브 거둔 녀석이지?"

"박준형하고 입단 동기이네. 프로가 된 지 아직 일주일도 안 되는 애송이 녀석이야."

"구속은 느린데 공이 이상한 놈이지."

지금 이진용의 연습 피칭을 모든 이들이 예의 주시하고 있었으니까.

그 수많은 눈동자 사이에서 김진호는 이진용을 바라보며 말했다.

-인간의 한계를 알 수 있는 가장 좋은 건 마라톤을 완주하는 것이다. 그러나 그게 불가능하다면 차선책이 있다. 1점 차 세이브 상황에서 마운드에 오르는 것이다.

웃음기 없는 그 말에 이진용이 글러브로 입을 가린 채 되물었다.

"누가 한 말입니까? 리베라? 호프먼?"

-응? 아니, 지금 그냥 내가 지어낸 말이야. 왠지 이런 말을 해야 할 것 같아서.

말과 함께 김진호가 턱을 긁적이며 말을 이어갔다.

이진용이 짧게 혀를 찼다.

그런 이진용의 혀 차는 소리에 김진호가 멋쩍은 듯 대화 주제를 바꾸었다.

-메이저리그 정상급 클로저들은 1점 차 상황에서 마운드에

오르는 걸 좋아했어.

이진용이 관심을 가질 이야기를 던졌고 이진용이 반응했다.

"그래요? 왜요?"

-원래 메이저리그가 다들 자기 잘난 맛에 취하는 인간들이 살아남는 곳이니까. 그런데 마무리투수들은 자기 스스로 상황을 만들 수 없거든.

"무슨 의미죠?"

-예를 들면 선발투수들은 자기가 잘하면 돼. 자기가 잘하면 완투도 하고, 완봉도 할 수 있어. 하지만 마무리투수들이 그럴 순 없잖아? 자기 원한다고 1점 차에 올라오고, 그럴 수 없지. 그냥 9회에 세이브 상황이 되면 올라올 뿐이지.

"그렇죠."

-문제는 3점 차 상황에서는 제아무리 마무리투수가 끝내주는 피칭을 해서 세이브를 거둬도 임팩트가 없다는 거지. 메이저리그 닷컴 메인에 3점 차 상황에서 올라온 어느어느 누구의 세이브가 개쩔었습니다! 같은 게 올라오는 일은 없으니까.

김진호의 말에 이진용이 피식 웃었다.

-그런 마무리투수들에게 이런 상황은 기회지. 1점 차 박빙 승부에서 세이브를 거두면 그날 그 어떤 선수보다 스포트라이트를 강렬하게 받을 수 있거든.

말을 하던 김진호가 스윽, 이진용을 바라봤다.

그런 김진호의 눈에 비친 이진용의 모습은 평소와는 조금 달라 있었다.

-너 지금 혹시 똥 마렵냐?

김진호의 툭 던진 말에 이진용이 정색했다.

"아니, 이야기 잘하시다가 갑자기 똥이 왜 나옵니까? 그리고 지금 제 표정이 어딜 봐서 똥 마려운 표정입니까?"

-얼굴 표정이 맛탱이가 간 거 같아서 말이야.

"맛탱이가 간 건 아닌데…… 두근두근하네요."

두근두근.

그 표현에 김진호가 피식 웃었다.

-긴장돼?

"차라리 긴장이 되는 거면 좋겠네요. 지금 전 들떠 있는 거 같습니다."

들떠 있다?

지금 상황 그리고 이진용의 처지를 생각하면, 도무지 이해할 수 없는 일이었다.

어느 때보다 중요하고, 부담감이 짙은 무대 아닌가?

하지만 김진호는 그런 이진용을 이해할 수 있었다.

-A랭크 구질을 처음 선보이는 자리인데, 들떠 있는 게 이상한 일은 아니지. 나도 궁금할 지경인데 어련하시겠어?

지금 이진용은 처음으로 슈퍼카를 운전하는 어느 젊은 대학생과 다를 바 없었으니까.

심지어 그 슈퍼카를 빌려타는 것도 아니고, 그 슈퍼카의 주인이 된 것이라면?

신이 그 슈퍼카를 선물로 준 것이라면?

들떠 있다는 것으로 끝나면 다행일 터.

"이러다 큰일 날 것 같은데 조언 좀 해주시죠?"

이진용이 결국 김진호에게 조언을 구했다.

그런 이진용의 요청에 김진호는 대기 타석에 있는 타자를 바라보며 말했다.

-조언은 무슨, 그냥 다 죽여 버려.

그 말에 이진용은 미소를 지으며 대답했다.

"좋습니다. 그럼 이제 악마를 잡고, 천사를 구해봅시다."

그 말을 끝으로 이진용이 포수를 향해 첫 번째 공을, 자신이 새롭게 습득한 A랭크 공을 던졌다.

펑!

그런 그가 던진 공의 구질은 투심 패스트볼이었다.

더럽다.

그다지 듣기 좋은 말이 아니다.

그런데 이 말을 어떻게든 듣고 싶어서 안달이 나다 못해 자신의 몸을 혹사하는 자들이 있다.

투수.

그들은 자신들이 던지는 공이 마주하는 모든 이들로부터 더럽고, 야비하고, 치사하고, 빌어먹을! 같은 소리를 듣기를 간절하게 소망한다.

문제는 그저 단순히 공이 빠르다고 공이 더럽다는 이야기를 들을 수 있는 게 아니라는 것이다.

좀 더 특별한 무언가.

다른 투수보다 강력한 무언가.

욕이 절로 나올 만한 무언가.

그런 것이 있어야 타자들로부터 더럽다라는 이야기를 들을 수 있다.

그런 의미에서 이진용이 던진 그 공은 충분히 자격이 있었다.

빽!

아주 개같이 더러운 공이라는 소리를 들을 자격이.

'씨발!'

9회 초 데블스의 선두 타자로 나온 안주찬의 심정이 그것을 증명해 주고 있었다.

'진짜, 씨발!'

안주찬.

이미 이틀 전 이진용의 공을 상대해 본 그는 결코 이진용을 얕잡아 보지 않았다.

그는 자신을 엿 먹인 이진용의 그 투심 패스트볼을 경계했다.

'그때보다 훨씬 더 좋같잖아?'

동시에 그것을 노릴 준비를 했다.

재능이 있었으니까.

어리디어린 나이에 데블스 2군 감독에게 타격이 필요한 순간 곧바로 꺼낼 히든카드 소리를 들을 정도의 천부적인 재능이.

고교 시절에는 방망이를 거꾸로 잡아도 홈런을 칠 재목이라고 평가받은 재능이.

이제까지 고난과 역경보다는 도리어 성공과 찬사로 점철된 길을 걸은 재능이.

'스트라이크존 한가운데로 들어오던 공이 갑자기 내 손 쪽으로 오다니⋯⋯.'

그러나 오늘 마주한 이진용의 투심 패스트볼은 그런 안주찬에게 절망감을 줬다.

그럴 수밖에 없었다.

'이게 말이 돼?'

이진용의 그 공의 무브먼트는 적어도 한국프로야구의 상식 수준을 짓밟는 공이었으니까.

그러한 심정을 느끼는 건 비단 안주찬만이 아니었다.

안주찬이 유격수 앞 땅볼로 물러나며 벤치로 향하는 순간.

"호우!"

마운드 위의 투수가 괴상한 환호성을 지껄이는 순간.

이제는 대기 타석이 아니라 진짜 타석에서 이진용을 상대해야 하는 데블스의 1번 타자 한태훈은 분명하게 느끼고 있었다.

'오늘 저 공은 못 친다.'

승부를 하기도 전에 승패를 알 것 같은 느낌을.

'엊그제 던진 공도 장난이 아니었지만, 지금 공은 그때 공하고 비교를 거부하는 공이야.'

무엇보다 한태훈을 괴롭히는 건 마운드 위에 있는 투수가 기괴한 공만 던지는 투수가 아니라는 점이었다.

'그리고 저 투수는 씨발놈이고.'

만약 한태훈이 공을 보고 기다리려고 한다면 그런 한태훈의 스트라이크존에 시속 110킬로미터짜리 얼빠진 패스트볼을 던지는 치명적인 도발을 망설임 없이 할 수 있는 투수, 그게 이진용이라는 투수였다.

'어디서 이런 괴물이⋯⋯.'

그런 한태훈의 상상은 곧 현실이 됐다.

이진용, 그는 투심 패스트볼로만 머릿속이 가득 찬 한태훈을 상대로 커브를 던졌다.

커브는 밋밋했으나, 머릿속으로 커브는 상상도 못 했던 한태훈은 그 공 앞에서 스트라이크를 헌납했고, 2구째로 이진용이 던진 그냥 평범한 패스트볼 앞에서 그는 배트를 휘둘렀으나 긴장한 그의 몸뚱이가 할 수 있는 건 그 공을 그저 파울라인 밖으로 보내는 것이 전부였다.

그것으로 이미 한태훈의 목은 단두대에 올려진 것과 같았다.

노볼 투 스트라이크가 되는 순간 한태훈의 머릿속에는 조금 전 안주찬이 제대로 치지도 못한 그 공을 떠올렸다.

"라이징 패스트볼, 심기일전."

그리고 이진용은 그런 한태훈을 위해 기꺼이 주문을 외웠다.

어찌 보면 한태훈이 이진용의 공을 예측한 상황.

하지만 이진용이 한태훈의 몸에 정확하게 들어가는 투심 패스트볼을 던졌을 때 한태훈은 반응하지 못했다.

펑!

"스트라이크 아웃!"

그 어떤 대응도 하지 못한 채, 그렇게 루킹 삼진을 허용한 채, 자신의 눈앞에서 보여준 공의 무브먼트에 기겁한 채.

"호우!"

그리고 이제는 투수의 환호성의 제물이 된 채.

그런 채로 이제는 자신을 대신해 타석에 설 2번 타자인 양제웅에게 말했다.

"절대 투심을 노리지 마."

"예?"

"다른 걸 노려."

"그게 무슨……."

한태훈이 양제웅에게 한 말은 벤치 사인과 전혀 다른 요구였다.

'코치님은 투심을 노리라고 했는데?'

당연한 말이지만 1차전에서 이진용에게 가로 막힌 데블스는 곧바로 이진용에 대한 대응법을 강구했다.

처음 보는 투수라고 해서 그냥 넋을 놓고 있다면 그건 프로의 자격이 없는 일이기에.

그 강구 끝에 데블스 코치들이 내놓은 답은 간단했다.

이진용의 투심 패스트볼은 대단하지만, 그것 빼면 볼 거 없으니 투심 패스트볼을 노리자!

투심 패스트볼만 무너뜨리면 된다!

이상할 건 없었다.

투심 패스트볼이 마구도 아니고, 그 공에 대한 적당한 자료와 준비 그리고 경험이 있다면 공략하지 못할 건 없을 터.

하물며 이진용의 공은 무브먼트가 대단할지언정 구속 자체가 대단한 공이 아니지 않은가?

"절대 못 쳐."

그런데 지금 한태훈이 그 사실을 부정하고 있었다.

"엊그제 공하고는 전혀 다른 공이야. 말도 안 되는 공이라고."

그 거듭된 조언에 양제웅은 대답할 수밖에 없다.

"……네, 투심 말고 다른 걸 노려보겠습니다."

그러나 그 조언은 의미가 없었다.

-진용아, 마지막 타자다. 어떻게 할래?

"체력 넉넉하고, A랭크 투심 패스트볼 있고, 마법의 1이닝 발동했고, 아직 심기일전 사용 횟수도 2회 남았는데 굳이 선택지 여러 개 두고 고를 필요가 있겠습니까?"

-그럼?

"타자가 투심 패스트볼만 빼고 남은 공을 노릴 텐데 투심만 던져주면 되는 거죠. 아마 스트라이크존에 집어넣는 걸 멀뚱히 보고만 있을 겁니다. 그러다 투 스트라이크 되면 알아서 자멸해 주겠죠."

-이 악마 같은 새끼.

마운드 위에 있는 건 악마였으니까.

"김진호 같은 놈이라고 표현해 주시죠. 이게 다 김진호 선수한테 배운 거 아닙니까?"

-그래서 악마 같은 새끼라는 거야.

그것도 하나가 아니라 두 악마가 마운드 위에서 미소를 짓고 있었다.

프로야구 구단에 속한 스카우트들은 대개 1군보다는 2군과 긴밀하게 움직인다.

당연한 일이다.

스카우트의 역할은 선수를 영입하는 것이고, 그 선수를 육성하는 곳은 2군이다.

그렇기에 우지욱 2군 감독이 변형채 스카우트와 이야기를 나누는 건 이상한 일이 아니었다.

-조금 전 보내주신 영상 봤습니다.

"소감은?"

-이거 진짜입니까?

"영상을 조작하는 능력은 없네."

-맙소사.

이상한 건 그들이 대화 주제로 삼고 있는 그였다.

-이게 진짜 이진용이 던진 공입니까?

이진용.

데블스와의 3연전 마지막 경기, 마지막 이닝에서 공을 던지는 그의 영상을 본 변형채 스카우트의 놀란 심정은 스마트폰 너머에서도 선명하게 느껴질 정도였다.

그러나 우지욱 2군 감독은 변형채 스카우트에게 놀란 가슴을 진정시킬 시간을 주지 않았다.

"조언을 받고 싶어서 전화를 했네."

2군 감독과 스카우트가 이야기를 나눈다는 건 공적인 이야기, 사적인 사정 따위가 개입할 이야기가 아니었으니까.

당연히 우지욱 2군 감독은 변형채 스카우트와의 친밀도를 높이는 것에는 관심이 없었다.

필요한 건 그의 능력과 안목뿐.

-제 조언이 도움이 될지 모르겠군요.

"자네가 보기에 이진용의 이 공, 본인이 투심 패스트볼이라고 부르는 이 공을 어떻게 생각하나?"

-투심 패스트볼 하나만 놓고 점수를 주라면 전 65점을 줄 겁니다.

"65점이라…… 하나만 묻지. 자네가 80점이라고 생각하는 투심 패스트볼이 있나?"

-전 그 어떤 투수의 어떤 구종에도 80점을 주지 않습니다. 그렉

매덕스의 투심에도 전 79점밖에 주지 않았습니다.

메이저리그의 스카우트들은 선수를 가늠할 때 80점을 만점으로 두고 점수를 준다.

"그런데 65점이라……."

-만약 이진용이 던진 그 투심 패스트볼의 구속이 130대 중반만 나왔으면 그 이상을, 70점 이상을 줬을 겁니다.

그런 의미에서 변형채의 말은 그야말로 극찬이었다.

너무나도 극찬이어서 듣는 입장에서 도리어 그 극찬에 의구심을 넘어 반발심을 가질 정도의 극찬이었다.

그러나 이 극찬 앞에서 우지욱 2군 감독은 이렇다 할 반문을 하지 않았다.

"내 생각도 비슷하네."

우지욱 2군 감독이 보기에도 이진용이 던진 투심 패스트볼은 구속이 122이라는 것만을 제외하면 엄청난 공이었으니까.

-놀라운 공입니다. 구속이 120대 초반에 불과한데 이런 무브먼트를 보인다는 것이 믿기지 않을 정도입니다.

"이 사실을 왜 스카우팅 리포트에 넣지 않았나?"

-저도 처음 봤습니다.

문제는 이 부분이었다.

"자네도 몰랐다, 이거군."

-우 감독님께 이런 것을 가지고 서프라이즈 파티를 할 만한 성격은 못 됩니다.

"박준형은 좋은 타자이지. 파워, 배트 스피드, 피지컬이 뛰어나고 그에 걸맞은 결과물을 만들고 있네. 그가 이 정도 결과를 보여줄 수 있다는 걸 예상하긴 어렵지 않네."

그 순간 우지욱 2군 감독이 대화 주제로 박준형을 언급했다.

하지만 변형채는 그것이 정말 박준형에 대해 이야기를 나누고 싶어서 그런 게 아니라는 것을 금방 눈치챘다.

-하지만 이진용은 가늠이 안 된다, 이 말이시군요.

이진용, 그는 도무지 가늠이 안 되는 투수였다.

"한계를 보고 싶었네. 밑바닥을 말이야. 그래서 일부러 어려운 무대에 거듭 올렸는데……."

애초에 이진용을 절체절명의 순간 올린 것도 그를 보다 확실하게 가늠하기 위함이었다.

"오히려 의문만 늘어나는군."

그러나 그 무대에서 이진용은 가늠이 되기는커녕 도리어 더 거대한 의문을 줬다.

"문제는 내 역할이 2군에서 우승 트로피를 드는 게 아니라, 1군에 갈 선수를 키워야 한다는 거지."

그리고 선수를 가늠하고, 그에 맞게 훈련을 시켜야 하는 우지욱 2군 감독 입장에서는 가늠이 되지 않는 선수만큼 골치 아픈 선수도 없었다.

변형채에게 전화를 걸어 도움을 요청하는 이유였다. 이진용

이란 선수를 키우기 위해서는 어떻게든 그를 가늠할 필요가
있었다.

그러나 이 사실에 대해서는 변형채도 딱히 무언가 도움을
줄 수가 없었다.

애초에 변형채의 장기는 선수를 파악하고 공략하는 것이지,
키우는 게 아니었기에.

-주제넘은 말이지만······.

대신 그는 조심스레 자신의 의견을 피력했다.

-이렇게 된 거 이진용이 정말 1군에서도 통할지 확인해 보는 게 어
떻겠습니까?

"즉시 전력감인지 아닌지 확인한다?"

-예.

그 조언에 우지욱 2군 감독이 표정을 구겼다.

"이진용을 1군에 보내라 이건가?"

1군에서 선수를 콜업하는 건 전적으로 1군 역할이다.

물론 우지욱 2군 감독이 이 선수를 꼭 콜업해서 쓰라고 간
청하면 그의 능력을 아는 1군에서는 기꺼이 그 선수를 콜업할
것이다.

하지만 이미 검증된 선수도 아니고, 검증을 받아야 할 선수
를 1군으로 보낸다는 건 이루 말할 수 없는 특혜였다.

우지욱 2군 감독은 그런 식으로 일 처리를 하고 싶은 생각
은 눈곱만큼도 없었다.

-1군에서 그 요청을 받아줄 리는 없죠.

변형채 역시 그 사실을 모르지 않았다.

-대신 퓨처스리그에는 1군에 가까운 팀이 있지 않습니까?

그 말에 우지욱 2군 감독은 떠올렸다.

"경찰청 말이군."

-그렇죠. 더욱이 경찰청에는 지금 그 트리오가 있지 않습니까? 작년 시즌 35도루를 한 타자와 24홈런을 친 타자, 그리고 3할 4푼을 기록한 불운한 괴물 신인 세 명이. 만약 그들 세 명을 상대로도 이진용이 결과를 만들어낸다면…….

그제야 우지욱 2군 감독이 표정을 풀었다.

"1군에 어느 정도 통할 실력이라는 의미이겠지."

통화는 거기까지였다.

"아……."

햇살이 유난히 따스한 4월의 이천.

그 이천에 위치한 엔젤스의 2군 구장 그라운드 위에서 이진용은 멍하니 자리에 앉아 있었다.

그런 이진용의 입에서 푸념이 흘러나왔다.

"아, 그렇게 잘 던졌는데 왜 원정에 날 안 데려간 걸까?"

데블스 2군과의 홈 3연전을 마친 엔젤스의 다음 경기는 고척 레인저스의 2군과의 3연전이었다.

당연히 원정 경기에 출전할 선수들은 끝내주는 버스를 타고 고척 레인저스의 2군 구장이 위치한 화성으로 향했다.

하지만 이진용은 안타깝게도 그 명단에 포함되지 못했다.

"2경기 연속 터프 세이브였는데!"

더블스 전에서 놀라운 활약을 한 이진용 입장에서는 쉬이 납득하기 힘든 일이었다.

"6타자 연속 범타 잡았는데!"

이진용의 말대로 그는 3연전에서 2경기에 나와 2개의 세이브를 거두었다.

중요한 순간 거둔 세이브였고, 그 과정에서 공을 많이 던진 것도 아니었다.

"필살기도 던졌는데!"

심지어 A랭크가 된 투심 패스트볼과 라이징 패스트볼 스킬을 섞어서 본인이 놀랄 만한 공마저 선보였다.

그런데 그를 뺐다?

"제가 뭘 잘못한 걸까요?"

이진용의 물음에 김진호는 대답했다.

-네 실력에는 문제가 없었다.

"그렇죠?"

-그럼 실력 외적인 부분에서 문제가 있었다는 거지.

"그게 뭔가요?"

이진용이 굳은 표정으로 되물었고, 김진호가 진지한 표정으로 대답했다.

-경기 중에 혼잣말하고, 마운드 위에서 호우호우 지랄하는 걸 보고 정신적으로 문제가 있는 놈이니 두고 보다가 조만간 한 번 더 이 지랄하면 정신병원으로 보내자, 라는 판단을 내렸을 가능성이 커.

그 대답에 이진용이 표정을 찌푸렸다.

"후우……."

그렇게 찌푸린 표정에는 김진호의 말을 부정하지 못하겠다는 심정이 포함되어 있었다.

"진짜 정신과 의사한테 진단서라도 떼서 제출해야 하나……."

-그냥 마운드 위에서 지랄을 덜 하면 되지 않을까?

"무슨 지랄을 한다는 겁니까?"

-마운드에서 타자 잡을 때마다 호우! 이 지랄하는 거 말이야. 타자들 입장에서는 빡치는 일이라고. 메이저리그에서는 그런 짓을 하면 호우 소리 나오는 순간 타자 배트에 주둥이 강냉이가 다 날아가.

"걱정 마세요. 한국에서는 해도 되니까."

-무슨 근거로?

"한국에서는 홈런 치는 모든 타자가 빠던을 하는데 무슨 문제가 있겠어요?"

-빠던? 배트 플립?

"예. 만약 김진호 선수가 타자들 빠던이 허락되는 리그에서 뛰었으면 타자 삼진 잡고 가만히 있으셨습니까?"

-나한테 홈런 때리고 배트 던지는 새끼 있어도 난 마운드에서 세레모니 안 해.

"진짜요? 김진호 선수가?"

-그런 세레모니 할 힘이 있으면 아낀 다음에 그 새끼가 타석에 서는 순간 놈의 엉덩이에 다시는 경험할 수 없는 100마일짜리 불주사를 맞추는데 써야지. 그렇게 보면 네 심정이 이해간다. 120짜리 맞아봐야 뭐가 아프겠니?

"그걸 또 그렇게 해석하시네."

-해석이라니, 사실을 말한 것뿐이야.

"예예, 그러시겠죠."

-사실을 말해도 뭐라고 하네. 아, 이게 인터넷에서 봤던 그 뭐시기, 팩트 폭행이라는 거냐? 응?

이진용이 김진호의 웃음소리에 푸념을 뱉었다.

그러고는 화제를 돌리려는 듯 곧바로 자신의 상태창을 활성화했다.

[이진용]

-최대 체력 : 78

-최대 구속 : 126㎞

-보유 구질 : 포심 패스트볼(E), 투심 패스트볼(A), 체인지업(B), 슬라이더(F), 커브(B)
　-보유 스킬 : 심기일전(E), 일일특급(E), 라이징 패스트볼(E), 마법의 1이닝

　[일일특급 효과에 의해 커브의 구질 랭크가 B랭크로 상승했습니다.]

　장족의 발전.
　'아직 프로에서 뛰기에는 부족해. 그러니까 최대한 많은 포인트를 얻어야 하는데……'
　하지만 이진용은 이 사실에 만족할 생각이 없었다.
　이진용 말대로 아직 프로에서 통하기에는 부족한 게 넘쳤다.
　그리고 그게 아니더라도 이진용은 탐욕을 버릴 생각이 없었다.
　김진호도 마찬가지였다. 그는 쉴 새 없이 떠드는 와중에도 언제나 필요할 때마다 강조했다.
　현재에 만족하지 말라고.
　탐욕스러운 괴물이 되라고.
　'뭐든 간에 경기 출전 횟수를 늘려야 해.'
　그 탐욕을 채우기 위해서는 어떻게든 보다 많은 경기에 나

갈 필요가 있었다.

'뭔가 확실한 인상이, 임팩트가 필요해. 감독, 코치님들이 누구를 외치는 순간 내 얼굴을 떠올릴 만한 임팩트가.'

그렇기에 이 순간 이진용은 단순한 결과, 그 이상의 무언가를 염두에 두었다.

그 생각을 품은 채 고개를 들어 김진호를 바라봤다.

-뭐?

김진호가 퉁명스러운 반응을 보였다.

"단순히 잘하는 것 말고, 사람들에게 인상을 남기는 방법이 있습니까?"

그 질문에 김진호는 그 질문을 기다렸다는 듯이 짙은 미소를 지으며 말했다.

-일본 야구나 한국 야구하고 메이저리그 야구를 비교할 때 흔히 쓰는 비교가 뭔지 알아?

"메이저리그는 어떤 상황에서도 피하지 않고 승부를 본다고 하죠."

-그래. 메이저리그에서는 상대가 대단한 선수라고 해서 피해가지 않지. 그럼 왜 그럴까?

"그래야 남자다우니까?"

-남자다운 건 의미가 없어. 남자답다고 해서 1할 치는 타자나 방어율 10점짜리 투수를 쓰진 않잖아?

"그럼요?"

-잡으면 대박이거든. 세계 최고의 야구 리그에서 최고의 타자를 상대로 삼진을 잡거나, 최고의 투수를 상대로 홈런을 치면 그건 장담컨대 한국에서 로또 당첨되는 것보다 대박이야. 요즘 로또 짜잖아?

말을 하던 김진호가 곧게 뻗은 엄지로 자신을 가리켰다.

-나만 해도 그렇지. 나한테 홈런 친 놈들은 그때부터 이름이고 나발이고 없어. 김진호에게 홈런을 친 엄청난 녀석으로 불릴 뿐이니까. 그리고 그 사실 하나만으로도 엄청난 기회를 받지. 언제 마이너리그로 쫓겨날지 모르는 놈도 타격코치가 킴을 상대로 홈런을 친 사내입니다. 한 번 더 기회를 줘보시죠? 하면 감독이 오, 그래? 하면서 기회를 줬으니까. 그리고 날 상대로 홈런을 친 놈은 마땅히 그럴 자격이 있지.

"뒤쪽으로 갈수록 구라 같지만, 여하튼 정리하면 이름값 있는 선수를 상대로 뭔가 보여줘라 이거죠?"

-응. 당장 100포인트짜리만 해도 뭐 했다 하면 나오는 게 안찬섭 상대로 홈런 친 거잖아?

"하지만 이름값 있는 선수가 퓨처스리그에 있을 리 없……."

그 순간 이진용은 떠올렸다.

"아, 있긴 있구나."

-있어? 누가? 어디에?

"경찰청이요. 무슨 말인지 아시죠?"

-아, 경찰청!

"이진용!"

그때 어디선가 이진용을 부르는 목소리가 들렸고, 이진용이 잡담을 멈추고 자리에서 벌떡 일어나며 소리쳤다.

"이진용! 여기 있습니다!"

그러고는 자신을 부른 관계자를 향해 전력으로 한걸음에 뛰어갔다.

"박 코치님 무슨 일이십니까?"

"사흘 후에 고양으로 가라."

"예?"

고양으로 가라!

그 말에 김진호가 반색했다.

-드디어 올 게 왔구나! 스타즈로 방출! 아니지, 아직 엔젤스에 온 지 한 달도 안 지났으니까 방출이 아니라 반품이네.

김진호의 말에 이진용의 표정이 굳었다.

"고양이라니, 설마……"

이 순간 이진용의 머릿속으로 최악의 그림이 그려졌다.

그런 이진용의 심정을 알 리 없는 코치는 멈추지 않고 말을 이어갔다.

"그래, 고양에 있는 경찰청 야구장으로 간다."

"예?"

-뭐?

"사흘 후에 있을 경찰청과 3연전에서 뛰라는 감독님 통보다."

그 말에 김진호와 이진용의 표정이 마법처럼 바뀌었다.

대한민국 남자들에게는 병역이라는 의무가 존재한다.

그리고 의무가 있는 곳에는 언제나 특혜가 존재한다.

야구에도 마찬가지였다.

프로야구 선수들에게는 이 병역이란 의무로부터 해방될 수 있는 특혜가 존재했다.

올림픽 메달 또는 아시안게임 금메달이 바로 그 특혜였다.

하지만 모든 이들이 그 특혜를 받을 수 있는 건 아니었다.

언제나 그렇듯 실력이 있어도 운이 없거나, 그 외의 몇 가지 요인들에 의해서 특혜를 받지 못하는 이들이 있는 법.

그런 그들이 고르게 되는 차선책은 군의 상무팀이나 경찰청 야구팀에서 야구를 하면서 병역을 치르는 것이었다.

이런 이유로 상무팀이나 경찰청 야구팀에는 1군에서 이미 주전급 이상으로 활약한 젊은 선수들이 주전으로 뛰는 경우가 흔했다.

좀 과장하면 어떨 때는 프로야구 리그에서 하위권 팀의 1군보다 낫다고 생각될 정도.

개중에서도 2017년을 맞이한 경찰청 야구팀은 유례를 찾기 힘들 만한 라인업을 갖추고 있었다.

그 중심에는 그 셋이 있었다.

"어우, 어제 너무 먹었나 봐."

185센티미터에 보는 순간 홈런을 만들어내는 슬러거라는 느낌이 물씬 풍기는 건장한 체격을 가진 사내.

이름은 박재호.

고척 레인저스 소속으로 대학 졸업 이후 프로 입단 4년 차로 2015시즌에 프로 리그에서 26홈런을 기록한 장타자.

"적당히 좀 드세요. 팬들이 준다고 다 먹다가는 제대하신 후에 돼지가 되겠어요."

"그래도 팬들이 준 걸 남길 순 없잖아?"

"선배, 그거 제 팬들이 준 거거든요?"

"그래, 잘생겨서 팬들한테 먹을 거 많이 받아서 좋겠다!"

그런 사내 옆에서 야구 선수라기보다는 모델을 떠올리게 할 정도로 잘빠진 몸매를 가진 앳된 얼굴의 사내.

이름은 선문혁.

부산 타이탄스 소속으로 고등학교 졸업 이후 프로 입단 3년 차로 데뷔 시즌부터 빠른 발과 정교한 타격을 장기 삼아 무수히 많은 베이스를 훔치며, 작년 2016시즌에 무려 35개의 도루를 기록하며 타이탄스의 보물이 된 선수.

"그보다 진훈이는 어디 갔냐?"

"엔젤스전 대비해서 타격 연습 중이에요."

"아니, 프로에서 3할 4푼 친 놈이 대체 얼마나 더 잘하려고 이 악물고 연습을 하는 거냐?"

그런 그 둘의 이야기 소재가 된 선수의 이름은 오진훈.

광주 돌핀스 소속으로 2016시즌 3할 4푼이란 타율을 기록했던 타격의 천재!

호, 혁, 훈 모두 이름에 H가 들어간다고 해서 붙어진 별명이 H트리오.

"그보다 내일부터 엔젤스랑 3연전이지?"

"예."

이제 엔젤스가 마주해야 할 자들은 그런 자들이었다.

"간만에 천사 좀 잡아보자고."

프로야구 리그에서 주전이 되기에 부족하지 않다는 것을 증명한 실력자들.

고양에 위치한 명봉산, 그 명봉산 아래에 자리 잡은 서울 경찰 수련장.

의경을 지원한 젊은이들이 의경이 되기에 앞서 훈련을 받는 이곳에는 야구장 하나가 있었다.

바로 경찰청 산하 야구단인 경찰청 야구단의 홈구장이자, 훈련장으로 쓰이는 서울경찰수련장 야구장이었다.

일명 벽제 야구장.

-이야, 야구장 끝내주네.

당연한 말이지만 벽제 야구장은 다른 프로야구 구단 휘하 2군 구장과 비교했을 때 여러모로 열악할 수밖에 없었다.

-야, 펜스 봐봐, 펜스.

당장 크기부터가 그러했다.

-펜스까지 거리가 100미터 조금 넘겠는데?

벽제 야구장의 중앙 펜스까지 거리는 105미터.

-캬!

한국에서 가장 큰 야구장이며, 단순 펜스까지의 거리만으로 놓고 봤을 때는 메이저리그 구장들과도 비교해도 크다고 평가 받는 잠실구장이 중앙 펜스까지의 거리가 125미터다.

잠실구장과 벽제 야구장의 펜스거리 차이가 20미터라는 의미.

말이 20미터 차이이지, 잠실구장에서 외야수가 휘파람 불면서 잡을 수 있는 외야 플라이가 벽제 야구장에서는 외야수가 제자리에서 3미터짜리 점프를 해도 잡을 수 없는 홈런이 된다는 의미다.

-여긴 빗맞아도 홈런이네.

그래서 붙은 벽제 야구장의 또 다른 별명이 바로 벽제 쿠어스였다.

-쿠어스는 여기서 명함도 못 내밀겠어.

메이저리그 구장 중에 고지대에 있어 가장 많은 홈런이 나온다는 콜로라도 로키스의 홈구장, 쿠어스 필드만큼 홈런이 나온다는 의미에서 붙은 별명이었다.

-그래, 드디어 신께서 너한테 제대로 고난을 주려는 모양이다.

투수들의 무덤.

"H트리오다!"

심지어 2017시즌 경찰청 야구단은 그 무덤을 지옥으로 만들기에 부족하지 않은 세 명이 있었다.

"박재호는 어째 몸이 더 커진 거 같네. 겨울 동안 벌크업만 죽어라 한 모양인데?"

"선문혁이도 몸이 좀 커진 거 같은데? 골치 아프네. 가뜩이나 잘 치고 잘 달리는 놈인데……."

"오진훈은 어디 있어? 뭐? 스윙 훈련 중이라고? 미친 새끼, 경기 앞두고 훈련을 계속한단 말이야? 여하튼 독종이라니까, 독종."

박재호, 선문혁 그리고 오진훈.

경찰청의 H트리오인 그들은 가뜩이나 투수들에게 잔혹한 벽제 야구장의 마운드를 투수들의 봉분으로 만들 준비를 마치고 있었다.

-쟤들이 걔냐?

그 사실을 김진호 그리고 이진용은 누구보다 잘 알 수 있었다.

-덩치 큰 놈 포인트는 105포인트, 그 옆에 있는 놈은 101포인트. 안 보이는 나머지 한 놈도 100포인트는 훌쩍 넘기겠군.

이곳에 있는 무수히 많은 타자 중에 세 자릿수의 숫자를 가진 선수는 그들과 박준형이 전부였기에.

그렇기에 이 순간 김진호는 이진용을 보며 말했다.

-진용아, 삼가 고인의 명복을 빈다. 아무래도 네 운빨도 여기까지인 모양이다.

하지만 그런 김진호의 말은 이진용의 귀에 들리지 않았다.

'잡기만 하면 일단 300포인트 획득. 여기에 부수적으로 들어오는 포인트를 합치면 못해도 400포인트. 여기에 저 셋을 잡으면…… 1군에서도 날 주목해 주는 보너스까지.'

이 순간 이진용은 이미 사냥감만을 바라보는 사냥꾼이 되어 있었으니까.

'그럼 당연히 잡아 죽여야지.'

마치 그만이 바라볼 수 있는 그 사내처럼.

야구의 재미이자, 무서운 점은 정해진 시간이 없다는 것이다.

1회부터 9회까지.

야구에서 시작하는 시간은 정해져 있을지언정, 끝나는 시간은 정해지는 일이 없다.

제아무리 마운드 위에서 투수가 난타를 당한다고 하더라도, 투수가 1이닝을 막기 위해 30분이 넘는 시간을 소모한다고 하더라도 이닝이 줄어들거나 그러는 일은 없다는 의미.

오늘 경찰청 야구단과 엔젤스 2군의 투수들은 그 사실의 무서움을 온몸으로 느끼고 있었다.

빠악!

"넘어갔네."

"넘어갔어."

8회 초.

그라운드를 가로지르는 경쾌한 타격음과 함께 홈런이 나오는 순간 양 팀 더그아웃은 담담히 그리고 무덤덤하게 그 사실을 받아들였다.

"오늘 경기에서 벌써 아홉 개째인가?"

그것이 오늘 경기의 아홉 번째 홈런이라는 것이 모두를 무덤덤하게 만든 이유였다.

"1회부터 8회까지, 홈런이 안 나온 이닝이 없네."

"홈런 레이스도 아니고……."

제아무리 희귀한 것이라도 자주 보면 그 앞에서 무덤덤해지듯, 야구의 꽃이라는 홈런 역시 아홉 번이나 본다면 질릴 수밖에 없었으니까.

"양 팀 다 두 자릿수 점수라…… 핸드볼 경기가 따로 없군."

당연히 그 홈런을 밑거름 삼아 양 팀이 낸 점수 역시 많았다.

"12 대 13, 1점 차가 됐군."

경찰청 야구단이 7회 말까지 낸 점수는 12점.

그리고 지금 8회 초 서울 엔젤스 2군이 홈런을 기록하며 만든 점수는 13점.

"난타전이네."

난타전이란 표현이 너무나도 잘 어울리는 경기였다.

"투수들에게는 악몽일 테고."

그리고 투수들의 얼굴을 귀신을 본 것 같은 얼굴로 만들 만한 경기이기도 했다.

"악몽이라니, 여긴 지옥이야, 지옥. 그것도 무간지옥."

그야말로 투수들의 지옥.

그 지옥 같은 상황 속에서도 가장 지옥 같은 곳은 다름 아니라 마운드에 올라오기를 기다리는 투수들이 몸을 풀기 위해 가는 곳, 불펜이라고 불리는 곳이었다.

-진용아, 또 넘어갔다!

여러모로 열악한 벽제 야구장은 불펜 역시 열악할 수밖에 없었다.

위치부터 그러했다.

경기가 치러지는 그라운드 바로 옆에 어린아이도 넘을 법한 펜스와 그 펜스 위로 펄럭이는 초록색 그물망이 불펜과 그라운드를 나누는 것의 전부였다.

-보니까 타자가 치는 순간 외야 플라이인 줄 알고 고개 절레

절레 혼들더라. 근데 홈런이 나오네?

불펜에서 공을 던지는 투수가 실시간으로 타자의 홈런을 보고, 듣고, 느낄 수 있다는 의미.

덕분에 불펜에서 몸을 풀고 있는 이진용과 그의 곁에 붙어 다닐 수밖에 없는 김진호는 그라운드에서 일어나는 참사를, 마운드 위로 투수들이 오르는 족족 타자들에게 머리를 숙이는 광경을 실시간으로 볼 수 있었다.

-드디어 이진용이 야구 인생에도 먹구름이 오는구나.

그리고 아주 당연하게도 김진호는 이진용이 그런 마운드에 오르기를 간절히 바라고 있었다.

-신이시여, 제발 8회 말에 이진용을 저기 저 마운드에 올려 주시옵소서!

달리 말하면 8회 말에 마운드에 오르는 것보다 더 절망적인 경우는 없다는 의미.

팡!

불펜에서 공을 던지는 불펜투수들이 유난히 나약한 공을 던지는 이유였다.

"진우! 너 인마! 140대 넘는 공 던지는 놈이 지금 그런 공을 던진다는 게 말이 돼? 제대로 던져!"

"아, 코치님. 그게 오늘 컨디션이……."

"코치님, 저 어깨가 좀 아픕니다."

"저, 저는 허리가 좀……."

더 나아가 불펜에서 공을 던지는 투수들이 저마다 약한 소리를, 앓는 소리를 내뱉는 이유이기도 했다.

그건 2군에서 보기 힘든 광경이었다.

어떻게든 자기 자신의 실력을, 가능성을, 가치를 감독과 코치에게 보여야 하는 것이 2군 선수들이다.

아픈 것이 있어도 참고, 안 되는 게 있어도 된다고 억지를 부려야 하는 이들이다.

어떻게든 경기에 나오고 싶어서 부상을 숨기고 경기에 출전하다가 더 큰 부상을 입는 바람에 은퇴하는 선수가 있을 정도이니 무슨 설명이 더 필요할까?

그런데 지금 엔젤스의 불펜투수들은 코치 앞에서 나약한 모습을 보이고 있었다.

"이 새끼들이, 지금 장난해?"

그런 선수들을 향해 엔젤스 2군 불펜코치인 성영훈은 두 눈에 쌍심지를 켰다.

그러나 성영훈 불펜코치의 분노는 거기까지였다.

"제대로 해! 정신 차려! 몸 제대로 풀란 말이야! 결국 누구는 마운드에 올라가야 해!"

그저 단순히 윽박지르고 선수들로부터 결과를 뽑아내기만 하는 이는 2군에 필요 없는 법.

"어차피 맞을 때 맞더라도 전력투구는 해야지!"

선수들의 처지를 이해하고, 마음을 이해할 수 있어야 진짜

코치인 법이다.

성영훈 2군 불펜코치는 그런 코치였다.

'말은 이렇게 했지만, 나라도 나가기 싫지.'

그런 성영훈 불펜코치는 지금 이 순간 그 누구보다 힘든 건 약한 모습을 보이는 선수들이라는 것을 알고 있었다.

'나가면 맞을 게 뻔한데.'

퓨처스리그 경기 성적은 남는다.

아주 또렷하게 그리고 무척 뚜렷하게.

그렇게 남은 성적은 1군에서 선수를 콜업하고자 할 때 아주 중요한 지표가 된다.

물론 단순히 숫자만 보진 않는다.

2군에서 선수들의 스카우팅 리포트를 올릴 때는 그 선수가 어느 경기에서 누구를 상대로 어떤 식으로 공을 던졌는지 그런 것들을 충분히 작성한다.

하지만 세상만사가 그러하듯 쓰는 사람 다르고, 보는 사람 다른 법.

어쨌거나 1군 코칭스태프 입장에서 2군 투수를 볼 때 가장 먼저 눈에 들어오는 건 방어율일 수밖에 없다.

그런데 그 투수 방어율이 좋지 못하다면?

이 투수, 방어율이 2군에서 뛰는데 5점이 넘어가? 쯧!

그렇게 혀를 한 번 차면, 그때부터 나머지 내용은 눈에 잘 들어오지 않게 된다.

하물며 불펜투수들의 방어율은 한 경기만 잘못해도 수직 상승하고는 한다.

방어율 계산법이 그러하다.

투수의 방어율이란 그 투수가 9이닝까지 던졌을 때 몇 실점을 했느냐? 그것을 보여주는 지표이니까.

방어율이 10.0이라는 건 그 투수가 9이닝을 던지면 10점을 내준다는 의미다.

즉, 1이닝에 3실점을 할 경우 그 투수의 그 날 방어율은 27.0이 되는 것이다.

그런 의미에서 어느 때보다 방어율이 높이 올라갈 수밖에 없는 오늘 경기에 나가는 것은 투수들에게 있어서 자기 몸에 주홍 글씨를 써놓는 것과 다를 바 없는 상황.

'그리고 8회는…… 1번부터 시작.'

심지어 8회 말 경찰청 야구단의 타순은 1번부터 시작이었다.

'1군에서 좀 던질 줄 아는 투수들도 절대 그 트리오를 상대하긴 싫을 거야. 아니, 1군에서도 나름 필승조에 속한 불펜투수가 아니면 그들을 상대로 호투를 장담하긴 힘들지.'

8회 말에 마운드에 오르는 투수는 1번 타자인 프로야구 리그에서 35도루를 달성했던 준족의 선문혁을 선두 타자로 상대한 후, 프로야구 리그에서 3할 4푼, 리그 정상급이라고 해도 과언이 아닌 타율을 기록한 오진훈을 상대한 후에, 프로야구 리그에서 26홈런을 기록한 슬러거 박재훈을 3번 타자로 상대해야 했다.

'오늘만 해도 그 셋이 합작해서 만든 점수가 7점.'

다른 것도 아니고 그 세 타자를 처음부터 맞이한다는 것은, 그것도 이곳 벽제 야구장에서 그들을 맞이한다는 것은 이미 열심히 고기를 먹고 있는 맹수의 아가리에 디저트로 제 손을 집어넣어 주는 거랑 마찬가지였다.

'그 셋을 막을 수 있는 애가 지금까지 남아 있을 리도 없고.'

결정적으로 오늘 엔젤스 2군은 경기를 리드하고 있었다.

이기는 경기라는 의미였고, 당연히 이제까지 엔젤스 2군은 내보낼 수 있는 가장 확실한 투수들만을 내보냈다.

즉, 이미 필승조는 마무리투수를 제외하고 다 썼고, 불펜에 남은 투수들은 추격조 혹은 패전조에 속한 이들이 전부라는 의미.

이런 상황에서 과연 누가 지옥으로 가는 문을 제 손을 자처해서 열려고 할까?

미치지 않고서는 그런 짓을 할 이유가 없을 터.

그러나 어디에서나 미친놈이 한 명쯤은 있는 법.

엔젤스 2군의 불펜에서도 그런 미친놈이 한 명 있었다.

펑!

"오늘 투심 아주 그냥 기가 막히게 긁히네."

마치 성영훈 불펜코치에게 말하듯이 아주 큰 목소리로 혼잣말을 지껄이는 투수.

"홈런 뻥뻥 터지는 날에는 역시 땅볼을 유도할 수 있는 투심이 제격이지. 아무렴! 체인지업도 잘 쓰면 더욱 좋고!"

혼잣말이라고는 도무지 생각할 수 없는 헛소리를 지껄이는 투수.

'어휴.'

이진용.

모두가 자신을 숨기려고 하고, 나약한 존재로 위장하려는 상황 속에서 오직 그만이 자신을 거듭 어필하고 있었다.

당장 자신을 8회 말 마운드에 내보내 달라는 듯이 유치하기 그지없는 광고를 하고 있었다.

'얘, 대체 정체가 뭘까?'

그 사실에 성영훈 불펜코치는 코웃음조차 나오지 않았다.

이진용의 혼잣말이 틀린 건 아니었다.

분명 홈런이 펑펑 터지는 야구장에서는 뜬공보다는 땅볼을 유도하는 투수를 올리는 게 좋다.

그리고 투수가 타자로부터 땅볼을 유도할 때 좋은 구질이 변형 패스트볼인 투심 패스트볼과 체인지업인 것도 사실이다.

하지만 그건 어디까지나 어느 정도 평균 이상의 기량을 가진 선수들의 이야기다.

'남들 다 나가기 싫어하는데, 아주 본인을 내보내 달라고 시위를 하다니⋯⋯.'

패스트볼 구속이 120대 중반에 불과한 투수가 던지는 공은 투심 패스트볼이고 나발이고, 그저 홈런볼이 될 뿐이다.

물론 성영훈 불펜코치는 이진용이 놀라운 공을 던진다는 것을 알고 있었다.

'이런 또라이는 내 코치 인생에서 처음이다, 처음.'

그러나 놀라운 것과 미친 것은 다른 법.

지금 이진용이 하는 짓은 놀라운 짓이 아니라 그냥 미친 짓이었다.

"성 코치!"

그때 그물망 너머에서 코치 한 명이 성영훈 불펜코치를 향해 말을 건넸다.

"감독님이 8회에 이진용 올리래."

"뭐?"

성영훈 불펜코치의 되물음에 말을 건넨 이는 재차, 그리고 짧게 강조했다.

"8회 이진용!"

그 말에 불펜에 있는 모든 투수가 환한 미소를 지었다.

"호우!"

그 모든 투수에는 당연히 이진용도 포함되어 있었다.

투수란 유리와 같아서 한 번 금이 가면 그때부터는 걷잡을 수 없을 정도로 무너진다.

때문에 점수가 많이 나오는 경기에서는 투수들도 많이 나온다.

점수를 내주기 시작한 투수는 계속 점수를 내주기에.

오히려 거기서 계속 타자를 출루시키는 투수를 올리는 것을 이 바닥에서는 벌투라고 한다. 공을 던지는 게 체벌이 되는 것이다.

어쨌거나 그렇게 투수가 많이 나오는 경기의 마운드는 최악의 마운드가 된다.

비유가 아니다.

무수히 많은 투수에게 짓밟힌 마운드의 흙은 처참할 정도로 무너진다.

-아주 쓰레기 같은 마운드네.

하물며 벽제 야구장의 마운드 흙은 그리 좋은 흙이 아니었다.

엔젤스 2군의 홈구장이 메이저리그에서 공수해 온 흙으로 만든 마운드와 비교하는 게 미안할 정도로 조잡했고, 때문에 지금 그 마운드는 마운드라기보다는 달 표면에 가까웠다.

그 마운드 위에 선 이진용은 질겅질겅, 말없이 풍선껌만을 씹고 있었다.

그 모습을 본 김진호가 한마디 했다.

-피칭할 때 밸런스 무너져서 실투 던지는 바람에 홈런 처맞

고 질질 짜기 딱 좋은 마운드야.'

김진호가 한 말은 그뿐이었다.

김진호가 이진용을 향해 건네는 말 중에서 오늘 타자는 어떻고, 어떤 공을 던져야 하고, 어떻게 공략할 것이냐, 같은 말은 단 한 마디도 없었다.

그것은 김진호가 진심으로 이진용에게 무관심하거나 그가 무너지기를 바라서, 조언을 주기 싫어서 그런 게 아니었다.

'이 순간만을 기다렸다.'

굳이 그런 말을 더 할 필요가 없을 정도로 모든 준비를 마쳤다는 것.

김진호조차 더 이상 조언을 할 필요가 없을 정도로 그 준비가 완벽하다는 것.

'준비는 완벽해.'

근거 없는 자신감이 절대 아니었다.

오히려 반대, 근거 넘치는 자신감이었으며 그 근거에는 다름 아닌 저 세 선수의 활약이 있었다.

'다른 누구도 아니고 김진호 선수와 함께 영상 분석을 수십, 수백 번도 넘게 했어. 시뮬레이션만 수십 번을 돌렸어.'

이제까지 이진용이 마주한 선수들 대부분, 상대한 타자들 대부분은 사실 정보가 없었다.

있다고 해도 정말 간략하고, 조잡한 수준.

이 타자가 어떤 타입의 타자였으며, 어떤 성적을 올렸다, 하는 수준의 글자로 된 수준의 정보였다.

그러나 지금 눈앞에 있는 선수들은 달랐다.

H트리오, 그 셋에 대한 자료는 넘쳤다. 스카우팅 리포트의 페이지 숫자가 달랐고, 영상 자료도 넘쳤다.

'여기에 1군 전력분석팀 자료까지 받았지.'

결정적으로 엔젤스 1군에 있는 전력분석팀이 심혈을 기울여 만든 자료가 있었다.

물론 대부분의 타자, 투수들은 그런 분석으로부터 벗어나기 위해 거듭 발전한다.

3할 타율을 기록하고 30홈런을 치며 성공적인 시즌을 거둔 타자들이 겨울 내내 그 성공적인 시즌을 보내게 해준 자신의 타격폼을 수정하고, 타격 방향성을 바꾸는 이유였다.

이제는 선수들이 아이패드를 가지고 다니며 선수를 분석한 영상을 보고 공략을 찾는 시대에서 변화하지 않는 선수들은 살아남을 수 없으니까.

'무엇보다 저 트리오는 그 자료대로 타석에 섰다.'

그러나 지금 경찰청에 있는 H트리오는 달랐다.

그들은 변화할 필요가 없었다.

애초에 퓨처스리그에서 그들은 뛰어난 성적을 거둘 필요가 없었다. 그들이 퓨처스리그에서 2할을 치고 10홈런을 친다고 해서 그들이 1군으로 돌아갔을 때 그들의 구단이 그들을 쓰지 않을 일은 없으니까.

2군 성적이 1군으로 올라가는 유일무이한 사다리인 다른 2군들과 그들의 처지는 명백히 달랐으니까.

그런 그들에게 필요한 건 계속 야구를 한다는 사실 뿐이었다.

경찰청 야구단도 마찬가지다.

경찰청 야구단 코칭스태프가 이미 본래 소속 구단에서 주전 선수나 다름없는 그 셋에게 타격폼을 수정하라, 타격 밸런스를 바꿔라, 그런 주문을 할까?

기량을 유지할 것, 부상 당하지 말 것.

이 두 가지만을 요구할 뿐.

즉, 현상 유지가 저들이 경찰청 야구단 소속으로 군 복무를 하는 동안의 목적이다.

저 셋은 경찰청에서 예전과 달라지지 않기 위해, 변화하지 않기 위해 노력하고 있었다.

'예상대로 작년 시즌 모습과 다를 게 없어.'

그리고 이진용은 오늘 H트리오의 경기를 보면서, 자신의 예상을 확신으로 바꿀 수 있었다.

'그런데도 못 잡으면 1군에 올라갈 자격이 없는 거지.'

그렇기에 이 순간 이진용은 고민 없이, 기꺼이 사냥꾼이 되어 눈매를 빛낼 수 있었다.

그 눈빛으로 타석에 선 35도루, 준족의 타자 선문혁을, 그의 머리 위에 빛나는 101이라는 숫자를 바라봤다.

"플레이볼!"

그렇게 8회 말이 시작됐다.

"마법의 1이닝."

이진용이 사냥을 시작했다.

'지금까지 3안타 볼넷 하나.'

선문혁.

'오늘의 마지막 타석이겠군.'

마치 날렵한 야생마를 떠올리게 하는 체격을 가진 그가 자신의 타석인 오른쪽 타석에 서는 순간 떠올린 건 이번이 자신의 마지막 타석이 되리란 사실이었다.

그뿐이었다.

그는 마운드 위에 있는 투수에 대해서는 별다른 신경을 쓰지 않았다.

솔직히 말하면 관심도 없었다.

'아, 투수들이 좀 잘 막았으면 진작에 교체됐을 텐데, 결국 지고 있으니까 8회까지 나오게 되는구나.'

애초에 선문혁, 자신은 퓨처스리그에서 뛰는 것이 어울리지 않는 선수였으니까.

'귀찮아 죽겠네.'

그런 그에게 있어 지금 이 무대는 다른 스포츠로 따지면 대학에서 뛰는 선수가 고등학생 경기에 참가하는 격이었다.

잘해도 딱히 기분 좋을 건 없었고, 자신이 이 무대에서 못하리란 생각은 조금도 들지 않는 무대.

마운드 위에 어떤 투수가 있든 그 투수로부터 안타를 때려내는 건 당연하고, 그것에 딱히 의미를 부여할 필요가 없는 무대.

'그보다 저 투수, 작네?'

굳이 선문혁의 관심을 끄는 건 마운드 위에 있는 투수의 체격이 작다는 것.

'일단 가볍게 하나 볼까나?'

당연히 그 외에 상대 팀 투수에 대해서 관심도, 정보도 없는 선문혁은 초구를 보고자 했다.

그건 그가 오늘 내내 가졌던 루틴이기도 했다.

그는 오늘 자신이 마주한 모든 투수를 상대로 초구를 봤고, 그 초구를 보는 순간 곧바로 그 투수가 던지는 공에 자신의 타이밍을 완벽하게 맞추었으며 그 결과 다섯 번 타석에 선 결과 3안타 1볼넷이라는 아주 끝내주는 결과를 만들 수 있었다.

그 루틴을 바꿀 이유는 어디에도 없었다.

펑!

그런 선문혁을 상대로 이진용이 던진 공은 패스트볼이었다.

"스트라이크!"

주심으로부터 스트라이크 판정을 곧바로 이끌어낼 만큼 아주 정직하게 들어온 포심 패스트볼.

"헐."

그 공 앞에서 선문혁은 믿을 수 없다는 듯한 표정을 지었다.

거의 경악에 가까운 표정이었다.

'이게 말이 돼?'

그 정도였다.

"뭐야, 저 투수? 공이 왜 저래?"

"왜 이렇게 느려?"

이진용이 던진 패스트볼은 프로 레벨은커녕 고등학교 야구부 레벨에서도 보기 힘들 정도로 느리고, 무기력한 공이었다.

"어허허……."

이 순간 선문혁은 너무 어처구니가 없어서 거듭 헛웃음을 흘릴 수밖에 없었다.

물론 그렇다고 해서 타석에서 자세가 흐트러지거나 그러는 건 없었다.

프로야구 리그, 치열하기 그지없는 1군의 무대에서 2할 7푼을 치고, 35도루를 기록했던 선수였으니까.

제아무리 긴장을 풀어도 타석에 서는 순간 본능적으로 타격 자세가 갖추어지는 프로 선수.

'마지막은 홈런으로 장식할 수 있겠군.'

이미 투수의 공을 본 이상, 언제든 그 공을 칠 수 있을 만한 실력이 선문혁에게는 분명 있었다.

"후우."

그런 선문혁을 향해 이진용은 글러브로 자신의 입을 가린 채 주문을 외웠다.

"심기일전."

그 주문과 함께 눈빛을 불태운 이진용이 곧바로 공을 던졌다.

던지는 공은 포심 패스트볼.

그 공이 향한 곳은 다름 아니라 선문혁의 몸쪽이었다.

스트라이크존이 아니라 그냥 선수의 몸쪽.

"으앗!"

선문혁이 그 공을 보는 순간 허리를 뒤로 빼며 그대로 공을 보내 버렸다.

그 순간 그라운드의 분위기가 갑자기 어수선해지기 시작했다.

"뭐야?"

"몸에 맞추려고 한 거야?"

"어떻게 된 거야?"

몸에 맞을 뻔한 공이 나온 상황, 더욱이 오늘 선문혁의 활약을 예상하면 소위 몸에 맞히는 공인 빈볼을 떠올릴 법한 상황이었다.

물론 누군가는 생각했다.

'구속은 기껏해야 110도 안 되는 거 같은데……'

'저런 공을 빈볼이라고 던지는 게 의미가 있나?'

이진용처럼 구속이 느린 투수가 던진 빈볼이 과연 의미가 있는가? 같은 생각.

그때 마운드 위에 있는 이진용이 곧바로 모자를 벗고 선문혁을 향해 고개를 숙였다.

그 순간 좌중의 분위기가 풀어졌다.

'그럼 그렇지.'

'실투네.'

모두가 이진용이 던진 공이 실투라고 판단했다.

충분히 그럴 만한 상황이기도 했다.

아무리 느리다고 해도 이진용의 포심 패스트볼은 120대 중반까지 나오는 공이다.

그러나 조금 전 던진 공은 그 최대 구속보다 훨씬 더 느린 공이었다.

100대 후반 혹은 110대 초반의 공.

자기가 던질 수 있는 공보다 느린 공을 의도적으로 빈볼로 던지는 경우는 없다.

'뭐, 사실 선문혁이 좀 과하게 반응한 것도 있지.'

'저 정도 몸쪽 공은 자주 나오잖아?'

더욱이 선문혁이 뒤로 몸을 잽싸게 빼긴 했지만 몸을 빼지 않았어도 맞지 않았을 법한 코스였다.

좀 더 정확히 말하면 선문혁이 갑자기 허리를 쭉 빼는 꼴이 오히려 과하다고 생각될 정도.

선문혁도 그 사실을 파악하고는 고개를 끄덕였다.

'젠장.'

그러나 고개를 끄덕이는 그의 표정은 좋지 못했다.

'이 자식이 감히.'

선문혁, 그에게 있어 몸쪽 공은 약점이었다.

몸쪽 공에 약한 그는 언제나 투수들에게 몸쪽 공략을 자주 당했고, 그 사실 앞에서 그는 언제나 공략당했다.

그리고 공략당할 때마다 코치들로부터 그 몸쪽 공을 공략 못 하면 프로에서 살아남지 못한다는 잔소리를 들었고, 그때마다 감독에게 붙들려서 몸쪽 공 배팅 훈련만 하루 종일 하는 날이 반복됐다.

문제는 그런 거듭된 훈련 속에서도 나아지는 게 없다는 점이었다.

그런 선문혁에 있어 몸쪽 공은 약점이자 동시에 역린이었다.

'넌 뒈졌어.'

쉽게 말하면 이런 거다.

언제든 자신이 잡을 수 있는 사냥감이 갑자기 자기 자신을 향해 이빨을 드러내고 몸에 상처를 내는 것과 같은 상황.

당연히 선문혁은 상처를 입고 허허, 웃는 인자한 성격이 아니었다.

자신에게 상처를 입히면 그것이 아주 귀여운 강아지라고 해도 물어뜯어야 직성이 풀리는 맹수이지.

'아주 박살을 내주마.'

그 순간 타석에 선 선문혁의 눈동자가 달라졌다.

오늘 선 모습 중에서 가장 날카롭고, 섬뜩한 모습이었다.

그 모습을 본 이진용이 글러브로 입을 가린 채, 미소 지은 입으로 말을 뱉었다.

"김진호 선수 말대로 몸쪽 붙는 공에 아주 즉각 반응하네요."

그 말에 김진호가 피식 웃었다.

-모든 타자의 본능 같은 거지. 약점을 찔리면 민감하게 반응하는 거. 여기서 타자의 타율이 갈리는 거야. 평범한 타자들은 고슴도치처럼 가시를 세우지만, 일류 타자들은 발톱을 숨기지.

그 웃음과 함께 김진호가 노골적으로 적의를 드러낸 선문혁을 바라보며 말했다.

-저 녀석이 만약 일류였다면 프로에서 2할 7푼 타율에 35도루가 아니라 3할 타율에 50도루를 했겠지.

거기까지였다.

-처리해.

"예."

'내 공을 때려내려고 안달이 난 타자에게는 이보다 더 좋은 공은 없지.'

그 대답과 함께 이진용이 짧게 생각하고 주문을 외웠다.

"라이징 패스트볼."

그 주문을 끝으로 이진용이 공을 던졌을 때.

빡!

둔탁한 소리와 함께 2루수가 분주하게 발을 놀리기 시작했다.

"씨발!"

그리고 곧바로 거친 욕설이 그라운드를 울려 퍼졌다.

[선두 타자를 잡았습니다.]
[121포인트를 획득하셨습니다.]

이진용의 마법이 시작됐다.

"에이, 씨팔, 진짜!"

욕지거리를 내뱉으며 더그아웃으로 향하는 선문혁을 대기 타석에 있던 오진훈은 바라보지 않았다.

그 순간 그의 시선은 오롯하게 마운드 위에 있는 투수만을 향하고 있었다.

'뭐지?'

이 순간 오진훈은 조금 전 마운드 위의 투수가 선문혁을 상대로 던진 공을 떠올렸다.

그러나 그 공은 쉽게 떠오르지 않았다.

'처음 보는 공이다.'

그것은 이진용이 던진 공이 오진훈의 머릿속에 있는 무수히 많은 투수의 공 중 그 어느 공과도 비슷하지 않다는 증거였다.

'재미있겠군.'

그 사실에 오진훈은 긴장하기보다는 오히려 재미를 느꼈다.

그것이 오진훈이란 선수였다.

무언가 난제가 생기면 그 사실에 긴장하기보다는 도리어 기뻐하며 그 난제를 푸는 것을 즐기는 천재.

그렇게 오진훈이 왼쪽 타석에 서는 순간 마운드 위에 있던 김진호가 입을 열었다.

-130포인트짜리 올라왔네. 진용아, 이제까지 본 애들 중에 가장 점수가 높다.

입을 여는 김진호의 눈빛은 오진훈을 향해 날카롭게 번뜩이고 있었다.

그것은 김진호가 나름 오진훈이란 선수에게 관심을 두고 있다는 증거였다.

-쟤 타격은 정말 좋아. 영상을 몇 번이나 봤지만, 저 정도 타격 밸런스는 타고나는 것만으로는 안 돼. 수도 없이 배트를 휘둘러야 만들 수 있는 밸런스라고 할 수 있지.

실제로 오진훈의 타격 능력은 그 정도였다.

투수가 어떤 공을 던지더라도 칠 수 있는 타자!

"네, 아주 대단한 배드볼 히터죠."

동시에 오진훈, 그는 어떤 공이라도 치고자 하는 배드볼 히터였다.

'현대 야구에서 이제는 도태된 타자.'

배드볼 히터.

해석하면 타자에게 안 좋은 공, 스트라이크존을 벗어나는 공을 치는 타자다.

좋게 해석하면 스트라이크존에서 벗어나는 공을 안타로 만드는 타자. 그러나 안 좋게 해석하면 굳이 칠 필요도 없는 공을 치는 타자.

'오진훈의 출루율이 타율에 비해 좋지 못한 이유지.'

그것이 3할 4푼이라는 경지에 이른 타격을 보여주는 오진훈의 약점이었다.

'3할 4푼의 타율에 3할 7푼의 출루율은 좀 그렇지?'

오진훈, 그가 3할 5푼을 친 시즌에서 그가 기록한 출루율은 3할 7푼이었다.

물론 3할 7푼의 출루율이 낮은 건 아니다.

하지만 3할 4푼이라는 신의 경지에 이른 타율에 비하면 그다지 인상적이지 못한 출루율인 건 사실.

그렇게 출루율이 낮은 건 오진훈이 3할 5푼을 친 시즌에 얻은 볼넷이 29개에 불과한 탓이었다.

타율이 타자의 미덕이던 과거의 시대에서 오진훈은 최고의 타자이지만, 이제는 타율이 아니라 출루율과 장타율이라는 것마저 보는 시대에서 오진훈은 그리 대단한 타자가 아니었다.

때문에 이진용은 오진훈을 상대로 어떤 공을 던져야 할지 조금도 고민하지 않았다.

초구는 스트라이크존 높게 들어가는 포심 패스트볼을 던졌다.

딱!

오진훈은 그 공을 가볍게 커트했다.

펑!

2구째로 이진용이 스트라이크존 낮은 공을 던졌을 때 오진훈은 가만히 공을 봤다.

펑!

3구째 스트라이크존 바깥쪽으로 공을 던졌을 때도 오진훈은 가만히 바라만 봤다.

그리고 이진용이 다시 한번 스트라이크존 높은 공을 던졌을 때.

딱!

다시 한번 오진훈이 그 공을 커트했다.

그 순간 이진용이 미소를 지었다.

'드디어 왔군.'

파울 2개.

이진용이 기다리던 카운트가 마련되는 순간 이진용은 떠올렸다.

-젠장, 그 조언을 해주지 말았어야 했어.

김진호, 그가 해준 조언을.

'어떤 공이든 치기 위해서 홈플레이트에 가깝게 붙는다, 그게 배드볼 히터의 특징 중 하나이고, 몸쪽 낮은 공에 약한 모습을 보이는 이유 중 하나이지.'

그 조언을 되새김질하며 이진용은 주문을 외웠다.

"라이징 패스트볼. 심기일전."

'투심으로 간다.'

그런 이진용의 눈에 오진훈의 몸쪽 낮은 코스가 별처럼 반짝이기 시작했다.

그 반짝임을 향해 이진용이 공을 던졌다.

빡!

그러자 이번에는 유격수가 바쁘게 발을 놀리기 시작했다.

[130포인트를 획득하셨습니다.]

그리고 그라운드가 조용해지기 시작했다.

'뭐야?'

박재호.

오늘 무려 2개의 홈런을 만들어낸 그리고 이제 세 번째 홈런을 위해 자신의 오른쪽 타석에 선 그는 지금 이 순간 고요해진 그라운드를 믿을 수 없었다.

'왜 이런 일이 생긴 거지?'

그 순간 그의 머릿속으로 조금 전 상황이 떠올랐다.

선문혁이 2루수 앞 땅볼로 물러나고, 오진훈이 유격수 앞 땅볼로 물러나는 상황이.

그 상황을 떠올리며 박재호는 마운드 위의 투수를 바라봤다.

자기 몸의 절반도 되지 않을 법한 저 작은 체격의 투수를 바라봤다.

'이게 무슨 지랄이지?'

그러자 자연스레 저 투수가 앞선 두 동료를 상대로 던진 패스트볼이 떠올랐다.

'미치겠네.'

솔직히 박재호는 이진용이란 투수가 던지는 패스트볼이 어떤지 잘 몰랐다.

관심도 없었다.

그는 그저 마운드 위의 투수가 느린 공을 던지니, 자신의 홈런의 제물이 되기에 부족함이 없다는 생각만 했을 뿐.

'응?'

그때 박재호의 눈에 마운드 위의 이진용이 푸우! 풍선껌을 크게 부는 것이 보였다.

펑!

이윽고 풍선껌이 터졌고, 이진용은 제 입술 주변에 묻은 풍선껌 잔해들을 혀로 훔치기 시작했다.

마치 맛있는 돼지 한 마리 앞에 두고 입맛을 다시듯이.

그건 결코 박재호의 과민 반응이 아니었다.

모든 프로 스포츠의 본질은 서로가 서로를 짓밟고, 짓뭉개는 것이다. 격투기와 다를 게 없다.

그렇게 서로를 죽이기 위해 마주 본 이들이 서로의 눈빛으로 상대의 의중을 가늠하는 건 어찌 보면 당연한 일일 터.

'이 자식이!'

그 사실에 박재호의 눈빛이 돌아갔다.

"후우, 후우!"

그가 자신의 큼지막한 콧구멍 사이로 거칠게 숨을 토해내기 시작했다.

우스꽝스러운 모습은 절대 아니었다.

오히려 반대, 덩치 큰 머슬카가 엄청난 질주를 위해 배기음을 토해내는 듯한 모습에 가까웠다.

'저놈이 무슨 공을 던지는지는 몰라도 일단 놈은 땅볼을 유도하는 투수다. 날 상대로도 땅볼을 유도하려고 하겠지.'

그게 박재호라는 타자였다.

그는 그저 무식하게 힘으로만 배트를 휘두르는 타자가 아니었다.

'일단 볼카운트를 만든 후에 투심이나 체인지업으로 땅볼을

유도할 거야.'

힘 그리고 무식함만으로 살아남을 정도로 프로의 무대는 가소롭지 않았으니까.

'오냐, 존에 패스트볼 하나만 들어와라. 투심이든 포심이든 체인지업이든 박살을 내줄 테니까.'

동시에 프로의 무대는 힘과 영리함만으로 모든 것을 손에 넣을 수 있는 무대가 아니었다.

박재호가 26홈런을 기록한 시즌에 타율은 고작해야 2할 5푼에 불과하다는 것이 그 증거였다.

박재호는 그런 타자였다.

자신이 칠 수 있는 공에 전력을 다해 배트를 휘두르지만, 반대로 자신이 약한 코스는 그것이 스트라이크존이라고 해도 결코 배트를 휘두르지 않는 타자.

파워를 위해 섬세함과 정교함을 포기하고, 홈런을 위해 안타와 출루를 포기한 타자였다.

박재호가 이 순간 타깃을 설정한 것도 그런 이유였다.

그는 자신의 스트라이크존을 지극히 좁게 잡았다. 그리고 자신이 치고자 하는 공도 정확히 설정했다.

그런 박재호의 모습을 보는 이진용이 스윽, 곁눈질로 옆에 있는 김진호를 바라봤다.

김진호가 그 곁눈질에 퉁명스럽게 대답했다.

-뭐?

김진호의 말에 이진용은 대답 대신 김진호가 박재호의 타격 영상을 보는 순간 해준 말을 떠올렸다.

-쿠어스 필드는 홈런이 많이 나오지. 그래서 땅볼 투수들만이 그나마 살아남지. 틀린 말은 아니야. 부정하고 싶지도 않고. 하지만 과연 쿠어스 필드에 있는 투수들이 타자를 상대로 잡은 아웃카운트 중에 땅볼이 많을까, 뜬공이 많을까, 삼진이 많을까? 명심해. 모든 타자를 땅볼로만 잡는 건 그렉 매덕스와 톰 글래빈도 불가능해. 땅볼로 잡는 건 좋지만 무조건 땅볼로만 잡는다는 생각은 하지 마. 특히 타자가 마운드 위의 투수가 땅볼을 유도하리라 생각하는 상황이면 더더욱.

홈런이 많이 나오는 구장에서 파워 히터를 만났다고 해서 땅볼을 유도하려고만 하지 말라는 조언.

투수가 제 스스로 선택지를 좁히지 말라는 조언.

그 조언을 토대로 이진용이 박재호를 잡기 위해 준비한 결정구는 다름 아니라 커브였다.

'그래, 칠 수 있으면 어디 한 번 넘겨봐라. 까짓것 박재호한테 맞았는데 누가 뭐라고 하겠어?'

그는 이진용이 땅볼을 유도하리란 생각만으로 머릿속이 가득 찬 박재호가 자신이 던진 커브를 기껍게 퍼 올리듯 쳐주기를 바랐다.

그 마음을 품은 이진용이 곧바로 김진호를 향해 옅게 미소를 지었다.

"심기일전."

그 미소 사이로 주문을 읊조린 이진용이 자신의 눈에 반짝이는 별을 향해 공을 던졌다.

'어?'

그런 이진용의 투구폼을 보는 순간, 패스트볼이나 체인지업, 슬라이더를 던지는 것과는 분명 차이점을 보이는 투구폼을 보는 순간 박재호는 굳을 수밖에 없었다.

'커브?'

거기까지 사고가 진행됐을 때, 박재호의 몸은 저절로 움직였다.

뚝 떨어지는 커브를 향해 골프를 치듯 어퍼 스윙을 시작한 것이다.

빠악!

그리고 터진 강렬한 타격음과 함께 공은 마치 로켓처럼 하늘 높이 치솟아 올랐다.

그뿐이었다.

"씨발!"

커브를 예상하지 못한 상황에서 저도 모르게 나온 어퍼 스윙으로 105미터 너머로 공을 날려 보내는 건 아무리 힘이 좋은 박재호라고 해도 쉬이 할 수 있는 일이 아니었으니까.

열 번 중 한두 번 정도만이 가능한 일이었으니까.

그리고 지금 이 순간은 열 번 중 한두 번이 아닌 여덟아홉

번에 속하는 일이었으니까.

퍽!

그렇게 중견수가 박재호의 뜬공을 처리했다.

[105포인트를 획득하셨습니다.]

[삼자범퇴로 이닝을 마무리하셨습니다.]

삼자범퇴.

이닝 마무리.

"흐으으읍!"

그 통보를 받는 순간 이진용은 환호성을 내지르는 대신 숨을 들이마시며 준비를 했다.

그리고 그 준비 끝에 내질렀다.

[홀드 조건을 충족하셨습니다.]

[최초로 홀드를 기록할 경우 골드 룰렛 이용권이 지급됩니다.]

[현재 누적 포인트는 952포인트입니다.]

"호우!"

-또 지랄 시작했네.

이진용, 그가 자신의 임무를 완벽하게 완료했다.

"나! 나! 내가 잡을게!"

마운드까지 내려온 2루수의 외침에 함께 마운드로 달려왔던 유격수와 1루수 그리고 마운드에 있던 투수가 뒷걸음질을 치며 마운드를 비워줬다.

펙!

이윽고 2루수의 글러브에 높게 뜬 공이 안락하게 착지하는 순간 2루수는 공을 잡은 글러브를 힘차게 두드리기 시작했다.

"잡았다! 잡았어!"

9회 말, 경찰 야구단의 마지막 공격이 끝나는 순간이었다.

12 대 14, 길었던 경찰 야구단 대 엔젤스 2군의 경기에 마침표가 찍히는 순간이기도 했다.

"우와, 씨발! 이제 끝이다!"

"드디어 끝났다!"

그리고 그 순간 3루 쪽 더그아웃에 있던 엔젤스 2군 선수들이 앞다투어 환호성을 내질렀다.

"호우!"

그사이에는 이진용 역시 있었다.

8회 말, 오늘은 마무리가 아니라 셋업맨의 역할을 충실하게 수행하고 마운드를 내려온 그는 팀의 승리에 기꺼이 환호성을 내질렀다.

[홀드를 달성하셨습니다. 보너스 포인트를 습득하셨습니다.]

[최초로 홀드를 달성하셨습니다. 골드 룰렛 이용권이 지급됩니다.]

그리고 자신의 노고에 따른 베이스볼 매니저의 포상 앞에서 기쁨을 감추지 않았다.

"호우, 호우, 호우!"

보란 듯이 노래를 부르며 어깨춤을 췄다.

ㅡ아우! 아우, 진짜!

당연히 그 보란 듯이의 대상은 김진호였다.

ㅡ진짜 얄미워 죽겠네. 오냐, 두고 봐. 내가 그 누구냐…… 그래, 마이크 트라웃을 네 앞에 세워두는 한이 있더라도 개박살

나는 꼴을 볼 테니까!

김진호가 자신이 보란 듯이 도발을 시전하는 이진용을 향해 장난 섞인 저주를 퍼부었다.

"볼넷으로 거르면 되지롱~ 볼넷으로 거르면 되지롱~!"

물론 그 저주는 이진용에게 티끌만큼의 대미지도 주지 못했지만.

어쨌거나 거기까지였다. 오늘 승리에 대한 기쁨에 취할 수 있는 이들은.

오늘 경기를 패배한 경찰청 야구단의 분위기는 당연히 좋지 못했다.

"다들 장비 챙기고 그라운드 정리해!"

"예!"

군 복무를 위해 경찰청 야구단에 들어온 이들에게 있어 패배는 용납될 수 없는 일이었고, 이제 그들은 패배한 대가를 어떤 식으로든 치러야 했었으니까.

오늘 경기 기사를 쓰러 온 기자들, 관계자들 역시 그다지 분위기가 좋지 못했다.

"대체 그 녀석 뭐야?"

"이진용, 이름 몇 번 들은 거 같은데?"

이진용 때문이었다.

"H트리오를 상대로 삼자범퇴라니…… 어지간한 1군 불펜들도 하지 못할 일이잖아?"

8회 말, H트리오를 상대하기 위해 셋업맨으로 이진용이 마운드에 올라왔을 때 그의 호투를 예상하는 기자는 없었다.

그의 호투를 기대하는 이도 없었다.

모두가 H트리오의 막강한 화력쇼가 나오길 기대했고 동시에 준비했다.

2점 차로 지고 있는 경찰청이 H트리오의 막강한 화력쇼 앞에서 역전에 성공하는 기사를 올릴 준비를.

그런데 올라온 이진용은 무너지는 모습을 보이기는커녕 오히려 위풍당당하게 H트리오를 상대로 승리를 가져왔다.

아니, 가져왔다는 표현보다는 물어뜯어 왔다는 표현이 어울릴 정도로 일방적인 피칭이었다.

"우연이겠지. 아니, 운이겠지."

누군가 그것을 우연, 운이라는 표현으로 치부했지만, 이곳에 있는 이들이 바보가 아닌 이상은 느낄 수밖에 없었다.

"그래도 도망치진 않았잖아?"

"그야……."

그게 운이든, 우연이든 이진용이 그 결과를 위해 물러나지 않는 피칭을, 적극적이면서도 공격적인 피칭을 했다는 사실을.

"복권도 사는 사람이나 당첨되는 거지."

그 운과 우연이 이진용을 찾아온 게 아니라, 이진용이 쟁취했다는 사실을.

더불어 기자들 중 감이 좋은 자들, 소위 특종이란 걸 만들어본 자들은 냄새를 맡았다.

'이상한 놈이 하나 등장했군.'

'이진용이라고? 기억은 해둬야겠군.'

마지막으로 그런 이진용 때문에 기쁨보다는 고민을 하는 무리는 다름 아니라 엔젤스의 코칭스태프였다.

우지욱 2군 감독이 투수코치와 불펜코치를 보며 말했다.

"이진용에 대한 자료 따로 정리하도록. 오늘 따로 이진용에 대해서 회의를 해야 할 것 같으니."

"예."

그렇게 경찰청 야구단과 엔젤스 2군의 1차전이 끝났다.

"수고하셨습니다."

"수고하셨습니다."

"수고했네."

두 명의 코치가 인사를 하며 원정 경기를 위해 숙박하게 된 자신의 호텔방을 나가는 순간 우지욱 2군 감독은 자신의 앞에 너부러진 태블릿PC에 손을 가져갔다.

뜨겁게 달아오른 채 지문으로 뿌옇게 변해 버린 태블릿PC의 액정은 조금 전의 회의가 어떤 식으로 진행됐는지 어렴풋하게 보여줬다.

우지욱 2군 감독은 그 태블릿PC를 다시 작동시켰고, 곧바로 한 선수의 피칭 영상이 나왔다.

'이진용.'

자그마한 체구, 보잘것없는 피지컬에 어울리는 보잘것없는 공을 던지는 투수의 영상이었다.

그 영상을 보던 우지욱 2군 감독은 기어코 두 눈을 질끈 감아버리고 말았다.

'모르겠다.'

이진용.

그는 우지욱 2군 감독의 기준으로 본다면, 냉혹하게 본다면 프로 자격이 없었다.

일단 피지컬이 문제였다.

기나긴 야구 역사 속에서 단신의 투수가 활약한 적은 있어도 오랜 시간 동안 결과를 남긴 적은 없다.

투수들의 평균 신장이 190센티미터가 넘는 메이저리그 마운드 위에서 단신으로 놀라운 성적을 보여준 팀 린스컴조차 결국 화려하게 스스로를 태우고 사라지지 않았는가?

심지어 팀 린스컴은 그 작은 체격임에도 최고 101마일, 시속 162킬로미터짜리 광속구를 던지던 투수였다.

그에 비해 이진용은 어떠한가?

투수가 던지는 모든 공의 근간이라고 할 수 있는 이진용의 패스트볼은 120대 중반에 불과했다.

'차라리 모든 공이 느리고, 허접하다면 고민할 가치도 없겠지.'

그리고 그게 더 문제였다.

'이진용의 투심 패스트볼은 변형채 스카우트 말대로 놀라운 수준의 공이다.'

이진용의 포심 패스트볼은 보잘것없지만, 다른 구질은 놀라울 정도로 훌륭했다.

체인지업은 한국프로야구 수준에서는 손에 꼽힐 정도로 대단했고, 투심 패스트볼은 메이저리그 수준과 비교해서도 부족할 것이 없을 정도로 대단했다.

우지욱 2군 감독의 상식을 벗어나는 일.

'하지만 가장 이해가 안 되는 건…… 피칭 스타일이다.'

그러나 정말 말도 안 되는 건 그런 이진용의 공이 아니라 그 공을 던지는 이진용이었다.

'고2 때 여러 사정으로 야구를 접은 이후 야구를 한 기록은 어디에도 없는데…… 대체 어떻게 프로 레벨의 선수를 마치 손바닥 위에 올려놓은 피칭을 할 수 있는 거지?'

빠른 공을 던지는 건 타고난 재능만으로도 가능하다.

위력적인 공을 던지는 것 역시 타고난 재능만으로 가능하다.

아니, 빠르고 위력적인 공을 던지는 것은 재능만으로 가능한 일이다.

그래서 구속은 하늘이 내린다는 말이 나오는 이유다.

하지만 야구는 그저 단순히 재능만으로, 스피드건에 찍히는 구속만으로 하는 스포츠가 아니었다.

영리한 수준을 넘어, 비열하고 잔혹하기까지 한 수 싸움을 할 줄 알아야 하지.

'하물며 타자의 허를 찌르고, 심지어 타자의 허를 찌를 때 도발까지 하는 피칭은…… 재능도 재능이지만 누군가의 가르침 없이는 불가능하다.'

그리고 그런 수 싸움은 대개 경력이란 숫자에 따라 늘어나는 것이었다.

물론 태어나는 순간부터 그런 수 싸움을 잘하는 재능을 타고나는 경우도 있지만, 그 경우는 극히 소수였다.

야구판에서 그런 수 싸움을 하는 재능을 가진 이들은 빠른 공을 던지는 재능을 가진 이보다 적었다.

그런 재능을 가진 이들은 다른 곳에서 그 재능을 발휘하고는 하니까.

'김진호라면 모를까…….'

그리고 우지욱 2군 감독의 기준에서 봤을 때 지금 이진용이 보여주는 식으로 마운드 위에서의 수 싸움을 타고난 선수는 그 누구도 아닌 메이저리그의 지배자, 김진호였다.

세간은 김진호를 그저 대단히 위력적인 공을 던지는 투수로 기억하지만, 김진호의 피칭은 그런 게 아니었다.

김진호의 야구야말로 힘과 지성이 합쳐진 결과물이었다.

그리고 그것이 지배자가 될 수 있는 유일무이한 방법이었다.

이 세상 어디에도 지성만으로 혹은 힘만으로 지배자가 된 역사가 없었으니까.

"훗."

거기까지 생각이 닿았을 때 우지욱 2군 감독은 저도 모르게 코웃음을 치고 말았다.

'김진호라니……'

2군에서 천운 덕분일지도 모르는 결과물을 만들어낸 투수에 대한 고민 끝에 나온 것이 괴물들의 세상인 메이저리그를 평정한 전설이라는 사실에 대한 실소였다.

'내 선에서 처리할 문제가 아니다.'

그리고 우지욱 2군 감독이 이진용에 대해 내린 결단에 대한 실소였다.

우지욱 2군 감독이 곧바로 스마트폰을 꺼냈다.

그리고 곧바로 통화를 걸었다.

"봉준식 감독님, 밤중에 갑작스럽게 죄송합니다. 다름 아니라 선수 한 명 때문에 전화를 드렸습니다. 박준형? 아, 그 선수가 아닙니다."

통화 상대는 봉준식 감독.

"이진용이란 선수 때문에 전화를 드렸습니다."

서울 엔젤스를 이끄는 감독이었다.

승자는 영광을 누리고 패자는 명성을 빼앗긴다.

인류 역사의 본질과도 같았던 그 명제가 가장 분명하게 적용되는 곳은 스포츠의 세계였다.

[엔젤스 2군, 경찰청 야구단 상대로 난타전 끝에 1차전 승리!]

[H트리오를 상대로 삼자범퇴를 잡고 마운드를 내려가는 이진용.]

"캬!"

이진용, 그는 그렇게 승자의 영광을 누렸다.

"캬!"

스마트폰을 통해 자신의 사진이 대문짝만 하게 박힌 기사를 보던 이진용이 기쁨의 탄성을 내뱉었다.

"캬!"

-캬캬, 아주 지랄을 한다. 댓글도 안 달린 기사를 대체 몇 번이나 보는 거냐?

그런 이진용의 탄성을 멎게 한 건 김진호가 날린 공격이었다.

-기사가 대여섯 개 나왔는데 어떻게 댓글이 달린 기사가 하

나도 없을 수 있냐?

그 치명적인 사실 공격에 이진용의 얼굴이 굳었다.

"젠장, 아직 기사 뜬 지 얼마 안 돼서 그래요!"

-지랄.

"아!"

그 순간 자신의 기사를 헤집던 이진용이 댓글이 달린 기사를 확인하고는 말했다.

"봐요! 댓글 달리잖습니까!"

바로 기세등등하게 스마트폰을 김진호에게 보여줬고 김진호는 그 내용을 읽어 내려갔다.

-안전한 놀이터 지금 충전하면 만 포인트가 공짜……

"이런 젠장!"

욕지거리와 함께 자신의 기사에 달린 첫 댓글을 확인한 이진용의 얼굴이 흉신악살처럼 굳어졌다.

반면 김진호의 얼굴은 부처처럼 밝아졌다.

-호우!

밝은 표정으로 김진호가 '호우!'를 외쳤다.

-캬! 이 맛에 호우하는 거구나.

"젠장."

그사이 이진용은 잽싸게 스마트폰을 터치하며 댓글을 신고했다.

그런 이진용에게 김진호가 오랜만에 상큼한 미소를 지으며 말했다.

-야, 신고하지 마. 그래도 여기까지 찾아와서 달아준 성의를 생각해서 남겨주자고.

"닥쳐요."

그렇게 신고를 마친 이진용이 그대로 스마트폰을 끄며 쓴소리를 내뱉었다.

"젠장! 누구 기사는 나왔다 하면 메인에 걸리는데 누군 광고 댓글이나 달리고!"

-꼬우면 잘하든가, 잘생기든가.

"이 정도로 잘했으면 됐죠! 그리고 이 정도로 생겼으면 됐죠!"

-그래, 자기 자신을 사랑하는 자기애를 가져라. 그래야 이 험난한 세상을 버틸 수 있는 거야. 아무렴.

"빌어먹을 차라리 누구처럼 처참하게 못생겼으면 차라리 못생긴 걸로 인기를 끌었을 텐데!"

말을 뱉은 이진용이 지그시 김진호의 얼굴을 바라봤다.

그 시선에 김진호가 눈살을 찌푸렸다.

-지금 나보고 한 말이냐?

"아닌데요? 그냥 한 말인데요? 뭔가 마음에 깊게 찔리는 게 있으신 모양입니다."

그런 이진용의 모습에 김진호가 이내 피식 웃었다.

-그래, 마음대로 생각해라. 어차피 조만간 마운드에서 나보

고 도와달라고 엉엉 울게 될 텐데.

"그게 무슨 의미입니까?"

그 말에 김진호가 스윽 이진용의 뒤로 온 후에 그의 양쪽 어깨에 손을 올리며 말했다.

-자, 이제 그동안 네가 엔젤스에 와서 한 것들을 천천히 되짚어 보자고. 일단 처음 나와서 뭐했지?

"세이브했죠."

-그래, 세이브하라고 해서 세이브했지?

"아주 끝내주게 했죠. 두 번이나."

-H트리오 상대로 셋업맨으로 올라와서 막으라고 해서 잘 막았고.

"끝장났죠. 임팩트 죽였죠."

-그럼 그다음은 뭘까?

"1군 콜업?"

말을 뱉은 이진용이 눈빛을 반짝였다.

정말 이제 남은 건 1군 콜업밖에 없을 것 같다는 사실에 이진용의 심장이 요동치기 시작했다.

-아니지.

그런 이진용의 요동치는 심장을 김진호가 진정시켰다.

-아직 한 가지 검증이 남았잖아?

"검증이라니, 이 정도면 보여줄 거 다 보여줬잖아요? H트리오를 삼자범퇴로 잡았다고요! 3경기 출전해서 방어율 제로!

피안타율 제로! 1홀드 2세이브!"

-1군 코칭스태프 입장에서는 그냥 3경기 3이닝 무실점일 뿐이지.

"그건……."

-무엇보다 아직 검증하지 않은 게 하나 있잖아? 그게 뭐지?

그 순간 이진용은 깨달았다.

"체력?"

깨닫는 순간 이진용의 얼굴이 굳었다.

반면 김진호는 방긋 미소를 지었다.

-그래, 네 최대 약점인 체력이지.

여전히 이진용의 스펙은 부족하다.

구속은 여전히 120대 중반에 머물고 있으며, 투심 패스트볼과 체인지업은 위력적이지만 그 외 나머지 구질들은 전부 등급이 낮다. 일일특급 효과가 적용될 경우를 고려하면, 이진용이 주력으로 쓸 수 있는 구질은 매 경기 3가지 종류에 불과하다는 것이다.

하지만 개중에서도 가장 부족한 건 역시 체력이었다.

최근 세 번의 경기에서 제 몫을 완벽하게 소화할 수 있었던 것도 마법의 1이닝이란 스킬 덕분이다.

마법의 1이닝을 쓰지 않았다면 체력 소모량이 많았을 터.

당장 심기일전, 라이징 패스트볼만 조합해도 한 번에 소모되는 체력이 6포인트다.

지금 현재 최대 체력이 80을 간신히 넘는 이진용 입장에서는 라이징 패스트볼을 27개 던지면 사실상 체력은 오버다.

"체력 테스트를 어떻게 하죠?"

-어떻게 하긴 선발로 내보내는 거지. 하물며 넌 이미 고양 스타즈에서 5이닝을 소화한 후 급격하게 무너지는 모습을 보였으니, 더더욱 선발로 체력을 시험해 보려고 하겠지.

그런 상황에서 체력 테스트를 받는다는 건, 이진용에게 있어 가장 어려운 난제를 마주하는 격.

-더 최악은 말이야, 네가 고양 스타즈 소속으로 선발로 나오는 거랑 엔젤스 소속으로 선발로 나오는 거랑은 널 상대하는 팀 입장에서 전혀 다르다는 거야.

하물며 지금 이진용의 소속은 엔젤스다.

고양 스타즈 때와는 달리, 엔젤스 소속으로 나온 경기는 이진용이 야구를 그만둔 후에도 그의 기록으로 남는다.

그리고 그것은 이진용을 마주하는 타자들도 마찬가지이다.

-쉽게 정리하면…… 이번에야말로 정말 삼가 고인의 명복을 빈다!

지금 이진용은 결코 넘을 수 없는 고비가 온 셈.

그 고비 앞에서 이진용은 말했다.

"까짓것 이번 골드 룰렛으로 체력 아이템 뽑아서 한 번에 역전하면 됩니다!"

그 말에 김진호가 비웃으며 말했다.

-체력 관련 아이템이 나오면 내가 성을 간다. 아니, 그냥 이 씨로 성 바꾸고 진용이, 너보고 형이라고 불러준다.

그런 김진호의 비웃음에 이진용은 대답 대신 골드 룰렛을 활성화했다.

그렇게 활성화된 골드 룰렛의 칸칸을 바라보던 김진호와 이진용의 표정이 굳었다.

-응?

"어?"

그 둘의 눈빛을 잡은 건 다름 아니라 백금색 칸에 자리 잡은 하나의 스킬이었다.

-스킬 [무쇠팔]

"이거 딱 봐도 체력 관련 스킬 같죠?"

그것을 보는 순간 이진용이 감탄을, 김진호는 고개를 저었다.

-에이, 설마…….

그런 김진호의 불안감 가득한 혼잣말을 향해 이진용이 말했다.

"이거 걸리면 앞으로 형이라고 부르는 겁니다."

그 말과 함께 이진용이 룰렛을 돌렸다.

황금빛 룰렛이 힘차게 돌아가기 시작했다.

-아니겠지. 아닐 거야. 씨발, 이렇게 칸이 많은데 설마 이게 걸리겠어?

그리고 룰렛이 멈췄다.

-에이, 진짜 씨발!

"진호 동생, 앞으로 잘 부탁해!"

-이전혁 선수 타격!

-아, 타구가 먹혔네요.

-유격수가 공을 잡고, 송구합니다. 아웃!

-이전혁 선수, 스윙에 너무 힘이 들어갔어요.

경찰청 야구단 대 엔젤스 2군의 3연전.

-어제 오늘, 경찰청 야구단과 엔젤스, 양 팀 모두 타선이 힘을 쓰지 못하네요. 1차전 때 그렇게 잘했는데 말이죠.

-그래서 야구가 참 어려운 거죠. 알다가도 모를 게 야구 아니겠습니까?

1차전에서 12 대 14, 어마어마한 점수를 냈던 양 팀의 타자들은 마치 1차전이 하룻밤의 꿈이었던 것처럼, 1차전의 득점이 그들이 낼 수 있는 전부였던 것처럼 이어진 2차전 그리고 지금 치러지는 3차전에서 무기력한 모습을 보이고 있었다.

당연한 말이지만 경찰청 야구단과 엔젤스의 타자들의 표정은 이닝이 쌓일수록 굳어졌다.

'젠장, 벽제에서 홈런을 못 치면 타자도 아니라는데……'

'어떻게든 좋은 모습을 보여줘야 해. 이대로 끝나면 당분간 기회가 오지 않을지도 몰라.'

다른 곳도 아니고, 타자에게 유리하다 못해 프로라면 홈런을 쳐야 마땅한 벽제 야구장에서 점수를 내지 못한다는 건 여러모로 심각하게 받아들일 수밖에 없는 문제였으니까.

물론 진짜 문제는 따로 있었다.

-어제도 그렇고 오늘도 그렇고, 양 팀 타자들이 아주 그냥 정신이 나갔군.

김진호, 이진용과 함께 더그아웃 벤치에 앉아 그라운드의 경기를 바라보던 그는 진짜 문제를 누구보다 잘 알고 있었다.

-다들 공을 펜스로 날리려는 데 안간힘을 쓰고 있어. 저도 모르게 스윙이 커지고 있지. 더욱이 심리적으로 쫓기니까 더 더욱 인상적인 결과를 남기려고 하고 있고. 결정적으로 양 팀 벤치는 그런 타자들에게 딱히 이렇다 할 사인이나, 조언을 해 주지 않고 있지.

말을 하던 김진호가 슬그머니 이진용이 있는 엔젤스의 더그 아웃을, 그곳의 코치들을 훑어봤다.

이진용이 그런 김진호의 시선을 따라 본인의 시선을 움직였
다.

그제야 이진용은 깨달을 수 있었다.

오늘 더그아웃이 평소와 다르게 무척 조용했다는 것을.

특히 언제나 분주하게 벤치에서 사인을 내는 타격코치가 오
늘은 사인을 내는 것보다 팔짱을 끼는 경우가 많았다는 것을.

-이 정도 과제도 스스로 해결하지 못하는 녀석들에게는 관
심조차 주기 싫다, 이거지.

그 말과 함께 김진호가 싸늘한 미소를 지었다.

-소름 돋지?

그리고 그 말을 들은 이진용의 등골은 싸늘하게 식었다.

'정말 모든 게 시험이구나.'

겉으로 보기에는 그저 1군 무대를 향한 2군 선수들의 치열
한 전쟁터일 뿐인 퓨처스리그.

그러나 그 안에서 이루어지는 투쟁은 결코 단순하지 않았
고, 순수하지 않았다.

코칭스태프들은 경기 내내 이루어지는 선수들의 모든 행위
에 지적과 조언을 해줌과 동시에 그 선수들의 모든 것에 점수
를 매기고 있었다.

'아무리 좋은 점수를 받아도 1군에 자리가 없으면 탈락. 1군
에 자리가 생겨도 거기서 원하는 기준에 맞지 않으면 기량과
성적이 좋아도 탈락.'

더 무서운 것은 이 채점에는 기준도, 결과 발표도 없다는 점이었다.

-돈 받으면서 뭔가를 한다는 게 쉬울 리가 없지.

프로의 세계.

이진용은 그저 듣기만 했던 세계의 냉혹함 속에 자신이 있다는 것을, 그 한가운데 자신이 서 있다는 것을 느낄 수 있었다.

-열심히 노력하면 알아준다, 같은 입바른 소리는 기대하지 마.

그리고 김진호는 혹독함 속에 있는 이진용을 위해 달콤하고, 따스한 말을 하지 않았다.

-결과를 내지 못하면 옷을 벗어야 하는 게 프로의 무대이니까.

그런 조잡한 따스함으로 어찌할 수 없는 것이 프로 세계의 냉혹함이란 걸 누구보다 잘 알고 있었기에.'

-살고 싶으면 결과를 만들고, 성적을 내. 오르고 싶으면 남들보다 더 좋은 성적을 내고.

'김진호 선수 말이 맞아.'

이진용 역시 그런 김진호의 말에 눈살을 찌푸리는 대신 각오를 굳건하게 다졌다.

'내가 제아무리 좋은 결과, 인상적인 결과를 낸다고 해도 피지컬과 구속, 구위, 구종, 제구를 단순하게 놓고 본다면 여전히 난 지금 2군 투수 중 가장 열세야.'

냉혹한 세계에 어울릴 수 있게 자신의 상황을 냉정하게 판단했다.

'무엇보다 키가 더 자라고 구속이 더 늘어나길 기대할 수 있는 성장기 나이가 아니지.'

그 덕분이었다.

'이런 내가 1군에 가기 위해서 필요한 것은 결국 2군에 더 이상 있을 필요가 없다는 명확한 결과를 만드는 것이다.'

이진용은 이 순간 자신이 해야 하는 것이 무엇인지 명확하게 파악할 수 있었다.

그 순간 이진용이 곧바로 자신의 상태창을 활성화했다.

[이진용]

-최대 체력 : 78

-최대 구속 : 126㎞

-보유 구종 : 포심 패스트볼(E), 투심 패스트볼(A), 체인지업(B), 슬라이더(B), 커브(F)

-보유 스킬 : 심기일전(E), 일일특급(E), 라이징 패스트볼(E), 마법의 1이닝, 무쇠팔(F)

[일일특급 효과에 의해 슬라이더의 구질 랭크가 B랭크로 상승했습니다.]

'무쇠팔.'

그런 이진용의 눈에 들어오는 것은 이번에 골드 룰렛을 돌리며 새롭게 습득한 플래티넘 등급의 스킬, 무쇠팔이었다.

[무쇠팔]
-스킬 등급 : F
-스킬 효과 : 6이닝 소화 시 체력 +30

무쇠팔이란 이름에 걸맞게 체력을 대폭 상승시켜 주는 스킬이었다.

특이사항은 조건이 붙는다는 것.

'6이닝까지 버틸 수만 있다면 사실상 내 최대 체력은 108이 된다.'

물론 조건부라고 해도 이진용에게 있어서는 그야말로 천금과도 같은 스킬이었다.

부족한 이진용의 체력을 크게 커버해 줄 수 있는 스킬!

'중요한 건 6이닝을 마쳐야 한다는 것. 78밖에 없는 체력으로 6이닝까지 소화하려면 마법의 이닝을 쓰는 수밖에 없겠지.'

그러나 이진용은 그저 그 사실에 만족할 생각이 없었다.

'하지만 거기서 만족한다면 거기서 끝날 뿐.'

김진호의 가르침대로, 그는 만족이란 단어를 품을 생각이 추호도 없었기에.

'완투를 노린다면 마법의 이닝은 최후까지 아껴야 한다.'

그렇게 만족을 잊은 이진용의 눈빛이 굶주림에 허덕이는 맹수의 눈빛으로 바뀌었다.

이진용이 그런 눈빛으로 그라운드를 바라봤다.

그리고 그런 이진용을 김진호가 입가에 미소를 지은 채 바라보며 말했다.

-그래, 내 조언을 잊지 마라.

그런 김진호를 향해 이진용이 입을 가린 후에 조심스럽게, 작은 목소리로 말했다.

"근데 아까부터 자꾸 반말하네? 이제부터 내가 형이잖아?"

경찰청 야구단과의 3연전을 1승 2패로 마친 엔젤스 2군 선수단이 이천으로 복귀했다.

쉼은 없었다.

퓨처스리그 일정은 빡빡했고, 선수들 모두 그 빡빡한 일정의 주인공이 되기를 소망했으니까.

하지만 그런 상황 속에서 이진용에게는 휴식이 찾아왔다.

"진용아. 당분간 등판은 없으니까, 그동안 몸 좀 만들어라."

투수코치의 그 통보와 함께 이진용의 이름이 엔트리에서 지워졌다.

하지만 그 사실에 이진용은 불만을 토로하지 않았다.

이진용은 그것이 방치나, 방관이 아니라 폭풍전야를 맞이할 투수에게 주어지는 대비의 시간임을 알고 있었다.

-드디어 올 것이 왔군.

김진호, 그의 거듭된 경고와 조언 덕분이었다.

-이제 정해진 선발 로테이션을 한 번 돌린 후에 선발 로테이션을 리셋시킬 거야. 그 와중에 네 선발 등판이 정해질 거다. 그리고 날짜가 정해지면 감독이 널 부를 거다.

그리고 그런 김진호의 예상은 지금까지 그러했듯 현실이 됐다.

4월 17일 이진용이 우지욱 2군 감독을 독대했다.

프로야구 선수들에게 있어 휴일은 월요일이다.

그 어느 때보다 많은 관중이 야구장을 찾아오는 주말에 쉰다는 것은 프로 스포츠 선수들에게 있어서 말도 안 되는 일이고, 당연히 주말에 열심히 뛴 선수들의 휴일은 월요일이 될 수밖에 없다.

퓨처스리그도 크게 다를 건 없었다.

프로야구가 월요일에 쉬면서 방송국의 방송 스케줄에 생긴 여유를 이용해 퓨처스리그를 중계하는 날이면 모를까, 그런 경우를 제외하면 월요일은 휴일이었다.

4월 17일 월요일, 엔젤스 2군은 그렇게 휴일을 맞이했다.

몇몇 선수들은 휴일을 맞이하기 위해 삼삼오오 모여 택시나, 자가용을 타고 이천시로 향했고, 몇몇 선수들은 숙소에 남아 말 그대로 휴식을 취했고, 몇몇 선수들은 남들이 쉬는 시간 동안 훈련을 하겠다는 아주 근성 있는 모습을 보여줬다.

"어휴."

그리고 이진용은 감독실을 앞에 둔 채 숨을 고르고 있었다.

-진용아, 가르쳐 준 대로 해.

김진호는 마치 시합 중인 복싱 선수의 뒤에서 조언을 해주는 코치처럼 숨을 고르는 이진용의 뒤에서 코칭을 해줬다.

-일단 문을 박차고 들어간 후에 감독님 앞에서 주먹을 불끈 쥐면서 말하는 거야. 감독님! 선발로 올려주시면 끝장을 보여드리겠습니다! 제가 선발로 개박살이 나면 깔끔하게 털고 그냥 구단을 떠나겠습니다!

하등 도움이 되지 않는 코칭이었고, 당연히 이진용은 그 코치를 깔끔하게 무시하며 주먹을 들었다.

똑똑!

"이진용입니다!"

이진용이 그 주먹으로 문을 두드렸다.

"들어오게."

곧바로 문 너머에서 목소리가 들렸고 이진용이 문고리를 돌린 후에 문을 열었다.

그렇게 이진용이 문을 열자마자 책상 앞에 앉아 있던 우지욱 2군 감독이 자리에서 일어났다.

자리에서 일어난 우지욱 2군 감독이 자신의 책상 앞에 마련된 소파를 손으로 가리키며 말했다.

"앉게."

곧바로 두 사내가 소파에 착석했고, 김진호는 우지욱 2군 감독의 책상을 향해 움직였다.

대화는 곧바로 시작됐다.

"일단 그동안의 활약을 칭찬해 줘야겠군. 3경기 동안 3이닝 무실점. 모든 타자를 완벽하게 막았군."

"감사합니다."

"그때 말한 대로 최소한의 자격은 보여준 셈이지."

최소한의 자격.

그것은 그 세 번의 등판이 이진용에게 있어 2군에 남을 자격을 증명하는 것, 그 이상도 이하도 아니라는 의미였고, 더 이상 그 세 번의 결과물을 가지고 그 이상의 무언가를 바라지 말라는 의미였다.

이진용은 그 사실에 미소를 지었다.

여유만만한 미소였다.

"그래서 말인데, 다음에는 자네를 선발로 등판시켜 볼 생각이네."

그런 이진용의 미소를 향해 우지욱 2군 감독이 섬뜩한 비수 한 자루를 던졌다.

그뿐이었다.

우지욱 2군 감독은 이진용이 고양 스타즈에서 선발로 출전한 경기에서 5이닝 이후 급격히 구위가 무너졌으며, 이진용이 고교야구에서 은퇴한 이후 단 한 번도 6이닝 이상 소화한 경기가 없다는 사실 같은 건 언급하지 않았다.

말을 뱉은 후에 지그시, 이진용을 바라봤다.

이진용의 반응을 살폈다.

"어느 팀을 상대로 출전하게 됩니까?"

그런 우지욱 2군 감독의 눈에 비친 이진용은 무척이나 담담한 모습을 보이고 있었다.

저번 처음 만난 자리에서 마무리투수로 등판하게 되리란 통보에 기쁨을 표출하던 것과는 전혀 다른 모습. 마치 이런 상황을 예상하고 있었다는 듯한 모습이었다.

"마음에 걸리는 게 없나 보군."

"선발 기회가 쉽게 오는 것도 아니잖습니까? 이런 기회는 당연히 잡아야죠."

"자신 있나?"

"자신을 떠나서, 지는 경기에 나와 이닝만 때우고 벤치로 돌아가는 투수가 되려고 프로의 세계에 온 게 아닙니다."

그 대답에 우지욱 2군 감독은 내심 놀랐다.

'대단하군.'

우지욱 2군 감독은 언제나 가능성이 있는 투수들을 불러 선발 등판을 통보했다.

그리고 그게 마지막 테스트였다.

어려운 상황 속에서 마운드에 올려서 타자를 상대하는 법을 검증한 후에 선발로 내보내서 타자가 아닌 타선을 상대하는 법을 테스트하는 것.

어쨌거나 이제까지 우지욱 2군 감독에게 이런 통보를 받은 이들 중에서 담담함을 유지하는 선수는 손에 꼽을 정도였다.

그 담담함마저도 대부분 억지로, 힘겹게 유지하는 이들이 대부분이었다.

담담한 척을 할 뿐, 진심으로 그 상황을 담담히 받아들이는 이는 없었다.

그게 당연했다.

회사로 따지면, 갑자기 상사가 부하 직원을 부르더니 그 부하 직원에게 시험을 내면서 이 시험이 승진에 아주 큰 영향을 미친다고 말하는 것과 다를 바 없는 일이다.

그런 상황에서 과연 진심으로 담담히 상황을 받아들일 수 있는 이가 얼마나 될까?

그게 이유였다.

'아무래도 좀 더 난이도를 높여야겠군.'

여기서 우지욱 2군 감독은 이진용만을 위해 테스트의 난이도를 올리기로 했다.

"그럼 조만간 등판일이 정해지면 통보할 테니, 대기하도록."

우지욱 2군 감독은 이진용에게 그가 맞이해야 할 상대가 어느 팀인지 말해주지 않았다.

그것은 본래 의도한 바가 아니었다.

동시에 엄청난 일이었다.

선발투수에게 등판일을 말해주는 건 굉장히 중요한 일이다. 그래야 투수는 자신이 등판하기 전까지 자신이 상대할 팀에 대한 정보를 모으고, 준비를 한다.

그리고 그렇게 한 준비에서 선발투수의 운명이 달라진다.

제아무리 메이저리그를 대표하는 최고의 투수들조차도 갑작스럽게, 예고도, 예상도 되지 않은 상황에서 선발로 등판한다면 제대로 된 피칭을 보여주지 못할 정도이니까.

하물며 자신의 프로 커리어 첫 선발이 될 이진용에게 선발 등판 날을, 상대해야 될 팀을 말해주지 않는다?

난이도가 높아지는 수준이 아니었다.

문제 자체가 달라지는 수준이지.

'1군 콜업은 언제나 예상치 못한 상황에서 이루어지는 법.'

반대로 말하면 그 문제마저 이진용이 해결한다면, 그것은 완벽한 증거였다.

'이 난관마저 뚫는다면 이진용이 다음에 뛸 무대는 1군밖에 없다.'

이진용은 더 이상 2군 무대에 있을 필요가 없다는 증거.

"기다리고 있겠습니다."

고개를 끄덕이는 이진용은 담담했고, 우지욱 2군 감독은 그런 이진용에게 마지막 말을 건넸다.

"수고했네. 가서 쉬게."

그 말을 끝으로 이진용이 자리에서 일어난 후에 곧바로 허리를 90도로 꺾은 후에 문을 열고 나갔다.

쿵!

그리고 문을 닫는 순간 우지욱 2군 감독은 저도 모르게 소파 위에 축 늘어졌다.

'엄청난 놈을 만났군.'

그렇게 늘어진 채 실소를 머금으며 생각했다.

동시에 생각했다.

'이렇게까지 했으면…… 퀄리티 스타트 정도면 충분히 합격점이라고 할 수 있겠지.'

이진용, 그가 넘어야 할 커트라인이 정해지는 순간이었다.

"후-우!"

감독실에서 나오는 순간 이진용의 입에서는 가슴에 가두어 두고 있었던 것들이 단번에 터져 나왔다.

"아니, 선발로 등판시킨다면서 선발 등판일을 말해주지 않다니, 그게 말이 됩니까?"

터져 나온 것 중에는 불만도 있었다.

"미치겠네."

그 불만은 마땅한 불만이었다.

'당일 날 알려주지는 않겠지만, 우 감독님 하는 거 보면 나한테 준비 시간은 이틀 정도 줄 거 같은데…… 너무 빠듯하잖아?'

보통 선발투수가 다음 선발투수로 나올 때 4일 정도의 텀을 두고는 한다.

4일 동안 선발투수는 몸을 추스르며 다음 등판을 준비한다.

이마저도 괴물들의 리그, 메이저리그의 이야기이고 한국프로야구의 경우에는 월요일이 휴일이기 때문에 평균적으로 4.5일 이상의 휴식일을 가지고는 한다.

하지만 막상 선발투수 중에 그 4일이 넉넉하다고 여기는 투수는 단 한 명도 없다.

하물며 2군 리그는 1군 리그와 다르게 선수들에 대한 데이터도 한없이 부족할뿐더러, 이진용에게는 이번 퓨처스리그가 인생 첫 리그다.

축적된 경험조차 없다는 의미.

그런 그에게 이틀이란 시간은 팀이 준 스카우팅 리포트를 제대로 분석하는 데에도 부족한 시간이었다.

'미치겠군. 무쇠팔이 나와서 숨통이 트이나 했는데……'

-책상 위의 달력을 보니까 4월 23일, 화성 레인저스와의 홈 경기 3차전 마지막 경기 로테이션이 비어 있더라. 아마 그 경기가 네 선발 등판일일 가능성이 높아.

그렇게 고뇌하는 이진용에게 김진호가 툭 말을 던졌다.

"예?"

이진용이 놀라며 반문했다.

"그걸 어떻게…… 잠깐! 그거 보려고 책상으로 이동하신 거예요?"

-그럼 내가 뭐 때문에 2군 감독 책상 주변을 알짱거린다고 생각했냐?

"그야…… 저 엿 먹이려고 책상 위에서 스트립 댄스 같은 걸 하실 줄 알고 긴장하고 있었죠."

김진호가 어처구니가 없다는 표정으로 이진용을 바라본 후에 이내 고개를 저었다.

그런 그에게 이진용이 재차 질문했다.

"그러면 우 감독님이 이렇게 나올 줄 예상하신 겁니까?"

-스타일 보면 답이 나오니까. 우지욱 감독은 최대한 어려운 문제를 주는 타입이거든. 그런 상황에서 문제를 더 어렵게 만들 수 있는 방법은 선발 등판 일정을 늦게 알려주는 것밖에 없으니까.

이진용은 그런 김진호의 모습에 진심으로 감탄했다.

동시에 의문이 들었다.

"그런데 이런 거 알려주셔도 돼요?"

-뭐?

"아니, 그게……."

김진호는 이진용이 보다 큰 고난과 역경을 마주하기를 바라며, 그 속내를 숨기지 않는다.

하나, 그 모든 건 이진용이 보다 큰 고난과 역경을 경험함으로써 성장하기를 바라는 마음 때문이었다.

이진용이 그 사실을 모를 리 없다.

그런데 지금 김진호는 그런 평소 모습과 다른 모습을 보여 줬다.

그런 이진용의 반응에 그의 속내를 눈치챈 김진호가 피식 웃었다.

-우 감독 스타일이 틀린 건 아닌데, 내 스타일은 아니거든.

"예?"

-아마 우 감독은 이런 상황에서 네가 퀄리티 스타트 정도 하면 합격점을 주겠지. 이런 최악의 조건에서 6이닝 3실점 정도면 나쁠 건 없으니까. 그냥 1군에서 자리가 났을 때 땜빵을 할 수 있는 선수를 기준으로는. 하지만 내 밑에 있는 투수라면 이야기는 다르지.

그렇게 미소를 지은 김진호의 눈빛이 강렬하게 타올랐다.

-마운드 위에서 죽든가 아니면 완투를 해서 제 발로 마운드

를 내려오든가. 퀄리티 스타트 따위에 만족하는 꼴은 내가 용납 못 한다.

그 강렬한 눈빛에 이진용이 강렬한 눈빛으로 대답했다.

"아무렴요, 여부가 있겠습니까?"

프로의 세계에서도 1군과 2군이 있듯이, 기자들의 세계에도 1군과 2군이 있다.

당연한 말이지만 그다지 재미도 없고, 대중의 관심에서도 먼 2군 경기를 취재하는 기자들은 대부분 2군 기자들이었다.

"젠장."

그러나 지금 이천 챔피언스 파크의 주차장에 세운 차에서 나오자마자 입에서 전자담배 연기와 함께 쓴소리를 토해내는 듬직한 체격의 사내, 황선우는 2군 기자가 아니었다.

'결국, 이천까지 왔구나.'

오히려 반대, 그는 잘나가는 기자였다.

야구 경기가 있는 날, 다른 기자들이 언제 자신 앞에 있는 수천만 원짜리 카메라를 향해 공이 날아올지 모른다는 긴장감 속에서 야구 경기를 볼 때, 기자석에 노트북을 놔둔 채 구단 관계자들과 커피를 마시며 이야기를 나누는 기자.

'빌어먹을, 구단하고 너무 친하게 지내면 꼭 1년에 한두 번은

이렇게 고생을 한단 말이다.'

역설적이게도 그게 황선우가 이천까지 온 이유였다.

엔젤스 구단과도 긴밀한 관계를 맺고 있던 그에게 엔젤스 구단이 요청을 한 것이다.

'박준형 특집 기사라……'

박준형에 대한 특집 기사를 써달라고.

'진짜 구 팀장이 작정을 한 모양이군.'

그 이유와 배경을 누구보다 잘 알고 있는 황선우는 그 요청을 거절할 수가 없었다.

'하긴, 구 팀장 입장에서는 야구는 애들 장난이지. 현성그룹에서 어느 계열사를 받느냐가 걸린 일인데.'

이번 요청을 거절할 경우 앞으로 남은 기자 인생에 애로사항이란 이름의 꽃길을 걷게 될 걸 잘 알고 있었으니까.

'하지만 내가 보기엔 당장 박준형을 어찌할 게 아니라, 투수가 더 급한데 말이야.'

그런 황선우는 박준형을 스타로 만들기 위해 힘을 쏟는 엔젤스의 상황에 조소를 머금었다.

'엔젤스는 장담하는데 5월 중으로 투수진에 문제 생길 게 뻔해. 무엇보다 빅 게임 피처가 없는 게 크지.'

황선우가 봤을 때 지금 엔젤스에 필요한 건 신인왕을 탈 만한 타자가 아니라 투수였으니까.

'엔젤스를 상대하는 구단들의 전력분석팀들 탈모를 가속화

시킬 만한 투수가 필요해. 그래야 엔젤스를 상대하는 구단들이 불안감에 밤잠을 설치고 그게 실수로 연결되는 거니까.'

그것도 그냥 투수가 아니라 그 투수를 마주하는 모든 이들이 입에서 씨발씨발 소리가 절로 나오게 만드는 아주 지독한 투수.

'뭐, 알아서들 찾겠지. 내 문제도 아니고.'

물론 황선우의 고민은 거기까지였다.

엔젤스의 스카우트도, 전력분석관도, 코칭스태프도 아닌 그가 그 이상 고민을 할 필요는 없지 않은가?

그런 그가 해야 할 고민은 하나, 모든 이들이 클릭을 하고 댓글을 달게 만들 만한 이슈를 만드는 것.

'그보다 박준형이 놈은 운이 좋군. 타이틀에 자기 이름 걸린 기사 하나 만들지 못하고 은퇴하는 애들이 부지기수인데, 기사가 나오기도 전에 포털 사이트 메인 칸이 보장되어 있다니…… 참 잔혹한 세계야.'

그렇게 고민을 마치며 전자담배의 연기를 길게 들이마신 후에 내뱉었다.

"응?"

"어?"

그때 지나가던 한 중년 사내가 황선우를 보며 놀란 표정 그리고 이내 반가운 표정을 지으며 말했다.

"황 기자, 이게 얼마 만이야?"

"성 코치!"

황선우를 반긴 건 다름 아니라 엔젤스 2군의 불펜코치 성영훈이었다.

그 둘은 곧바로 반갑게 악수부터 했다.

"간만에 보내."

"그래 간만이지. 자네가 2군에 올 일이 없으니까. 그래서 무슨 일인가?"

그 악수로 인사를 나눈 그 둘이 곧바로 대화를 이어갔다.

"그쪽에서 불렀지. 뭐, 긴 설명 안 해도 알잖아?"

"준형이 때문이군."

"그렇지. 그래서 박준형이란 선수, 어떤 선수야?"

"난 불펜코치야. 내가 준형이에 대해서 뭔가를 말할 깜냥이 있겠어?"

"괜한 질문을 했군."

황선우는 여기서 더 깊게 박준형에 대해 캐려고 하지 않았다.

성영훈 불펜코치 말대로 그가 박준형의 실력에 왈가왈부할 처지가 아니었을뿐더러, 솔직히 황선우는 딱히 박준형에 대해 궁금한 게 없었다.

이미 박준형에 대한 정보는 엔젤스 구단이 아주 세밀하게 그리고 아주 친절하게 제공해 줬으니까.

'사실 특종거리는 없지.'

더불어 박준형은 실력과 재능은 대단해도, 특이한 무언가는 없었다.

가난한 집안에서 태어난 아주 공부 잘하는 모범생이랄까?

감동을 줄 순 있지만, 재미를 주는 선수는 아니었다.

이슈가 필요한 기자에게는 그다지 재미없는 선수인 셈.

"그럼 투수 중에 뭐 재미있는 선수 없어?"

때문에 황선우는 다른 것을 찾고자 했고, 성영훈 불펜코치는 마치 그 질문을 기다렸다는 듯이 대답했다.

"이진용이라고, 골 때리는 놈이 있어."

선발투수에게 있어 가장 중요한 시간이 언제냐고 묻는다면 대부분의 선발투수는 이렇게 대답할 것이다.

"경기 시작 1시간 전, 마운드에 오르기 1시간 전. 그때가 선발투수에게 가장 중요하지."

경기 시작 1시간 전이라고.

"그때가 되면 무조건 올라가야 하는 마운드를 앞에 두고 마지막으로 뒤를 돌아볼 수 있지."

그때가 자신의 운명이 결정되는 마운드에 올라서기 전 마지막으로 자신을 뒤돌아볼 수 있는 마지막 기회였다.

"그리고 그렇게 돌아봤을 때 투수는 드디어 진실을 마주하게 돼."

그리고 그렇게 뒤를 돌아보는 순간 선발투수는 그 어느 때보다 분명하게 볼 수 있었다.

"내가 오늘 경기를 위해 연습을 열심히 했는지, 아니면 대충했는지. 오늘 내가 만반의 준비를 한 건지 아닌지. 지금 자신에게 있는 게 자신감인지 아니면 허세인지."

자신의 진솔한 모습을.

그때가 그 투수의 진면목을 볼 수 있는 가장 좋은 때였고, 때문에 황선우는 언제나 그 시간을 노렸다.

그것 때문에 욕을 먹는 한이 있더라도 그 시간대에 투수를 찾아갔고, 그 덕분에 황선우는 이제까지 무수히 많은 선발투수의 진면목을 볼 수 있었다.

"오빠 템 뽑았다, 널 잡으러 가~! 응? 뭐라고요? 어?"

그런 그에게 있어 그는 처음 보는 타입이었다.

"누구시죠?"

이진용.

오늘 한국프로야구위원회에 정식 기록으로 남게 될 선발 등판을 앞둔 그는 라커룸에서 콧노래를 부르며 어깨춤을 추고 있었다.

'이 자식, 뭐야?'

놀랍다기보다는 어처구니가 없는 일이었다.

'프로 경력 없다며? 구속 120대라며? 첫 선발이라며?'

누가 보더라도 내세울 것 없는 놈이 자신보다 내세울 것 많은 선수들을 앞에 두고 여유를 보인다?

아니, 이진용이 보이는 여유는 단순한 여유가 아니었다.

황선우는 이진용의 그 여유를 보는 순간 예전 그의 선배 기자가 해준 표현을 떠올릴 수 있었다.

이미 울타리 안에 갇힌 사냥감을 바라보는 듯한 맹수의 여유라는 표현을.

'미친 건가?'

그렇게 당황한 황선우는 자기소개를 잊은 채 얼빠진 표정을 지었다.

"이름은 황선우, 직업은 기자이지."

결국, 성영훈 불펜코치가 나서서 황선우를 소개했다.

"아, 기자님!"

그 말에 이진용은 반색했다.

"엔젤스 소속 등번호 119번 이진용입니다! 키는 175입니다! 잘 부탁드립니다."

그러고는 곧바로 이진용이 자신을 어필했다.

-키 175? 야, 너 그렇게 구라치면 나중에 뒈져서 지옥 가서 혀가 뽑혀요, 혀가.

당연히 김진호가 그 사실에 태클을 걸었지만, 이진용은 그런 김진호를 무시하며 기자님을 향해 정중하게 고개를 숙였다.

"궁금한 게 있으면 얼마든지 질문해 주십시오! 성심성의껏

답변해 드리겠습니다."

그 적극적인 모습 앞에서 황선우가 정신을 차린 듯 어색한 미소를 흘리기 시작했다.

그는 그 어색함을 풀려는 듯 곧바로 주머니에서 명함 지갑을 꺼낸 후 자신의 명함을 건네줬다.

"황선우 기자일세. 오늘 선발이라지?"

"네!"

"이야기는 들었네. 보이는 것과 다르게 아주 대단하다고."

그렇게 말을 주고받으며 머릿속을 정리한 황선우가 이내 질문을 던졌다.

"그래서 오늘 어떤 피칭을 할 생각인가?"

그것은 그가 신인 투수들, 그것도 아직 경기 경험이 많지 않은 선수들을 상대로 던지는 질문이었다.

대개 신인 투수들, 경험 없는 투수들은 이 질문을 받으면 짧은 대답을 하고는 했다.

열심히 하겠습니다, 잘하겠습니다, 같은 대답들.

무언가를 준비했어도 그것이 자기 것이 아니기에 술술 털어넣는 경우는 없었다.

'허세인지 아니면 미친 건지 확실하게 까발려 주마.'

여기서 이진용이 얼빠진 대답을 한다면 그의 여유가 단순한 여유가 아닌 그냥 미친놈이 보여주는 여유일 터.

"레인저스 타자들은 저를 상대로 최대한 많은 득점을 하려고 초반부터 공격적으로 나올 겁니다. 그 점을 역으로 공략해서 저도 공격적인 피칭을 할 생각입니다. 그렇게 했는데 만약 3회까지 레인저스가 점수를 내지 못한다면 그때부터는 레인저스 벤치 오더가 달라지겠죠. 그러니까 4회에 레인저스의 달라진 벤치 오더를 파악한 후에……."

하지만 황선우 기자의 생각과 다르게 이진용의 입에서는 술술, 마치 준비된 보고서를 앞에 두고 읽는 듯이 말이 흘러나왔다.

"그, 그만."

결국 황선우가 이진용의 말을 멈추게 했다.

이진용이 곧바로 입을 다물었다.

"그, 그 정도면 됐네. 내가 듣고 싶은 건 각오를 듣고 싶은 거라서 말이야."

"아, 각오!"

그제야 이진용이 짤막한 답변을 했다.

"혼자 마운드에 올라가서 혼자 내려오는 게 제 각오입니다."

그 각오에 황선우는 고개를 끄덕이며 이진용의 어깨를 두드렸다.

"멋진 각오군."

대화는 거기까지였다.

"그럼 각오만큼 멋진 피칭 기대하지."

황선우는 도무지 이 짐작조차 할 수 없는 투수 앞에서 제대로 된 정신 상태로 이야기를 나눌 자신이 없었기에, 그 말을 끝으로 바로 자리를 나왔다.

그러고는 흡연석을 찾아 이동한 후 그곳에서 전자담배를 입에 문 채로 생각했다.

'또라이 놈이군.'

또라이.

이진용을 한 단어로 정리한 황선우의 머릿속으로 이진용을 만났을 때 머릿속에 떠오른 표현이 떠올랐다.

'가만.'

울타리 안에 갇힌 사냥감을 바라보는 듯한 맹수의 여유.

그 표현은 황선우의 선배 기자가 메이저리그의 한국인 투수 한 명을 두고 쓴 표현이었다.

동시에 황선우는 이진용이 내뱉은 각오도 떠올렸다.

마운드에 혼자 올라가서, 혼자 내려온다는 각오.

'김진호?'

그리고 그 두 가지는 전부 김진호, 그가 한 말들이었다.

그게 이유였다.

"후우."

단숨에 전자담배 연기를 내뱉은 황선우가 표정을 고치고 다시금 경기장 안으로 발걸음을 돌린 이유.

'뭔가 냄새가 난다. 특종의 냄새가.'

황선우가 나가고, 이제는 라커룸에 혼자 남게 된 이진용.

이제는 그라운드에 가는 순간 그 누구도 밟은 적 없는 마운드를 밟아야 하는 이진용의 표정은 굳어 있었다.

그러나 그런 이진용의 표정은 경기에 대한 부담감 때문이 아니었다.

"제가 기자한테 뭐 잘못한 걸까요?"

이진용, 그의 표정을 굳게 만든 건 다름 아니라 황선우 기자의 모습이었다.

자신과 이야기를 나눈 황선우 기자가 황급히 자리를 벗어났다는 걸 모를 정도로 이진용은 눈치 없는 인간이 아니었으니까.

-기자에 따라 다르지만, 대개 기자들은 감이 좋아. 그리고 내가 보기에 그 황선우 기자는 감이 더 좋아 보였고. 그게 이유일 거야.

"이유요?"

-네가 또라이라는 걸 감으로 눈치 깐 거지.

그 말에 이진용이 뚱한 표정을 지었다.

반면 김진호는 그런 이진용을 향해 눈살을 찌푸리며 말했다.

-놀리는 게 아니라 상식적으로 생각해 봐. 네가 황선우 기자 입장이라고 생각해 보라고. 120짜리 패스트볼 던지는 투수가 2군 첫 선발 매치업에서 마운드에 혼자 올라가서 혼자 내려

오겠다느니, 레인저스 타자는 이렇게 잡겠다느니, 주절주절 말하면 뭐라고 느끼겠냐?

"이 선수, 참 매력적이고 도전적이다?"

이진용의 대답에 김진호가 마치 귀신을 본 듯한 표정을 지었다.

-어휴, 말을 말자, 말을 말아. 어쩌다 내가 이런 또라이랑 함께하게 됐는지. 구은서 같은 재벌집 손녀에 빙의됐으면 로맨스를 3편을 찍고도 남았을 텐데.

그 푸념과 함께 김진호가 대화 주제를 바꿨다.

-뭐, 기자 생각은 나중에 하고, 일단 오늘은 선발 출전 경기이니까 그것만 집중하자고.

"예."

그 말에 이진용은 고개를 끄덕였다.

-좋아, 그럼 일단 점검부터 다시 해보자. 오늘 화성 레인저스 엔트리 확인은?

"다 했습니다."

-타자들 공략법은?

"숙지 완료."

-연습 피칭은?

"퍼펙트!"

-식사는?

"탄수화물 위주로 잘 채웠죠."

-간식은?

"바나나랑 포도당 사탕 준비했습니다. 이미 코치님에게 허락도 받았고요. 벤치에 놔뒀습니다. 그리고 다른 사람이 못 먹게 제 이름도 제대로 써놓았고요."

-마지막 비장의 무기는?

그 질문에 이진용은 대답 대신에 스윽, 주변을 둘러본 후에 자신의 라커룸 앞에서 조심스레 상자 하나를 꺼냈다.

그렇게 꺼낸 상자 안에는 팬티 하나가 있었다.

팬티라기에는 너무나도 면적이 적은 팬티.

"후우……."

티팬티였다.

그 티팬티가 이진용이 오늘 피칭을 위해 준비한 마지막 준비물이었다.

"김진호 선수."

-왜?

"구라 아니죠?"

당연한 말이지만 김진호의 추천이었다.

-구라라니! 내가 말했잖아? 해방감이 다르다고. 장담하는데 이거 입는 순간 네 방어율은 일단 -1점 먹고 들어간다. 솔직히 가장 좋은 건 노팬티인데 그건 좀 그렇잖아?

솔직히 평상시라면 무시했을 말.

'살다 살다 내가 이제…….'

그러나 어느 때보다 중요한 무대를 앞둔 이진용은 밑져야 본전인 심정으로 티팬티를 구매했다.

이제는 착용할 일만 남은 상태.

"만약 구라면 그 순간 우리 다음 목적지는 바티칸입니다."

그 짧은 말과 함께 이진용이 심호흡을 시작했다. 그 모습을 보던 김진호가 갑작스레 두 손을 모으며 말했다.

-미안, 사실 구라야.

그 말을 듣는 순간 이진용이 그대로 정지했다.

"뭐라고요?"

-장난친 거야.

"장난?"

-그래도 혹시 모르잖아? 진짜 이게 피칭에 도움이 될 수도 있잖아? 안 그래?

"아오, 진짜!"

김진호가 어색하게 웃었고, 화가 난 이진용이 그런 김진호를 향해 티팬티를 던졌다.

"그런 건 구매 버튼 누르기 전에 했어야죠!"

물론 그렇게 던진 티팬티는 김진호를 통과한 후에 라커룸 입구 근처에 곱게 너부러졌다.

그 무렵이었다.

"이진용?"

성영훈 불펜코치가 라커룸 밖으로 흘러나오는 이진용의 목소리를 듣고 라커룸으로 들어온 건.

"응?"

'뭐지?'

그렇게 라커룸으로 들어온 성영훈 불펜코치가 라커룸 입구 앞에 너부러진 티팬티를 주웠다.

"헉."

이윽고 그것의 정체를 확인한 성영훈이 어색한 미소를 흘리며 티팬티를 이진용에게 건네주며 마저 말을 마쳤다.

"……열심히 해라."

그 말을 끝으로 성영훈이 도망치듯 라커룸을 빠져나갔고, 적막감이 홍수처럼 몰려왔다.

그렇게 짙은 적막감이 깔린 라커룸에서 김진호가 진심을 담아 말했다.

-진짜 미안.

To Be Continued

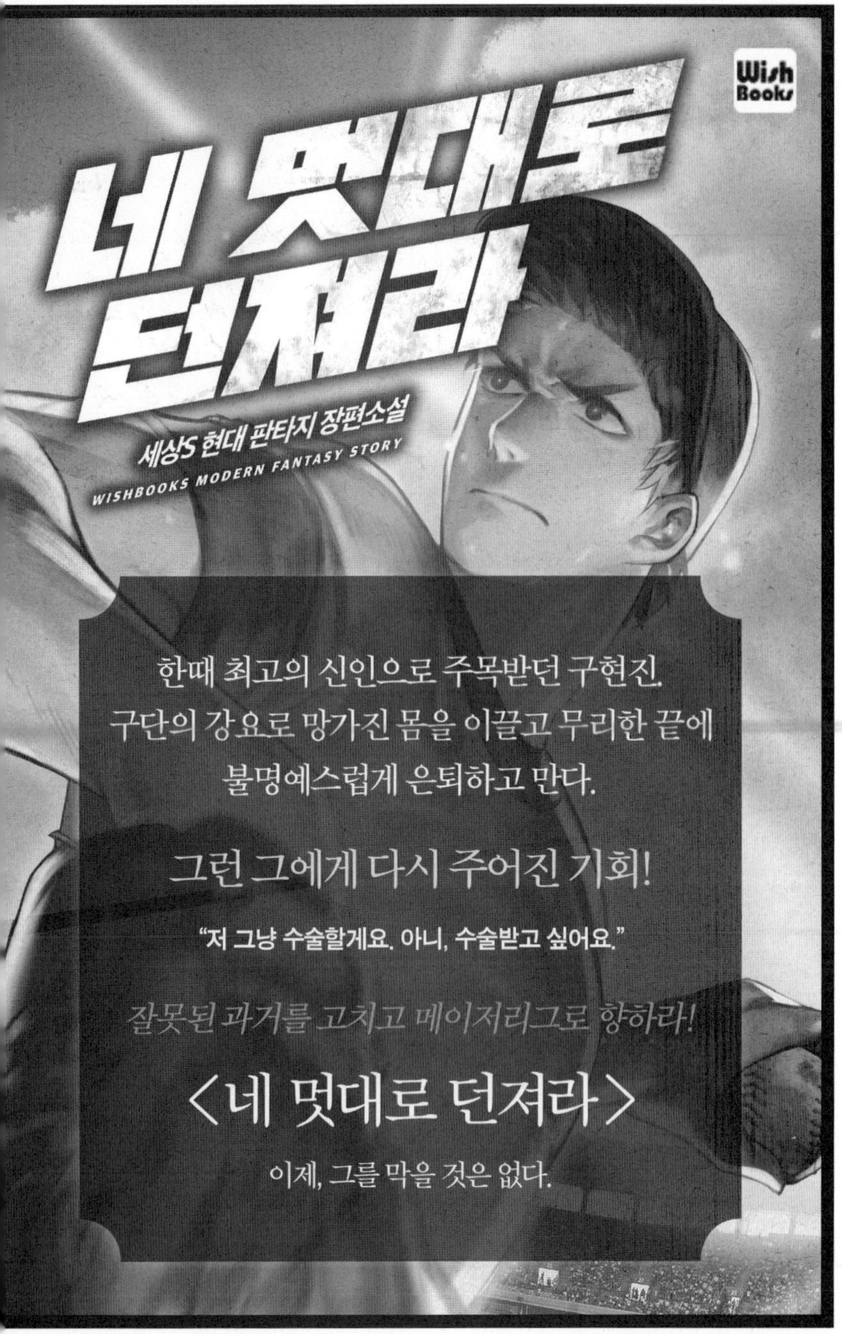
Wish Books
네 멋대로 던져라
세상S 현대 판타지 장편소설
WISHBOOKS MODERN FANTASY STORY
한때 최고의 신인으로 주목받던 구현진.
구단의 강요로 망가진 몸을 이끌고 무리한 끝에
불명예스럽게 은퇴하고 만다.
그런 그에게 다시 주어진 기회!
"저 그냥 수술할게요. 아니, 수술받고 싶어요."
잘못된 과거를 고치고 메이저리그로 향하라!
〈네 멋대로 던져라〉
이제, 그를 막을 것은 없다.

귀뿔도 없는 회귀

목마 퓨전판타지 장편소설

불친절하기 짝이 없는 이세계 '에리아'.
그곳에 소환된 '이성민'.

13년의 생활 끝에 죽음을 맞이한 그에게
또 한 번의 기회가 주어졌다.

재능이 없다.
그러나 그에겐 13년의 기억이 있다.

우연처럼 엮인 필연이, 그리고 목적이
그를 앞으로, 더 높은 곳으로 나아가게 한다.

이성민은 무엇을 바라였는가.
무엇이 되고 싶었는가.

"나는 다시 살아가 보고 싶다.
전생보다 나은 삶을."